單字不比背得多，只求背的最實用！

單字拼讀 → 生活日文聽力 → 對話溝通

活用日文不詞窮，聽力同步大提升！

インストラクション
使用說明

01 掌握日文發音規則

單字背了用不到，立刻忘？不如學生活上需要的常用單字，讓你完全不浪費一分一秒的寶貴時間，也完全不消耗你一分一毫的腦容量！書中依七大情境主題分類，收錄「爽爽吃╳暖暖穿╳安心住╳四處行╳開心學╳輕鬆玩╳好人緣」共1500 個日文單字，再輔助最精確的中文解釋；不管你是初學者或是擁有日文程度者，都能學的最廣範最好用。

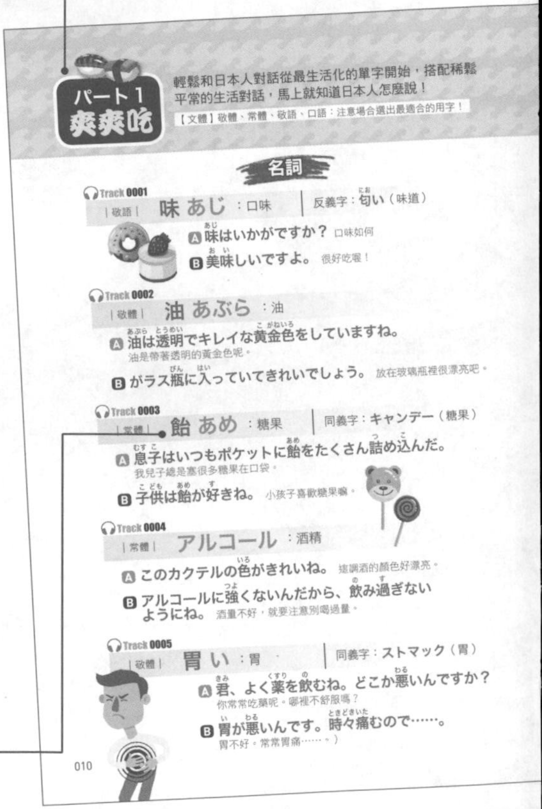
パート1 爽爽吃

輕鬆和日本人對話從最生活化的單字開始，搭配稀鬆平常的生活對話，馬上就知道日本人怎麼說！

【文體】敬體、常體、敬語、口語：注意場合選出最適合的用字！

名詞

Track 0001
｜敬語｜ 味 あじ ：口味 ｜ 反義字：匂い（味道）
A 味はいかがですか？ 口味如何
B 美味しいですよ。 很好吃喔！

Track 0002
｜敬體｜ 油 あぶら ：油
A 油は透明でキレイな黄金色をしていますね。
油是帶著透明的黃金色呢。
B がラス瓶に入っていてきれいでしょう。 放在玻璃瓶裡很漂亮吧。

Track 0003
｜常體｜ 飴 あめ ：糖果 ｜ 同義字：キャンデー（糖果）
A 息子はいつもポケットに飴をたくさん詰め込んだ。
我兒子總是塞很多糖果在口袋。
B 子供は飴が好きね。 小孩子喜歡糖果嘛。

Track 0004
｜常體｜ アルコール ：酒精
A このカクテルの色がきれいね。 這調酒的顏色好漂亮。
B アルコールに強くないんだから、飲み過ぎないようにね。 酒量不好，就要注意別喝過量。

Track 0005
｜敬體｜ 胃 い ：胃 ｜ 同義字：ストマック（胃）
A 君、よく薬を飲むね。どこか悪いんですか？
你常常吃藥呢。哪裡不舒服嗎？
B 胃が悪いんです。時々痛むので……。
胃不好。常常胃痛……。）

010

02 1個日文單字，2種書寫方式！

日文單字常會遇上帶有漢字的情況，為讓學習成果更加倍，書中特別將帶有漢字的日文單字，另行加註假名書寫版本，讓漢字讀法一目了然。

03 藉由實境互動對話，學習日本人如何運用這些單字！

日文單字搭配上日常所需的生活對話，從對話式例句中不但能學到單字用法，還能了解敬體、常體、敬語、口語等不同的表達方式以因應不同的交談場合，達成單字學習的終極目標——「開口說，靈活用。」

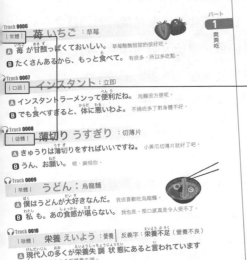

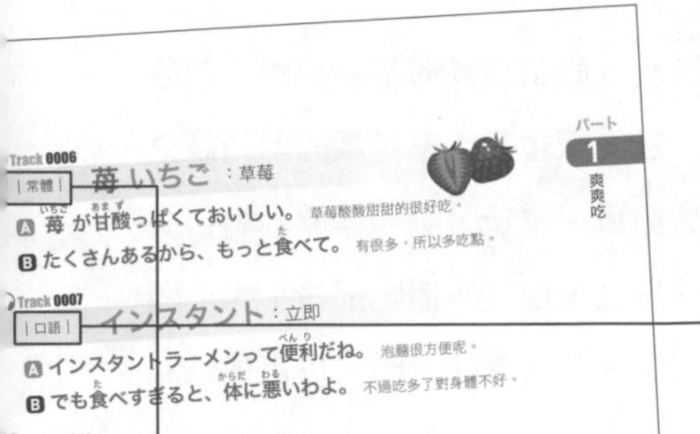

パート 1 爽爽吃

Track 0006

|常體| 苺 いちご：草莓

A 苺が甘酸っぱくておいしい。草莓酸酸甜甜的很好吃。

B たくさんあるから、もっと食べて。有很多，所以多吃點。

Track 0007

|口語| インスタント：立即

A インスタントラーメンって便利だね。泡麵很方便呢。

B でも食べすぎると、体に悪いわよ。不過吃多了對身體不好。

Track 0008

|敬體| 薄切り うすぎり：切薄片

A きゅうりは薄切りをすればいいですね。小黃瓜切薄片就好了吧。

B うん、お願い。嗯，麻煩你。

Track 0009

|常體| うどん：烏龍麵

A 僕はうどんが大好きなんだ。我很喜歡吃烏龍麵。

B 私も。あの食感が堪らない。我也是。那口感真是令人受不了。

Track 0010

|敬體| 栄養 えいよう：營養｜反義字：栄養不足（營養不良）

A 現代人の多くが栄養失調状態にあると言われていますね。現代人大多都營養失調。

B 栄養のバランスを考えた食事が大切です。營養均衡的飲食很重要。

Track 0011

|敬體| 海老 えび：蝦

A 海老サラダにするんですか？要做成蝦子沙拉嗎？

B はい、新鮮だから、サラダにするほうが本来の食感と旨みがよく分かります。對，因為很新鮮，做成沙拉更能吃到原來的口感跟風味。

011

04 單字、對話分別錄音，輕鬆一掃，雙重滿足！

隨書附贈的MP3 QR code裡有兩個資料夾：

❶ **用聽的背「全書單字」：**將書中每一個單字及中文解釋唸給你聽，不看書也能背單字！

❷ **「日文對話」練聽力：**將每一組日文實境對話唸給你聽，邊聽邊模仿，不只會聽還會說，開口就像真正的日本人一樣。

はじめに
作者序

「讓單字融入你的日常生活吧！」

曾經有一位日本友人告訴我，她很驚訝有很多台灣人都學過日文。在我念大學的時候，日文課也是大家搶課的熱門課之一。很多人透過電視劇、綜藝節目、電玩、動漫等開啟對日文的興趣，也開始會幾句簡單的日文，像是「撒喲那拉」、「喔伊系呦」等，但我相信大家都嚮往去日本旅行時可以自信地和日本人對話。

學習外文最重要也最無聊的就是單字，相信要準備檢定考試的大家更能感同身受。回想起以前背的日文單字書，單純照五十音順序背非常痛苦，因為名詞、動詞、形容詞跳來跳去，讓我沒辦法專注背誦單字。因此本書除了分主題之外，也把每個主題下的單字依詞類分類，並且選出生活中常用、常聽到的實用單字。貼近生活，讓讀者更能深入情境，記住這些單字。畢竟就算背了很多單字，若無法運用就沒有意義了。

本書整理出生活中常用的單字，依照食、衣、住、行、育、樂、社交人際等分類，精選出超過1000個單字，每個單字都搭配一組生動的對話，並適時補充同反義字，能讓讀者更靈活地運用。有些單字搭配上圖片，讓讀者可以用圖像來加強對單字的記憶；本書附贈的MP3將單字、對話全部唸給讀者聽，讓讀者除了視覺記憶之外再加上一層聽覺的記憶。透過以上要素的相輔相成，能幫助讀者融會貫通單字、對話、聽力，讓讀者能更有自信的開口說日文！

別再因為少用的單字而覺得背單字索然無味了，現在開始讓生活單字融入你的日常生活吧！

さくらい さくら
櫻井咲良

もくじ
目錄

002 使用說明

004 作者序

パート1 爽爽吃

010 ・名詞

036 ・動詞

040 ・形容詞

042 ・副詞

パート2 暖暖穿

044 ・名詞

067 ・動詞

071 ・形容詞

073 ・副詞

パート3 安心住

076 ・名詞

101 ・動詞

106 ・形容詞

108 ・副詞

パート4 四處行

110 • 名詞
145 • 動詞
155 • 形容詞
156 • 副詞

パート5 開心學

158 • 名詞
194 • 動詞
207 • 形容詞

パート6 輕鬆玩

210 • 名詞
243 • 動詞
246 • 形容詞

パート7 好人緣

250 • 名詞
280 • 動詞
297 • 形容詞
300 • 副詞

パート1

爽爽吃

パート1 爽爽吃

輕鬆和日本人對話從最生活化的單字開始，搭配稀鬆平常的生活對話，馬上就知道日本人怎麼說！

【文體】敬體、常體、敬語、口語：注意場合選出最適合的用字！

名詞

Track 0001

| 敬語 | **味 あじ** ：口味 | 反義字：**匂(にお)い**（味道）

A 味(あじ)はいかがですか？ 口味如何

B 美味(おい)しいですよ。 很好吃喔！

Track 0002

| 敬體 | **油 あぶら** ：油

A 油(あぶら)は透明(とうめい)でキレイな黄金色(こがねいろ)をしていますね。
油是帶著透明的黃金色呢。

B がラス瓶(びん)に入(はい)っていてきれいでしょう。 放在玻璃瓶裡很漂亮吧。

Track 0003

| 常體 | **飴 あめ** ：糖果 | 同義字：**キャンデー**（糖果）

A 息子(むすこ)はいつもポケットに飴(あめ)をたくさん詰(つ)め込(こ)んだ。
我兒子總是塞很多糖果在口袋。

B 子供(こども)は飴(あめ)が好(す)きね。 小孩子喜歡糖果嘛。

Track 0004

| 常體 | **アルコール** ：酒精

A このカクテルの色(いろ)がきれいね。 這調酒的顏色好漂亮。

B アルコールに強(つよ)くないんだから、飲(の)み過(す)ぎないようにね。 酒量不好，就要注意別喝過量。

Track 0005

| 敬體 | **胃 い** ：胃 | 同義字：**ストマック**（胃）

A 君(きみ)、よく薬(くすり)を飲(の)むね。どこか悪(わる)いんですか？
你常常吃藥呢。哪裡不舒服嗎？

B 胃(い)が悪(わる)いんです。時々(ときどき)痛(いた)むので……。
胃不好。常常胃痛……。

Track 0006

|常體| 苺 いちご ：草苺

A 苺(いちご)が甘酸(あまず)っぱくておいしい。 草莓酸酸甜甜的很好吃。

B たくさんあるから、もっと食(た)べて。 有很多，所以多吃點。

Track 0007

|口語| インスタント：立即

A インスタントラーメンって便利(べんり)だね。 泡麵很方便呢。

B でも食(た)べすぎると、体(からだ)に悪(わる)いわよ。 不過吃多了對身體不好。

Track 0008

|敬體| 薄切り うすぎり ：切薄片

A きゅうりは薄切(うすぎ)りをすればいいですね。 小黃瓜切薄片就好了吧。

B うん、お願(ねが)い。 嗯，麻煩你。

Track 0009

|常體| うどん：烏龍麵

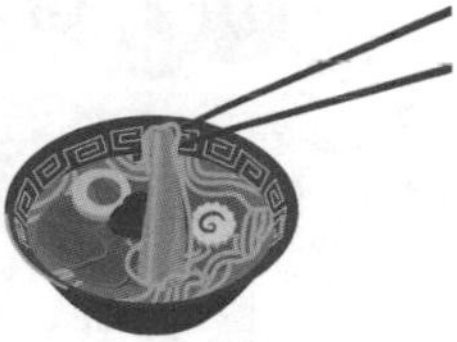

A 僕(ぼく)はうどんが大好(だいす)きなんだ。 我很喜歡吃烏龍麵。

B 私(わたし)も。あの食感(しょっかん)が堪(たま)らない。 我也是。那口感真是令人受不了。

Track 0010

|敬體| 栄養 えいよう ：營養｜反義字：栄養不足(えいようぶそく)（營養不良）

A 現代人(げんだいじん)の多(おお)くが栄養失調状態(えいようしっちょうじょうたい)にあると言(い)われていますね。 現代人大多都營養失調。

B 栄養(えいよう)のバランスを考(かんが)えた食事(しょくじ)が大切(だいせつ)です。 營養均衡的飲食很重要。

Track 0011

|敬體| 海老 えび ：蝦

A 海老(えび)サラダにするんですか？ 要做成蝦子沙拉嗎？

B はい、新鮮(しんせん)だから、サラダにするほうが本来(ほんらい)の食感(しょっかん)と旨(うま)みがよく分(わ)かります。

對，因為很新鮮，做成沙拉更能吃到原來的口感跟風味。

Track 0012

|常體| **エプロン**：圍裙

A 君（きみ）はいつもエプロンを着（き）て、料理（りょうり）するの？
你總是穿著圍裙做菜嗎？

B うん、服（ふく）を汚（よご）さなくてすむから。 嗯，這樣衣服就不會弄髒了。

Track 0013

|常體| **オーブン**：烤箱 | 同義字：**天火（てんぴ）**（爐子）

A オーブンで何分（なんぷん）？ 用烤箱烤幾分鐘？

B ちょっと待（ま）って、予熱（よねつ）してから焼（や）いて！ 先預熱後再烤！

Track 0014

|常體| **お酒 おさけ**：酒 | 反義字：**ジュース**（果汁）

A お酒（さけ）を飲（の）んでみたい。 想喝喝看酒。

B 未成年（みせいねん）だからだめ。 你未成年所以還不能喝。

Track 0015

|口語| **お酢 おす**：醋 | 同義字：**ビネガー**（醋）

A お酢（す）は体（からだ）にいいって。 聽說醋對身體很好。

B すっぱいのは嫌（きら）い。 我討厭酸的。

Track 0016

|敬體| **お茶 おちゃ**：茶

A お茶（ちゃ）の道具（どうぐ）セットを買（か）ったんですか？ 你買了整套茶具啊？

B 抹茶（まっちゃ）をたてるのはやはり道具（どうぐ）が要（い）りますね。
泡抹茶果然還是需要茶具。

Track 0017

|常體| **おでん**：關東煮

A 寒（さむ）くなるとおでんが食（た）べたくなるんだよね。
變冷就會想吃關東煮對吧。

B 鍋（なべ）も食（た）べたいなぁ。 也想吃火鍋。

Track 0018

|口語| カフェ：咖啡店 | 同義字：喫茶店（きっさてん）（咖啡廳）

A 彼女（かのじょ）はどこでアルバイトしてるの？ 她在哪裡打工？

B 学校（がっこう）の近（ちか）くのカフェよ。 學校附近的咖啡店。

Track 0019

|常體| ガム：口香糖 | 同義字：チューインガム（口香糖）

A ね、ズボンにガムがついているみたいだよ。
欸、你的褲子好像黏到口香糖了。

B 本当（ほんとう）？ムカつく！ 真的嗎？真令人生氣！

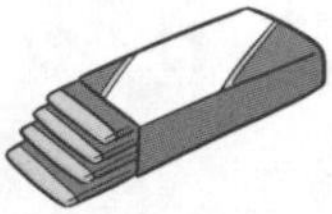

Track 0020

|口語| 硝子 ガラス ：玻璃

A あ！ごめん！硝子（ガラス）を割（わ）っちゃった。 啊！對不起！打破玻璃了。

B 危（あぶ）ないから、気（き）をつけて。 很危險，小心點。

Track 0021

|常體| 空っぽ からっぽ ：空的 | 同義字：から（空的）

A 箱（はこ）は全部（ぜんぶ）何（なに）か入（はい）っているよ。 全部的箱子都有裝東西喔。

B いや、確（たし）かひとつだけ空（から）っぽだったと思（おも）うわよ。
不，應該有一個是空的。

Track 0022

|常體| カレー：咖哩

A 甘口（あまくち）のカレーが好（す）きなんだ。 我喜歡甜味咖哩。

B 子供（こども）みたいね。 像小孩子一樣。

Track 0023

|常體| 生地 きじ ：生麵糰

A 何（なん）でパン生地（きじ）が膨（ふく）らむの？ 為什麼麵團會膨脹？

B イースト菌（きん）が膨（ふく）らむからよ。 是酵母使麵糰膨脹的喔。

Track 0024

|口語| キャベツ：高麗菜

A 昨年うちの庭で食べきれないほどのキャベツができたよね。 去年我家的院子採收了多到吃不完的高麗菜。

B 覚えてる。それで毎日野菜尽くしでしたね。
我記得。結果因為那樣每天都在吃菜嘛。

Track 0025

|敬體| 牛肉 ぎゅうにく：牛肉

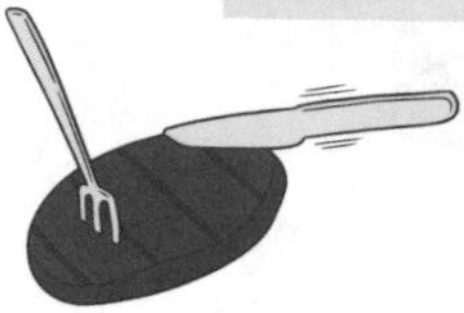

A あのスーパーが毎日特売してるから、すごく人気です。

那間超市每天都有特賣會，所以很受歡迎。

B 今日の特売は牛肉だそうです。 聽說今天是牛肉特賣。

Track 0026

|口語| 牛乳 ぎゅうにゅう：牛奶

A 苺牛乳がおいしい。 草莓牛奶很好喝。

B でも砂糖がはいっているから、太っちゃうよ。
但有加砂糖，會發胖喔。

Track 0027

|敬體| 胡瓜 きゅうり：小黃瓜

A 胡瓜の漬物は夏の定番メニューです。
醃漬小黃瓜是夏天的固定菜色。

B 自分で作るのは簡単ですよ。 自己做很簡單喔。

Track 0028

|常體| ギョーザ：煎餃

A 昼はラーメンと焼きギョーザを食べたんだ。
中午吃了拉麵跟煎餃。

B わ！食べ過ぎたよ。 哇！吃太多了吧。

Track 0029

｜常體｜ **空腹 くうふく** ：空腹、餓 ｜ 反義字：**満腹(まんぷく)**（飽）

A 何(なん)で泣(な)いているの？ 為什麼哭呢？

B この子(こ)は空腹(くうふく)で泣(な)いているんだよ。 這孩子因為肚子餓在哭。

Track 0030

｜敬語｜ **クッキー** ：餅乾 ｜ 同義字：**ビスケット**（餅乾）

A もっとクッキーはいかがですか。 要不要多吃點餅乾？

B は、遠慮(えんりょ)なくいただきます。 那麼就不客氣了。

Track 0031

｜敬語｜ **クリーム** ：奶油、乳狀物

A コーヒーにクリームはいかがですか。 咖啡要加奶油嗎？

B いや、結構(けっこう)です。 不用了。

Track 0032

｜常體｜ **ケーキ** ：蛋糕

A ケーキをどうぞ。 請吃蛋糕。

B これ甘(あま)くて美味(おい)しい。 這很甜很好吃。

Track 0033

｜口語｜ **ケチャップ** ：番茄醬

A ドレスにケチャップをこぼしちゃった。 番茄醬滴在洋裝上了。

B 汚(きたな)いな。 很髒耶。

Track 0034

｜敬體｜ **コーヒー** ：咖啡

A コーヒーいろいろ種類(しゅるい)がありますね。 咖啡有很多種類呢。

B わたしはやはりミルク入(い)りのコーヒーが一番(いちばん)好(す)き。
我還是最喜歡加牛奶的咖啡。

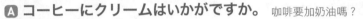

Track 0035

｜常體｜ **コーラ**：可樂

A コーラ3本買ってきてくれ。 去買三瓶可樂回來。

B でも、自動販売機は壊れているわよ。 可是，自動販賣機壞了。

Track 0036

｜常體｜ **氷 こおり**：冰塊

A 冷たいお茶でも飲む？ 要不要喝個冰茶？

B 氷いっぱい入れて。 請放很多冰塊。

Track 0037

｜口語｜ **穀物 こくもつ**：穀物

A 誰もいないの？ 沒人在嗎？

B 家族はみんな穀物の収穫にでてるんです。 大家都出去收割穀物了。

Track 0038

｜敬語｜ **胡椒 こしょう**：胡椒

A すみませんが胡椒をとって下さいませんか。
不好意思，可以請你拿胡椒給我嗎？

B はい、胡椒ですね。 好，胡椒是吧。

Track 0039

｜敬體｜ **ご飯 ごはん**：白飯 ｜ 同義字：**ライス**（米飯）

A 明日の朝食はパンですか、ご飯ですか。 明天早餐要吃麵包還是飯？

B ご飯の方がいいです。 吃飯。

Track 0040

｜常體｜ **小麦粉 こむぎこ**：麵粉

A どうすれば、ソースが濃くなるの？
要怎麼做醬汁才會變濃稠？

B 小麦粉を加えてみて。 加麵粉試試看。

Track 0041

|敬體| 材料 ざいりょう ：材料 | 同意字：原料（原料）

A すき焼きはどんな材料を使うのですか。 做壽喜燒要用哪些材料呢？

B レシピコピーしてあげましょうか。 我印份食譜給你吧。

Track 0042

|常體| 魚 さかな ：魚

A 魚料理食べたいな。 想吃魚料理。

B 何がいい？焼き魚？ 想吃什麼？烤魚？

Track 0043

|敬體| 匙 さじ ：湯匙 | 同義字：スプーン（湯匙）

A 砂糖入れますか。 要加糖嗎？

B 2匙入れてください。 請加兩匙糖。

Track 0044

|常體| 刺身 さしみ ：生魚片

A 刺身食べたことがある？ 有吃過生魚片嗎？

B はい、私は日本に来て初めて刺身を食べました。おいしかったです。 我來日本第一次吃生魚片。很美味。

Track 0045

|常體| 砂糖 さとう ：糖 | 反義字：塩（鹽）

A コーヒーに砂糖を入れるね。 我要在咖啡加糖了喔。

B 砂糖と塩を間違えるなよ。 別弄錯砂糖跟鹽巴喔。

Track 0046

|常體| 皿 さら ：盤子

A 皿洗いは大嫌い。 好討厭洗盤子。

B 我侭言うな。皿を洗いなさい。 別任性！去洗盤子。

Track 0047

|敬體| サラダ：生菜沙拉

A **スープかサラダのどちらかを選(えら)べます。** 你可以選擇湯或沙拉。

B **では、サラダをください。** 那麼請給我沙拉。

Track 0048

|常體| サンドイッチ：三明治

A **この店(みせ)のサンドイッチがすごく美味(おい)しいよ。**
這家店的三明治很好吃喔。

B **じゃ、私(わたし)もサンドイッチ食(た)べようかな。** 那我也吃三明治好了。

Track 0049

|口語| シェフ：廚師 ｜ 同義字：調理師(ちょうりし)（廚師）

A **料理専門学校(りょうりせんもんがっこう)に通(かよ)っているって。** 聽說你在念烹飪學校？

B **うん、シェフを目指(めざ)して勉強(べんきょう)しているの。**
嗯，努力念書目標當一位廚師。

Track 0050

|常體| 塩 しお：鹽巴 ｜ 反義字：糖(とう)（糖）

A **お湯(ゆ)が沸(わ)いたよ。** 水滾了。

B **じゃ、塩(しお)を加(くわ)え、スパゲティーをゆでて。**
接下來加鹽，煮義大利麵。

Track 0051

|敬體| じゃが芋 じゃがいも：馬鈴薯

A **じゃが芋(いも)をフライドポテトにしましょうか。**
來把馬鈴薯做成薯條吧。

B **いいわね。じゃ、私(わたし)が皮(かわ)をむきます。** 好耶。那我來剝皮。

Track 0052

|敬體| ジャム：果醬

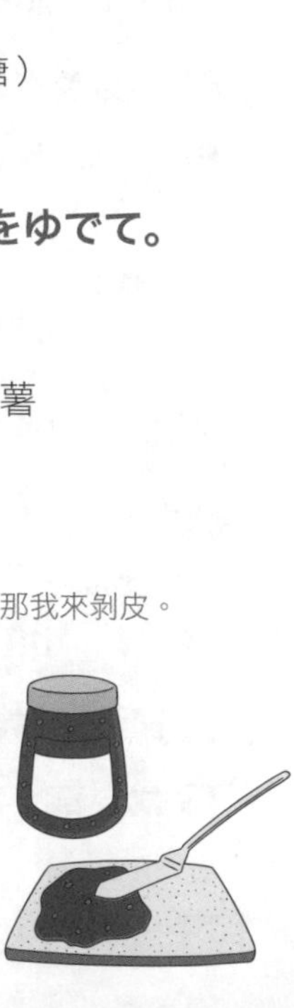

A **これは自家製(じかせい)のジャムです。** 這是自製的果醬。

B **味(あじ)が濃(こ)くて美味(おい)しいです。** 味道很濃好好吃。

Track 0053

｜口語｜ ジューシー ：多汁的 ｜ 反義字：**パサパサ**（乾燥、沒水分的）

A 今(いま)は梨(なし)が旬(しゅん)だって。 聽說現在是梨子的產季。

B 昨日(きのう)食(た)べたよ。すごくジューシーだったよ。
昨天吃過了喔。超多汁的。

Track 0054

｜敬語｜ ジュース ：果汁

A ご注文(ちゅうもん)はお決(き)まりでしょうか。 決定好要點什麼了嗎？

B ええ、オレンジジュースをお願(ねが)いします。 是的，請給我柳橙汁。

Track 0055

｜敬體｜ 生姜 しょうが ：薑

A 生姜(しょうが)の辛(から)さが、体(からだ)にいいんですよ。 薑的味道辣辣的，但對身體很好。

B 体(からだ)を温(あたた)める効果(こうか)があるそうです。 聽說對暖和身體很有效果。

Track 0056

｜常體｜ 醤油 しょうゆ ：醬油

A このソースは味(あじ)がいい！ベースはなに？
這醬汁味道真不錯！是以什麼為底？

B 醤油(しょうゆ)をベースにしたんです。 是以醬油為底。

Track 0057

｜常體｜ 食事 しょくじ ：餐、用餐

A 明日(あした)時間(じかん)ある？一緒(いっしょ)に食事(しょくじ)でも行(い)かない？
明天有時間嗎？要不要一起去用餐？

B 暇(ひま)だから、いつでもいいわよ。 我很閒，隨時都可以。

Track 0058

｜敬體｜ 食用 しょくよう ：食用

A これは食用(しょくよう)きのこですか。 這是可食用的菇類嗎？

B いいえ、毒(どく)きのこです。 不，是有毒的菇類。

Track 0059

｜常體｜ **食欲 しょくよく** ：食慾 ｜ 反義字：**食欲不振**(しょくよくふしん)（沒有食慾）

A 最近食欲(さいきんしょくよく)**よくないな。** 最近食慾不好。

B 夏(なつ)**バテじゃない。** 該不會是中暑了吧。

Track 0060

｜敬語｜ **シロップ** ：糖漿

A ホットケーキに何(なに)**をかけますか？** 鬆餅要加什麼？

B シロップお願(ねが)**いします。** 請加糖漿。

Track 0061

｜常體｜ **西瓜 すいか** ：西瓜

A 夏(なつ)**の果物**(くだもの)**といえば、西瓜**(すいか)**だね。** 說到夏天的水果，就是西瓜了。

B 冷(ひ)**やしておいた西瓜**(すいか)**を食**(た)**べるのは本当**(ほんとう)**に幸**(しあわ)**せ。**
吃冰鎮過的西瓜真是幸福。

Track 0062

｜敬體｜ **スープ** ：湯 ｜ 同義字：**汁物**(しるもの)（湯）

A 今日(きょう)**のスープは何**(なん)**ですか。** 今天是什麼湯？

B 野菜(やさい)**スープです。** 蔬菜湯。

Track 0063

｜敬體｜ **寿司 すし** ：壽司

A お祝(いわ)**いに寿司**(すし)**をご馳走**(ちそう)**しますよ。** 為了慶祝，請你吃壽司。

B やった。ありがとう。 太好了！謝謝。

Track 0064

｜常體｜ **ステーキ** ：牛排

A 私(わたし)**はステーキを食**(た)**べ飽**(あ)**きた。** 我吃膩牛排了。

B 贅沢(ぜいたく)**な生活**(せいかつ)**ね。** 真是奢侈的生活。

Track 0065

|口語| **ゼリー** ：果凍

A この人気(にんき)のゼリーは一(ひと)つ一(ひと)つ手作(てづく)りのため大量(たいりょう)に作(つく)る事(こと)が出来(でき)ないって。 這個有名的果凍全是手工做的，所以沒辦法大量生產。

B あ！だからいつもすごく並(なら)んでいるのね。 所以才總是大排長龍啊。

Track 0066

|常體| **ソース** ：醬料 | 同義字：**かけ汁(じる)**（淋醬）

A ご飯(はん)はまだ？ 晚飯還沒好嗎？

B ちょっと待(ま)って。ホワイトソースをかけたら出来上(できあ)がり。
等等。淋上白醬就完成了。

Track 0067

|常體| **ソーセージ** ：香腸

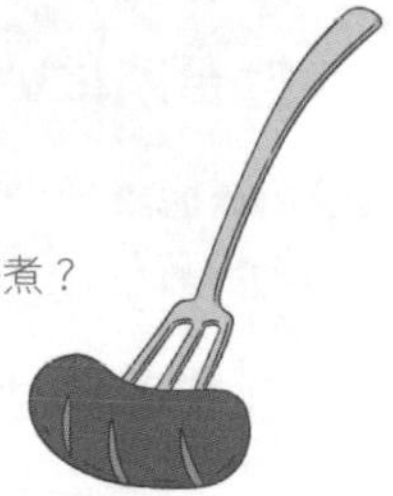

A このソーセージどう料理(りょうり)する？ 這個香腸要怎麼煮？

B 直火(じかび)で焼(や)こうよ。 直接用火烤。

Track 0068

|敬語| **ソーダ** ：汽水、蘇打 | 同義字：**炭酸水(たんさんすい)**（蘇打水）

A 子供(こども)たちはソーダ2(ふた)つ、それとコーヒーを1(ひと)つください。
小孩子們要兩杯汽水，然後給我一杯咖啡。

B 畏(かしこ)まりました。少々(しょうしょう)お待(ま)ちください。 好的，請稍等。

Track 0069

|常體| **蕎麦 そば** ：蕎麥麵

A 引越(ひっこ)しやっと終(お)わった。 終於搬好家了。

B 近所(きんじょ)に引越(ひっこ)しそばでも配(くば)るか。 那我們去送搬家蕎麥麵給鄰居吧。

Track 0070

|敬體| **ダイエット** ：減肥 | 同義字：**節食(せっしょく)**（節食）

A ずいぶん痩(や)せたんじゃないんですか。 你瘦了很多嘛。

B もう2週間(しゅうかん)ダイエットをしています。 已經減肥兩星期了。

Track 0071

｜常體｜ 大根 だいこん ：蘿蔔

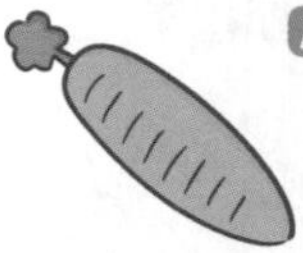

A **大根(だいこん)おろしは消化(しょうか)を助(たす)けるから、天(てん)ぷらをはじめ油(あぶら)物(もの)などの相性(あいしょう)がいいと言(い)われているんだ。**
據說因為蘿蔔泥會幫助消化，所以和天婦羅之類的油炸料理很搭。

B **あぁ、だから、天(てん)ぷらつゆに入(い)れるんだ。**
啊，所以天婦羅的沾醬裡會加蘿蔔泥呀。

Track 0072

｜常體｜ 台所 だいどころ ：廚房

A **お母(かあ)さんは？** 媽媽呢？

B **台所(だいどころ)にいるわよ。** 在廚房。

Track 0073

｜敬體｜ 煙草 たばこ ：香煙

A **すみません。煙草(たばこ)を吸(す)ってもいいですか。**
不好意思，可以抽菸嗎？

B **はい、喫煙席(きつえんせき)もありますから。** 可以，我們有吸菸區。

Track 0074

｜敬體｜ 食べ物 たべもの ：食物 ｜ 同義字：食物(しょくもつ)（食物）

A **お腹(はら)が減(へ)ってきました。** 肚子餓了。

B **軽(かる)い食(た)べ物(もの)を作(つく)りましょうか。** 來做點簡單的食物吧。

Track 0075

｜敬體｜ 卵 たまご ：蛋

A **籠(かご)に卵(たまご)いっぱいありますね。** 籃子裡有很多蛋呢。

B **安(やす)いからつい買(か)いすぎました。** 因為很便宜，一不小心就買太多了。

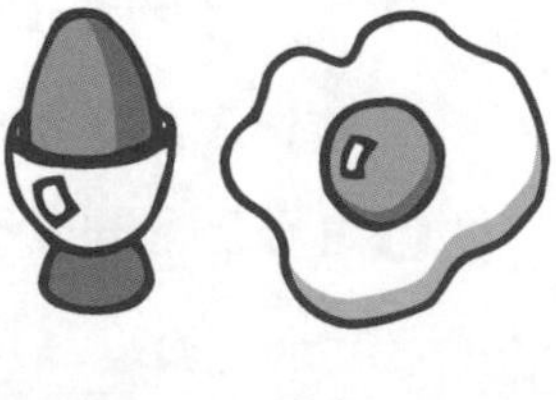

Track 0076

｜常體｜ **炭水化物 たんすいかぶつ** ：碳水化合物 ｜ 同義字：**糖質**（碳水化合物）

A 炭水化物の少ない食事はダイエットに効果があるみたいですよ。 聽說低碳水化合物的餐點對減肥很有效喔。

B でも、まったく摂らないとエネルギー不足になってしまうわよ。 但是若完全不攝取，會導致能量不足喔。

Track 0077

｜常體｜ **チーズ** ：起司、乳酪

A わ～臭い！ 哇～好臭！

B これはイタリア産ブルーチーズよ。 這是義大利產的藍酪起司。

Track 0078

｜常體｜ **昼食 ちゅうしょく** ：午餐 ｜ 同義字：**昼ごはん**（午餐）

A 昼食何食べようかな。 午餐要吃什麼呢？

B ラーメンはどう。 拉麵如何？

Track 0079

｜常體｜ **朝食 ちょうしょく** ：早餐 ｜ 同義字：**朝ごはん**（早餐）

A 今日寝坊して朝食食べる時間がなかった。
今天睡過頭，沒時間吃早餐。

B かわいいそう。 真可憐。

Track 0080

｜常體｜ **調味料 ちょうみりょう** ：調味料

A 最近化学調味料は使わないようにしているんだ。
最近盡量不使用化學調味料。

B 母も昔から化学調味料を使いすぎると体に良くないよと言っていたわ。 我媽媽也從以前就說化學調味料用多了對身體不好。

Track 0081

|口語| **チョコレート** ：巧克力

A 僕(ぼく)のチョコレートはどこだ。 我的巧克力在哪？

B ごめん、私(わたし)が食(た)べちゃった。 對不起，我吃掉了。

Track 0082

|敬體| **漬物 つけもの** ：醃漬品

A 定食(ていしょく)に味噌汁(みそしる)と漬物(つけもの)がついています。 套餐有附味噌湯跟醃漬品。

B では、定食(ていしょく)にします。 那麼我點套餐。

Track 0083

|敬體| **デザート** ：甜點 | 同義字：**菓子(かし)**（點心）

A よく食(た)べますね。 真會吃呢。

B 女(おんな)の子(こ)にとってデザートは別腹(べつばら)ですよ。
女孩子有一個專門裝甜點的胃喔。

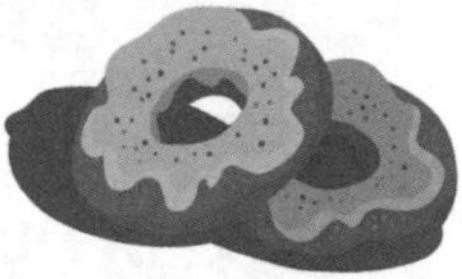

Track 0084

|常體| **電子レンジ でんしレンジ** ：微波爐

A 電子(でんし)レンジはあっという間(ま)に食(た)べ物(もの)を温(あたた)められるね。
微波爐一瞬間就可以加熱好食物。

B すごく便利(べんり)ね。 真方便呢。

Track 0085

|敬體| **天ぷら てんぷら** ：天婦羅

A 天(てん)ぷらを作(つく)れるんですか？ 你會做天婦羅？

B 作(つく)りかたは本(ほん)で読(よ)みました。 看書學了做法。

Track 0086

|常體| **澱粉 でんぷん** ：澱粉 | 同義字：**スタッチ**（澱粉）

A 何(なん)でおもちはねばねばするの？ 為什麼年糕會黏黏的？

B 澱粉(でんぷん)は水(みず)の中(なか)で熱(ねつ)を加(くわ)えると粘度(ねんど)が高(たか)くなるからですよ。
因為澱粉在水中加熱後，黏稠度會增加。

Track 0087

｜敬體｜ トースト ：吐司

A 朝ご飯は何を食べますか。 早餐要吃什麼？

B 焼いたトーストとコーヒーでいいです。 烤吐司跟咖啡就好。

Track 0088

｜口語｜ ドーナツ ：甜甜圈

A ドーナツをコーヒーに浸して食べるのが好きです。
我喜歡將甜甜圈沾咖啡吃。

B それって美味しいんですか？ 那樣會好吃嗎？

Track 0089

｜常體｜ 豆腐 とうふ ：豆腐

A 悪いけど豆腐買ってきてくれない？ 不好意思，可以幫我買豆腐嗎？

B いいよ。一丁でいいの？ 好啊，一塊夠嗎？

Track 0090

｜敬體｜ トマト ：番茄

A トマトは果物ですか、それとも野菜ですか。 番茄是水果還是蔬菜？

B 野菜ですよ。 是蔬菜喔。

Track 0091

｜敬體｜ 鶏肉 とりにく ：雞肉

A 鶏肉と魚ならどちらの方が好きですか。 喜歡雞肉或魚？

B 鶏肉の方が好きです。 喜歡雞肉。

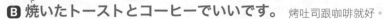

Track 0092

｜敬體｜ ナイフ ：刀子

A ナイフとフォークを使うのが上手になりましたね。
你變得很會用刀叉呢。

B 結構練習しました。 我練習了很久。

🎧 **Track 0093**

｜口語｜ 茄 なす ：茄子

A 茄(なす)が嫌(きら)いですか。 你討厭茄子嗎？

B だって紫色(むらさきいろ)の野菜(やさい)って変(へん)よ。 因為紫色的蔬菜好奇怪。

🎧 **Track 0094**

｜常體｜ 鍋 なべ ：鍋

A その鍋(なべ)に触(ふ)らないで。すごく熱(あつ)いから。 別摸那個鍋子。很燙。

B うん、気(き)をつける。 嗯，我會小心。

🎧 **Track 0095**

｜常體｜ 匂い におい ：氣味 ｜ 反義字：味(あじ)（味道）

A 甘(あま)い匂(にお)いがしないか。 有沒有聞到甜甜的味道？

B 母(はは)がケーキを作(つく)っているから。 媽媽在做蛋糕。

🎧 **Track 0096**

｜常體｜ 肉 にく ：肉

A この肉(にく)は硬(かた)くてまずい。 這肉很硬很難吃。

B ちょっと焼(や)きすぎだね。 有點烤過頭了。

🎧 **Track 0097**

｜常體｜ 人参 にんじん ：胡蘿蔔

A 人参(にんじん)の嫌(きら)いな子供(こども)がたくさんいるね。 很多小孩不喜歡胡蘿蔔。

B 体(からだ)にいいのに。 可是對身體很好。

🎧 **Track 0098**

｜常體｜ 大蒜 にんにく ：蒜

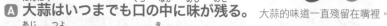

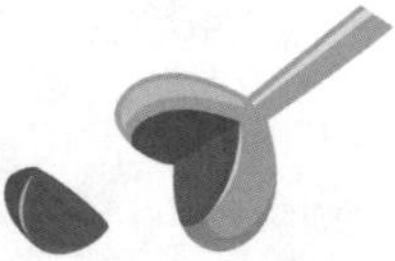

A 大蒜(にんにく)はいつまでも口(くち)の中(なか)に味(あじ)が残(のこ)る。 大蒜的味道一直殘留在嘴裡。

B 味(あじ)が強(つよ)くてなかなか消(き)えないね。 味道很強烈，不容易消失。

Track 0099

|敬體| **葱 ねぎ** ：蔥

A 葱お好み焼きを食べたことありますか。 有吃過蔥花大阪燒嗎？

B うん、葱をたっぷり使っていておいしいですね。
有，加了很多蔥，很好吃。

Track 0100

|敬語| **飲み物 のみもの** ：飲料 | 同義字：**飲料**（飲料）

A 飲み物はいかがですか。 要喝點飲料嗎？

B コーヒーをください。 請給我咖啡。

Track 0101

|口語| **バー** ：酒館 | 同義字：**酒場**（酒館）

A 今夜、バーに行かない？ 今晚要不要去酒館？

B いいわね、最近全然行ってないから。 好啊，最近都沒去。

Track 0102

|常體| **パイ** ：派

A あの店のアップルパイは安くて美味しいよ。
那間店的蘋果派便宜又好吃。

B 私 もよく食べるわよ。 我常常吃。

Track 0103

|敬語| **箸 はし** ：筷子

A 箸の使い方にはもうすっかりお慣れになったでしょう。
已經習慣用筷子了嗎？

B ええ、なんとか。 嗯，總算是。

Track 0104

|常體| **パスタ** ：義大利麵

A ここ、結構パスタがいけるのよ。あとピザも。
這裡的義大利麵還不錯。還有比薩也不錯。

B よく知っているね。 你知道很多嘛。

Track 0105

| 常體 | **バター** ：奶油 | 同義字：**牛酪**(ぎゅうらく)（奶油）

A **冷蔵庫(れいぞうこ)にバターはあるか。** 冰箱裡還有奶油嗎？

B **全部(ぜんぶ)使(つか)ってしまったの。** 全部用完了。

Track 0106

| 敬體 | **パック** ：一包

A **苺(いちご)1パックに何粒(なんつぶ)入(はい)っていますか。** 草莓一包有幾顆？

B **大(おお)きさによりますが、4粒(つぶ)から8粒(つぶ)あると思(おも)いますよ。**
看大小，大約有4～8顆。

Track 0107

| 敬語 | **バニラ** ：香草 | 同義字：**ヴァニラ**（香草）

A **バニラアイスクリームを二(ふた)つ下(くだ)さい。** 我要兩份香草冰淇淋。

B **はい、少々(しょうしょう)お待(ま)ちください。** 好的，請稍等。

Track 0108

| 常體 | **ハム** ：火腿

A **ハムはもっと厚(あつ)く切(き)って。** 火腿再切厚一點。

B **わかったわよ。本当(ほんとう)にハムが好(す)きね。**
知道啦。你真的很喜歡吃火腿耶。

Track 0109

| 常體 | **腹ペコ はらペコ** ：餓、飢餓 | 反義字：**腹(はら)いっぱい**（飽）

A **僕(ぼく)、腹(はら)ペコなんだ。** 我餓了。

B **たくさん作(つく)ったからいっぱい食(た)べて。** 煮了很多，盡量吃。

Track 0110

| 敬體 | **パン** ：麵包

A **いい匂(にお)いで美味(おい)しいそうですね。** 好香，看起來好好吃。

B **出来(でき)たてのパンの香(かお)りが食欲(しょくよく)そそりますね。**
剛出爐的麵包香味會刺激食慾。

Track 0111

|敬體| ハンバーガー：漢堡

A 僕はハンバーガーが好きで、毎日食べても飽きないです。 我很喜歡吃漢堡，每天吃都不會膩。

B ハンバーガーばかり食べていると、栄養が偏りますよ。 光吃漢堡營養會不均衡喔。

Track 0112

|敬體| パン耳 パンみみ：麵包邊

A パン耳が必要以上に余ってしまいます。どうすればいいですか？ 多了很多麵包邊。該怎麼辦才好？

B バターと砂糖で味付けすると美味しいおやつになりますよ。 用奶油與砂糖調味，可以做成很好吃的點心喔。

Track 0113

|常體| ビール：啤酒

A 彼はビール一杯で酔っていたよ。 他喝一杯啤酒就會醉了。

B 本当にお酒に弱いわね。 酒量真的很差呢。

Track 0114

|常體| ピクニック：野餐

A 週末ピクニックに行こうよ。 週末去野餐啦。

B じゃ、私がお弁当作るね。 那我來做便當。

Track 0115

|常體| 必要 ひつよう：需要 | 反義字：不要（不需要）

A 食事制限は必要ですか。 有需要控制飲食嗎？

B いいえ、別に大丈夫ですよ。 不用特別控制沒關係。

Track 0116

|敬體| ピザ：披薩

A ピザは僕の大好物です。 我好喜歡吃比薩。

B じゃ、今晩ピザを食べましょう。 那今天晚上就來吃比薩吧。

Track 0117

|口語| **ビュッフェ**：自助餐 | 同義字：**バイキング**（自助餐）

A ランチビュッフェのおいしいお店(みせ)を紹介(しょうかい)して。
介紹我午餐自助餐好吃的店。

B いいわよ。いい店(みせ)何軒(なんけん)か知(し)ってますから。 好啊，我知道幾間不錯的。

Track 0118

|常體| **風味 ふうみ**：風味 | 同義字：**フレーバー**（風味）

A なんで生姜(しょうが)を加(くわ)えるの？ 為什麼要加薑？

B 風味(ふうみ)を加(くわ)えるためよ。 為了增加風味。

Track 0119

|敬語| **フォーク**：叉

A フォークをいただけますか。 可以給我叉子嗎？

B 今(いま)持(も)って行(い)きますね。 現在拿過去。

Track 0120

|敬體| **豚肉 ぶたにく**：豬肉

A なぜムスリムは豚肉(ぶたにく)を食(た)べないのですか。
為什麼穆斯林不吃豬肉？

B イスラム教(きょう)では豚肉(ぶたにく)を食(た)べることは禁(きん)じられているからです。 因為伊斯蘭教是禁止吃豬肉的。

Track 0121

|口語| **フライパン**：平底鍋 | 反義字：**鍋**（鍋）

A 彼女(かのじょ)は背後(はいご)からフライパンで彼(かれ)の頭(あたま)をたたいたんだって。
她從背後拿平底鍋敲他的頭。

B わ！痛(いた)そう。 哇！光聽就覺得痛。

Track 0122

|常體| **プリン** ：布丁

A **プリンをどうぞ。** 請吃布丁。

B **プリンだ。ありがとう。** 是布丁耶。謝謝。

Track 0123

|常體| **ベーコン** ：培根、煙燻豬肉

A **ベーコンエッグは朝(あさ)ごはんの定番(ていばん)メニューのひとつだね。** 培根蛋是早餐的固定餐點之一。

B **電子(でんし)レンジで簡単(かんたん)に作(つく)れるわよ。** 用微波爐就能輕易做出喔。

Track 0124

|口語| **包丁 ほうちょう** ：菜刀

A **包丁(ほうちょう)で指(ゆび)を切(き)っちゃった。** 菜刀切到手指頭了。

B **危(あぶ)ないからちゃんと注意(ちゅうい)しなさい。** 很危險你要小心注意。

Track 0125

|敬體| **豆 まめ** ：豆子

A **豆(まめ)をナイフで食(た)べるのは無理(むり)です。** 沒辦法用刀子吃豆子。

B **箸(はし)で食(た)べるのも難(むずか)しいです。** 用筷子吃也很難。

Track 0126

|敬體| **マヨネーズ** ：美乃滋 | 同義字：**マヨネーズソース**（美乃滋）

A **たこ焼(や)きにマヨネーズかけますか？** 章魚燒會沾美乃滋嗎？

B **絶対(ぜったい)にかけます！** 絕對要沾！

Track 0127

|常體| **水 みず** ：水

A **一日(いちにち)どのくらいの水を飲(の)むほうがいいの？** 一天要喝多少水比較好呢？

B **2リットルだそうです。** 據說是2公升。

Track 0128

｜常體｜ 味噌 みそ ：味噌

A 姉(ねえ)さん、この味噌汁(みそしる)は母(かあ)さんの味(あじ)がするね。
姐姐，這味噌湯有媽媽的味道。

B お母(かあ)さんが作(つく)り方(かた)を教(おし)えてくれたからね。 因為媽媽有教我做法。

Track 0129

｜敬語｜ メニュー ：菜單 ｜ 同義字：献立(こんだて)（菜單）

A もう一度(いちど)メニューを見(み)せていただけますか。
可以再給我看一次菜單嗎？

B はい、メニューでございます。 好的，這是菜單。

Track 0130

｜常體｜ 麺 めん ：麵

A 麺(めん)を食(た)べたいなぁ。 好想吃麵。

B じゃ、中華料理店(ちゅうかりょうりてん)へ行(い)こう。 那我們去中國餐廳吧。

Track 0131

｜常體｜ 薬缶 やかん ：水壺 ｜ 同義字：ケトル（水壺）

A 薬缶(やかん)から湯気(ゆげ)が立(た)っている。 水壺在冒蒸氣。

B もうすぐ沸(わ)くね。 水就快滾了。

Track 0132

｜口語｜ 野菜 やさい ：蔬菜

A 野菜(やさい)をたくさん食(た)べなさい。 要多吃蔬菜。

B 野菜(やさい)が嫌(きら)いなんだもん。 我討厭蔬菜嘛。

Track 0133

|常體| 夕食 ゆうしょく ：晚餐 | 同義字：晩ご飯（晚餐）

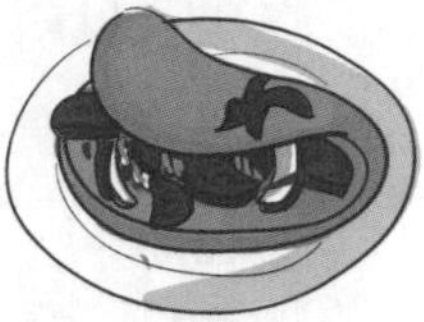

A **出かけるから、今日夕食は要らない。**
我要出門，今天晚餐不回來吃了。

B **分かった。外でちゃんと食べなさいよ。**
知道了。自己在外面要好好吃喔。

Track 0134

|敬體| 容器 ようき ：容器 | 同義字：器（容器）

A **油を保存する場合にはどのような容器がいいですか？**
要用什麼樣的容器保存油比較好？

B **光を通さない容器です。** 不透光的容器。

Track 0135

|常體| ヨーグルト ：優酪乳、優格

A **ヨーグルトの作り方を勉強しようと思う。** 我想學優酪乳的做法。

B **私も勉強したい。** 我也想學。

Track 0136

|常體| 洋食 ようしょく ：西餐

A **僕は洋食はあまり好きじゃない。** 我不是很喜歡西餐。

B **日本人はやはり和食ね。** 日本人還是適合日式料理。

Track 0137

|敬體| ラーメン ：拉麵

A **僕達は時々、ドライブを兼ねて大好きなラーメンを食べに行くんです。** 我們有時候會開車去吃好吃的拉麵，順便兜風。

B **今度、私も誘ってよ。** 下次也約我一起去。

Track 0138

| 常體 | **料理 りょうり** ：煮菜、菜餚 | 同義字：**ディッシュ**（菜餚）

A **彼女(かのじょ)は料理(りょうり)上手(じょうず)です。** 她很會做菜。

B **私(わたし)まだ食(た)べたことがない。** 我還沒吃過。

Track 0139

| 常體 | **林檎 りんご** ：蘋果

A **この箱(はこ)には林檎(りんご)がいくつあるの？** 箱子裡有幾個蘋果？

B **五(いつ)つ入(はい)っているわよ。** 裡面有五個。

Track 0140

| 常體 | **レシピ** ：食譜、秘訣 | 同義字：**秘訣(ひけつ)**（秘訣）

A **そのレシピには、チョコレートケーキの材料(ざいりょう)がすべて記載(きさい)されているよ。** 這食譜有寫著所有巧克力蛋糕所需的材料。

B **ありがとう。早速(さそく)作(つく)ってみるわ。** 謝謝。馬上就來做做看。

Track 0141

| 敬體 | **レストラン** ：餐廳 | 同義字：**食堂(しょくどう)**（餐廳）

A **この辺(へんあたら)新しいレストランがオープンしたみたいですよ。**
這附近好像開了新餐廳。

B **食(た)べにいきましょうか？** 要去吃嗎？

Track 0142

| 敬語 | **ワイン** ：葡萄酒

A **白(しろ)ワインと赤(あか)ワイン、どちらになさいますか。**
請問要用白酒或是紅酒？

B **赤(あか)ワインお願(ねが)いします。** 請給我紅酒。

Track 0143

|敬體| 和菓子 わがし ：和菓子

A 和菓子(わがし)は美味(おい)しいけど、作(つく)るのは難(むずか)しいですね。
和菓子雖然很好吃，但很難製作。

B 芸術作品(げいじゅつさくひん)としても要求(ようきゅう)されますからね。
因為和菓子也被當做藝術品在製作。

Track 0144

|敬體| 山葵 さわび ：芥末

A 最近(さいきん)は、山葵(わさび)が苦手(にがて)な若者(わかもの)も多(おお)いと聞(き)いています。
聽說最近很多年輕人不敢吃芥末。

B スーパーの寿司(すし)が山葵別添(わさびべってん)になっているのも、原因(げんいん)なのかもしれませんね。
或許是因為這樣，所以超市賣的壽司也都把芥末分開裝。

Track 0145

|敬體| 和食 わしょく ：日式料理

A 和食(わしょく)を食(た)べたことがありますか。 有吃過日式料理嗎？

B はい、台湾(たいわん)でもよく和食(わしょく)を食(た)べます。
有，在台灣也常常吃日式料理。

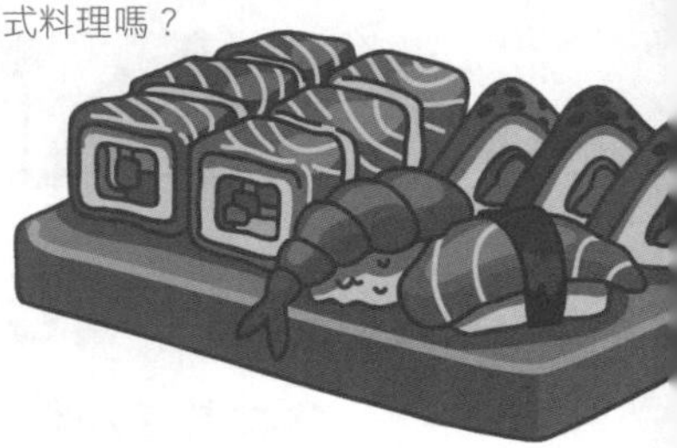

動詞

Track 0146

｜常體｜ 揚げる あげる ：油炸 ｜ 同義字：**フライ**（炸）

A 鶏(とり)の唐揚(からあ)げの作(つく)り方(かた)を知(し)ってる？ 你知道炸雞的作法嗎？

B 鶏(とり)に片栗粉(かたくりこ)をまぶして、高温(こうおん)の油(あぶら)で揚(あ)げるのよ。
雞肉抹上太白粉，然後用高溫油炸。

Track 0147

｜常體｜ 炒める いためる ：炒

A 料理(りょうり)が上手(じょうず)だね。 你很會做菜耶。

B コツ分(わ)かれば、簡単(かんたん)よ。中華料理(ちゅうかりょうり)は強火(つよび)で手早(てはや)く炒(いた)めること。
知道訣竅就很簡單了。中國菜的訣竅是大火快炒。

Track 0148

｜常體｜ 飢える うえる ：饑餓 ｜ 同義字：**おなペコ**（饑餓）

A 飢(う)えて死(し)にそう。 快餓死了。

B えぇ？さっき食(た)べたばかりじゃないの？
咦？不是才剛吃飽？

Track 0149

｜口語｜ 噛む かむ ：咀嚼 ｜ 同義字：**噛(か)み砕(くだ)く**（嚼碎）

A つめを噛(か)むんじゃない。 不要咬指甲。

B 分(わ)かってるわよ。でもすぐ直(なお)せないんだもん。
知道啦。但沒辦法馬上改過來嘛。

Track 0150

｜常體｜ 渇く かわく ：口渴

A 喉(のど)が渇(かわ)いた。 口渴了。

B 紅茶(こうちゃ)でも飲(の)む？ 要喝紅茶嗎？

Track 0151

|口語| 溢す こぼす ：使溢流

A **お酒溢しちゃった。** 打翻酒了。

B **半分近くも溢したじゃない。落ち着けよ。** 打翻了將近一半耶。冷靜點。

Track 0152

|常體| 吸う すう ：吸、吸取 | 反義字：吐く（吐出）

A **あれ？彼はいないの？** 咦？他不在嗎？

B **彼は新鮮な空気を吸うためにちょっと外に出ているのよ。** 他出去呼吸新鮮口氣。

Track 0153

|常體| 楽しむ たのしむ ：享受 | 同義字：エンジョイ（享受）

A **このゲーム面白い。** 這遊戲很有趣。

B **夢中で楽しんでいたね。** 都玩到忘我了呢。

Track 0154

|常體| 食べる たべる ：吃

A **え？そのまま食べるの？** 咦？就直接這樣吃嗎？

B **ピーマンは生で食べられるよ。** 青椒可以生吃啊。

Track 0155

|常體| 調理 ちょうり ：烹調

A **彼女は食べ物がどう調 理されたかに非常にうるさいんだ。** 她對食物的烹調方式很計較。

B **でもおかげで美味しいもの食べられるでしょ。** 不過多虧如此，才可以吃到美味的食物。

Track 0156

|常體| 注ぐ つぐ ：倒

A **コップに熱いお湯を注ぐな。さもないとひびが入るよ。** 別把熱水倒進杯子。不然杯子會破掉。

B **わ！危なかった。** 哇！好險。

Track 0157

｜敬體｜ 提供 ていきょう ：提供

A 先生(せんせい)が情報提供(じょうほうていきょう)してくれるそうです。 老師好像會提供資料。

B それは助(たす)かります。 那真是幫了大忙。

Track 0158

｜敬體｜ 舐める なめる ：舔 ｜ 同義字：舐(ねぶ)る

A 犬(いぬ)が飼(か)い主(ぬし)を舐(な)めるのは何故(なぜ)ですか？ 狗為什麼會舔飼主？

B 自分(じぶん)が下(した)であり服従(ふくじゅう)していることを表現(ひょうげん)していると言(い)われています。 據說是表現自己的服從。

Track 0159

｜常體｜ 煮込む にこむ ：熬煮

A これ美味(おい)しいね。 這道菜很好吃。

B ありがとう。煮込(にこ)むだけの簡単(かんたん)な料理(りょうり)だけどね。
謝謝。不過就只是拿去熬煮的簡單的菜色而已。

Track 0160

｜敬體｜ 煮る にる ：燉煮

A シチューを作(つく)るには、
何(なに)に注意(ちゅうい)すればいいですか。

做燉菜要注意什麼？

B とろ火(び)で煮(に)ることです。 要用小火燉煮。

Track 0161

｜常體｜ 除く のぞく ：去除 ｜ 反義字：加(くわ)える（加入）

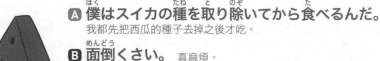

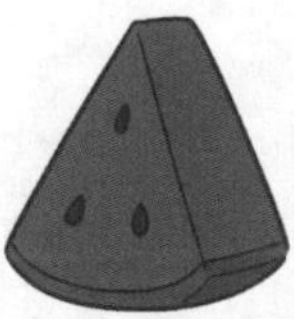

A 僕(ぼく)はスイカの種(たね)を取(と)り除(のぞ)いてから食(た)べるんだ。
我都先把西瓜的種子去掉之後才吃。

B 面倒(めんどう)くさい。 真麻煩。

Track 0162

｜常體｜ 振り掛ける ふりかける ：灑 ｜ 同義字：**散らす**（灑）

A 七味唐辛子を多めに振り掛けるともっと美味しくなるよ。 多灑一點七味粉會更好吃喔。

B でもわたしは七味唐辛子があまり好きじゃないのよ。 但我不是很喜歡七味粉。

Track 0163

｜口語｜ 細切り ほそぎり ：切細

A 細切りって難しいね。 切細好難。

B 繊維に沿って細切りにするか、縦に細切りにするのがコツよ。 訣竅是沿著纖維或是直著切。

Track 0164

｜敬體｜ 混ぜる まぜる ：攪拌 ｜ 同義字：**かき回す**

A それは何ですか？ 這是什麼？

B カクテルをかき混ぜるために使われる小さな棒です。 攪拌調酒用的小棒了。

Track 0165

｜常體｜ 蒸す むす ：蒸

A 野菜はただ蒸すだけでも甘くてうまいよ。 蔬菜單單用蒸的就很甘甜很好吃。

B 健康にもいいし。 對健康也好。

Track 0166

｜常體｜ 焼く やく ：烤 ｜ 同義字：**炙る**（火烤）

A 母は毎朝パンを焼くんだ。 我媽媽每天早上烤麵包。

B すごいね。でも大変じゃないの？ 真厲害。但不會很辛苦嗎？

Track 0167

｜敬體｜ 茹でる ゆでる ：水煮 ｜ 同義字：**湯掻く**（川燙）

A 豚肉は低温でゆっくり茹でるとやわらかく茹で上がりますね。 豬肉要低溫慢慢煮，才會煮的軟。

B ゆっくり時間をかけることですね。 就是要花時間慢慢來吧。

形容詞

🎧 Track 0168

| 敬體 | **熱い あつい** :熱的 | 反義字:**冷たい**(冷的)

A 何を飲みますか。 要喝些什麼嗎?

B 熱いコーヒーをください。 請給我熱咖啡。

🎧 Track 0169

| 常體 | **油っこい あぶらっこい** :油膩的

A ソーセージが油っこいなぁ。 這香腸好油膩。

B にんにくと一緒に食べるとおいしいよ。 配大蒜一起就會很好吃喔。

🎧 Track 0170

| 常體 | **甘い あまい** :甜的

A アイスおいしそう。 冰淇淋看起來好好吃。

B 僕は甘いのはだめだ。 我不吃甜的。

🎧 Track 0171

| 口語 | **美味しい おいしい** :美味的 | 反義字:**まずい**(難吃的)

A この鍋、すごく美味しい。 這火鍋好好吃。

B そう?よかった。口に合うかと心配してたの。
是嗎?太好了。還擔心不合胃口。

🎧 Track 0172

| 常體 | **硬い かたい** :硬的 | 反義字:**柔らかい**(軟的)

A 硬いベッドの方がいいんじゃない? 床要硬的比較好吧?

B 体 が痛くなるからだめ。 身體會痛所以不行。

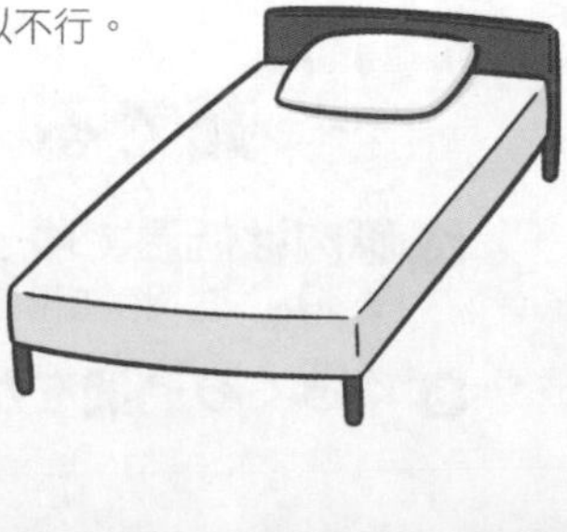

Track 0173

| 敬體 | **辛い からい** ：辛辣的

A **赤(あか)い唐辛子(とうがらし)のほうが辛(から)いですか。** 紅辣椒比較辣嗎？

B **いいえ、ただ、国(くに)によって使(つか)う色(いろ)に偏(かたよ)りがあるみたいですよ。** 不，似乎只是不同國家有不同偏好而已。

Track 0174

| 常體 | **塩っぱい しょっぱい** ：鹹的 | 同義字：**塩辛(しおから)い**（鹹的）

A **この料理(りょうり)なんか塩(しょ)っぱい。** 這道菜有點太鹹了。

B **やばい、塩加減(しおかげん)間違(まちが)えた。** 糟糕，鹽的分量弄錯了。

Track 0175

| 敬體 | **酸っぱい すっぱい** ：酸的 | 反義字：**甘(あま)い**（甜的）

A **レモンを薄(うす)く切(き)って。** 幫我把檸檬切片。

B **レモンの輪切(わぎ)りを見(み)るだけで、口(くち)の中(なか)に酸(す)っぱい唾(つば)がわいてきそうですね。** 光看檸檬片，就會分泌口水呢。

Track 0176

| 常體 | **冷たい つめたい** ：冷的 | 反義字：**熱(あつ)い**（熱的）

A **今日(きょう)は風(かぜ)が冷(つめ)たかった。** 今天的風好冷。

B **早(はや)くお風呂(ふろ)に入(はい)って、体(からだ)を温(あたた)めて。** 快點去泡澡，暖暖身子。

Track 0177

| 敬體 | **柔らかい やわらかい** ：柔軟的 | 反義字：**硬(かた)い**（硬的）

A **この肉(にく)は柔(やわ)らかくて美味(おい)しいです。** 這肉好軟很美味。

B **すごくいい肉(にく)ですよ。** 這是很好的肉喔。

Track 0178

| 口語 | **酔い よい** ：酒醉的 | 同義字：**酔(よ)っ払(ぱら)い**（酒醉的）

A **酔(よ)っちゃったの？** 喝醉了嗎？

B **ほろ酔(よ)い気分(きぶん)ですよ。** 微醺的感覺。

副詞

Track 0179

|常體| **かりかり** ：酥脆的

A ドリトスはかりかりで美味(おい)しい。 玉米脆片脆脆的好好吃。

B ソースつけるのも美味(おい)しいよ。 沾醬吃也很好吃喔。

Track 0180

|常體| **十分 じゅうぶん** ：充足

A 鶏(とり)はできた？ 雞肉好了嗎？

B うん、十分(じゅうぶん)焼(や)いたよ。 已經烤得很充分囉。

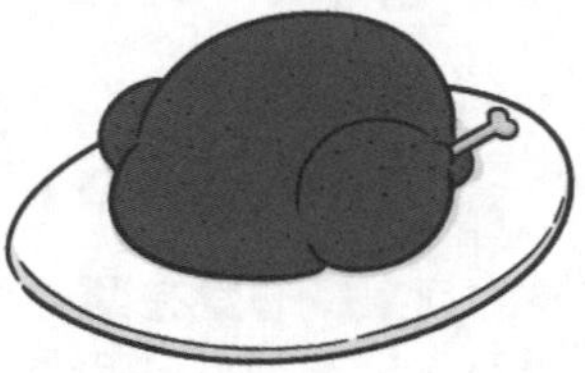

パート2

暖暖穿

パート2 暖暖穿

輕鬆和日本人對話從最生活化的單字開始，搭配稀鬆平常的生活對話，馬上就知道日本人怎麼說！

【文體】敬體、常體、敬語、口語：注意場合選出最適合的用字！

名詞

Track 0181

|常體| 編み物 あみもの ：編織物

A いい暇(ひま)つぶしの方法(ほうほう)を教(おし)えてくれ。 告訴我打發時間的好方法吧。

B 編(あ)み物(もの)でもすれば？ 編織東西如何？

Track 0182

|常體| 衣装 いしょう ：服裝、戲服

A なんてすてきなドレスなんだ。君(きみ)がまるで女優(じょゆう)に見(み)えるよ。 多漂亮的洋裝啊。你看起來就像女明星一樣。

B ありがとう、馬子(まご)にも衣装(いしょう)って本当(ほんとう)ね。
果然佛要金裝，人要衣裝呢。

Track 0183

|口語| 糸 いと ：線

A よく見(み)えないから、針(はり)に糸(いと)を通(とお)してもらえない？
我看不清楚，可以幫我穿線嗎？

B 針(はり)の糸通(いととお)しって、簡単(かんたん)なようで難(むずか)しいね。
穿線看起來簡單但其實很難呢。

Track 0184

|常體| 衣類 いるい ：衣服 | 同義字：**着物(きもの)**（衣服、和服）

A リサイクルに出(だ)すから、不要(ふよう)な衣類(いるい)を出(だ)して。
把不要的衣服拿出來，我想拿去回收。

B 服(ふく)でも靴(くつ)でも何(なん)でもいいの？
衣服、鞋子、什麼都可以嗎？

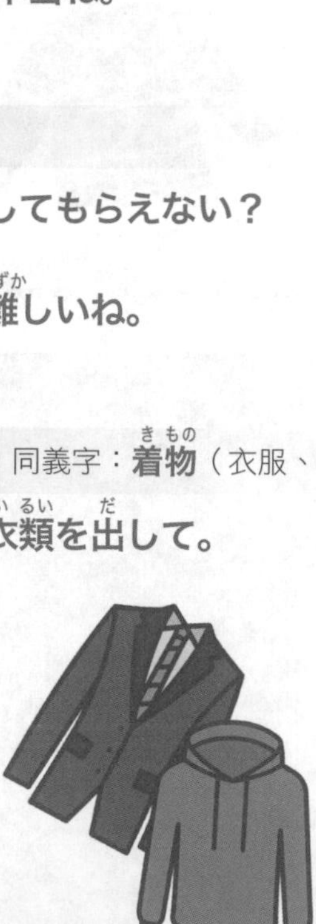

Track 0185

|敬體| ウール ：羊毛 | 同義字：**羊毛**（羊毛）

A ウールのセーターを洗濯して縮んでしまったんだけど、元に戻りますか。 洗羊毛衣卻縮水了，救得回來嗎？

B 残念ですが一度縮んでしまったら、元に戻すことはできません。 真可惜，一旦縮水就無法回復成原來的樣子了。

Track 0186

|常體| 腕時計 うでどけい ：手錶

A 君すごくこの腕時計を大切にしているね。 你很珍惜這支手錶呢。

B これは祖父が私に残してくれたものなんです。 這是我祖父留給我的。

Track 0187

|口語| 腕輪 うでわ ：手鐲

A 中国では、翡翠はお守りとして身に付けるようです。事故に合ったり病気になったりしないようにというためなんです。 在中國，玉被當成是護身符。讓人遠離意外以及病痛。

B でも、翡翠の腕輪って若い女性にはあまり似合わないと思います。 不過我覺得玉鐲子不太適合年輕女性。

Track 0188

|常體| 羽毛 うもう ：羽毛 | 同義字：**フェザー**（羽毛）

A 羽毛布団の寝心地を知ったら、もう他のお布団へは戻れないよ。 一旦知道羽毛被的舒適度，就沒辦法再用其他材質的棉被了。

B 本当？じゃ、まず羽毛枕を買ってみようかな。 真的嗎？那我先買羽毛枕試試看。

Track 0189

|常體| 襟 えり ：衣領

A 襟(えり)の汚(よご)れが目立(めだ)つわよ。ちゃんと落(お)としたほうがいいわよ。 衣領的污漬很顯眼。最好是清乾淨。

B でも、なかなか取(と)れなくて、困(こま)っているんだ。
不過，很難清理，我也很苦惱。

Track 0190

|常體| オーバーオール ：吊帶褲

A 最近(さいきん)オーバーオールがはやっているね。 最近很流行吊帶褲。

B 特(とく)に子供(こども)サイズはかわいいよ。 小孩子尺寸的特別可愛呢。

Track 0191

|口語| 織物 おりもの ：紡織品、布料 | 同義字：ファブリック（紡織品）

A このシャツはアイロン掛(か)けを要(よう) 求(きゅう)しない織物(おりもの)が使用(しよう)されているんだ。 這件襯衫使用免燙材質的布料。

B アイロンかけないって楽(らく)だね。 不用燙很輕鬆呢。

Track 0192

|常體| 外見 がいけん ：外表

A 彼(かれ)は彼女(かのじょ)の無邪気(むじゃき)な外見(がいけん)にだまされたんだ。
他被她天真無邪的外表給騙了。

B 外見(がいけん)で人(ひと)を判断(はんだん)してはいけないのに。 人不可貌相啊。

Track 0193

|常體| 鏡 かがみ ：鏡子

A その格好(かっこう)は何(なん)だ？出(で)かける前(まえ)にもう一度(いちど) 鏡(かがみ)を見(み)なさい。
你這是什麼德性？出門前再好好照一次鏡子。

B え？何(なに)？ちゃんと身支度(みじたく)したよ。
咦？什麼？我有好好打扮呀。

Track 0194

｜常體｜ かつら ：假髮

A 彼(かれ)は髪(かみ)が薄(うす)いから、かつらを付(つ)けているんだ。
他禿頭，所以戴著假髮。

B わからないわね、かつらがよくできているからかな。
看不出來，可能是因為假髮做的太好了吧。

Track 0195

｜敬體｜ 鞄 かばん ：包包 ｜ 同義字：バッグ（包包）

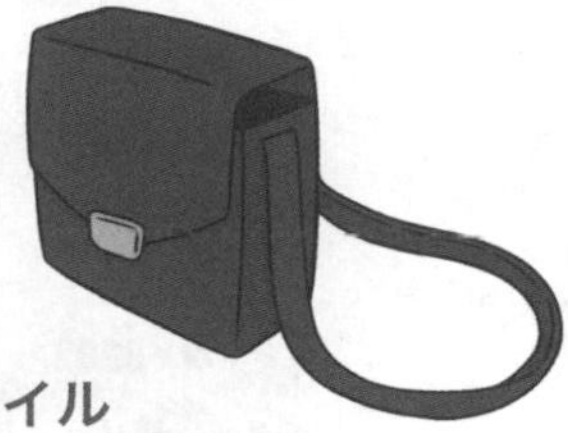

A これは誰(だれ)の鞄(かばん)ですか？ 這是誰的包包？

B 知(し)りません。だれか置(お)き忘(わす)れたんでしょう。
不知道。有人忘了吧。

Track 0196

｜常體｜ 髪型 かみがた ｜ 同義字：ヘアスタイル

A 君(きみ)、髪型(かみがた)を変(か)えた？ 你換髮型了嗎？

B 分(わ)かる？昨日(きのう)髪(かみ)を切(き)ったばかりなの。 看得出來？昨天才剛剪頭髮。

Track 0197

｜常體｜ 剃刀 かみそり ：剃刀、刮鬍刀

A 剃刀(かみそり)を貸(か)して。 借我刮鬍刀。

B 切(き)れ味(あじ)が悪(わる)いから、気(き)をつけてね。 刀鋒不是很利，小心點。

Track 0198

｜常體｜ 乾燥 かんそう ：乾燥 ｜ 反義字：湿気(しっき)（濕氣）

A 空気(くうき)がとても乾燥(かんそう)していて痒(かゆ)い！ 空氣太乾燥了，好癢！

B クリームを多(おお)めに塗(ぬ)って。 乳液多擦一點。

Track 0199

｜常體｜ クリーニング店 クリーニングてん ：洗衣店 ランドリー

A お母(かあ)さん！あの赤(あか)いドレスはどこ？ 媽！那件紅色洋裝在哪裡？

B クリーニング店(てん)に出(だ)したわよ。 拿去送洗囉。

Track 0200

|常體| 櫛 くし：梳子

A 君の素敵なロングヘアには惚れ惚れしてしまうよ。羨ましいよ。 好喜歡你一頭烏溜的長髮。好羨慕喔。

B 毎日丁寧に櫛で髪をとかしているだけなのよ。あなたもやればできるわよ。 我只是每天很仔細梳頭。你也做得到。

Track 0201

|敬語| 口紅 くちべに：口紅

A このマニキュアと合う色の口紅を探しているんですけれど。 我在找顏色能搭配這個指甲油的口紅。

B では、こちらはいかがですか。 那麼這個如何？

Track 0202

|常體| 靴 くつ：鞋 | 同義字：シューズ（鞋子）

A 僕の靴はどこだろう。 我的鞋子在哪呢？

B 下駄箱にしまってあるんじゃない。 收在鞋櫃裡吧。

Track 0203

|常體| 靴下 くつした：襪子

A 彼女は靴下のままで部屋をあちこち歩き回ったんだ。 她穿著襪子在房間裡走來走去。

B 洗濯が大変ね。 這下子襪子可難洗了。

Track 0204

|敬體| 下駄 げた：木屐

A 慣れていないから下駄をはいて歩くのは本当に大変ですよ。 因為不習慣，穿木屐走路真的很累。

B でもね、下駄ははいて歩くだけで美脚効果が期待できるとされているんですよ。 可是據說穿木屐走路腳會變漂亮喔。

Track 0205

|常體| 化粧品 けしょうひん：化妝品

A これから、映画(えいが)でも見(み)に行(い)こう。接下來去看個電影吧。

B もし時間(じかん)があるなら化粧品(けしょうひん)も見(み)てみたいな。
如果有時間的話，我還想去逛化妝品。

Track 0206

|常體| 現代 げんだい：現代 | 反義字：伝統(でんとう)（傳統）

A 携帯電話(けいたいでんわ)は現代生活(げんだいせいかつ)には欠(か)くことができないものだな。
行動電話是現代生活不可或缺的東西。

B 携帯電話(けいたいでんわ)のない生活(せいかつ)なんて考(かんが)えられない。
沒辦法想像沒有行動電話的生活。

Track 0207

|常體| 香水 こうすい：香水

A 彼女(かのじょ)の香水(こうすい)の香(かお)りはきつすぎだよ。她的香水味道太刺鼻。

B だからあまり彼女(かのじょ)には近(ちか)づきたくないのよ。
所以我不是很喜歡接近她。

Track 0208

|常體| 合成繊維 ごうせいせんい：人造纖維

A 合成繊維(ごうせいせんい)の服(ふく)なのに虫食(むしく)いがあるなんて信(しん)じられない！
真是無法相信人造纖維的衣服也會被蟲咬！

B 汚(よご)れが残(のこ)っていると虫(むし)に食(く)われることがありますよ。
如果衣服殘有汙垢，是有可能會被蟲咬的喔。

Track 0209

|敬語| コート：外套 | 同義字：上着(うわぎ)（上衣、外套）

A コートをお預(あず)かりいたしましょうか？需要寄放外套嗎？

B あぁ、ありがとう。お願(ねが)いします。啊，謝謝。麻煩了。

Track 0210

|敬體| 腰 こし ：腰

A 腰痛の対策になる体操のやり方を教えて。
教我可以減輕腰痛的體操。

B はい、足を肩幅程度に広げ、腰に手をあてて左右に腰を回すといいですよ。 雙腳張開與肩同寬，手插腰上，腰左右轉動。

Track 0211

|口語| コットン ：棉花

A 化粧水は手でつける？それともコットン？
上化妝水是用手還是化妝棉？

B 手でつける。コットンの方がいいって言われているけど、コットンの刺激がいやなの。
用手輕拍。雖然大家都說用化妝棉比較好，但我不喜歡化妝棉對皮膚的刺激。

Track 0212

|口語| 粉 こな ：粉

A アイシャドウが粉々になっちゃった。 眼影都碎成粉了。

B 乳液と混ぜるとまた使えるようになるよ。
跟乳液混在一起就可以繼續用喔。

Track 0213

|口語| こはぜ ：掛釦 | 同義字：フック（掛釦）

A こはぜってなに？ 這掛釦是做什麼用的？

B 足袋に付いている留め金のこと。 用來固定和服襪套的。

Track 0214

|口語| コンタクト ：隱形眼鏡

A コンタクトって目に入れるのは怖くない？
不覺得把隱形眼鏡戴進眼睛裡很可怕？

B いいえ、全然。 完全不會。

Track 0215

| 常體 | **財布 さいふ** ：錢包 | 同義字：ウォレット（錢包）

A 新しい財布買ったよ。 我買了新錢包。

B かわいい！これは最新作ね。 好可愛!這是最新產品呢。

Track 0216

| 口語 | **裁縫師 さいほうし** ：裁縫師 | 同義字：縫う人（裁縫師）

A このウエディングドレスは手作りだって。
聽說這婚紗是手工縫製的。

B うん、母の友人である裁縫師の方に頼んで作ってもらったの。 嗯，媽媽的朋友是裁縫師，拜託她幫忙做的。

Track 0217

| 口語 | **サンダル** ：涼鞋、便鞋

A あんな底の厚いサンダルいてたら、転んで捻挫しちゃうぞ。 穿那麼厚底的涼鞋，會跌倒扭傷喔。

B 大丈夫だって。皆はいてるよ。 沒問題的啦。大家都在穿。

Track 0218

| 常體 | **ジーンズ** ：牛仔褲

A 君はいつもジーンズをはいているな。 你老是穿牛仔褲呢。

B ジーンズはどんな物にも合うから好き。
因為牛仔褲跟什麼都很搭所以喜歡。

Track 0219

| 口語 | **下着 したぎ** ：內衣 | 反義字：上着（外衣）

A 急に雨が降り出しちゃった。 突然下起雨了。

B 下着までビショビショよ。 連內衣都濕透了。

Track 0220

| 敬體 | **ジャケット** ：夾克、外套

A わ～このジャケットは高いでしょう。 哇！這件夾克很貴吧。

B いいえ、これは訳ありの特価品です。 不，這件是瑕疵特價品。

Track 0221

|常體| シャツ：襯衫

A 君（きみ）のシャツ破（やぶ）れているよ。別（べつ）のシャツを着（き）た方（ほう）がいいよ。
你的襯衫破了。換一件比較好。

B でも今（いま）は着替（きが）えがないのよ。 但是現在沒有可替換的衣服。

Track 0222

|常體| 上品 じょうひん：優雅的 | 反義字：下品（げひん）（下流）

A 彼女（かのじょ）上品（じょうひん）な言葉（ことば）を使（つか）うね。 她講話很優雅呢。

B きっといいうちのお嬢（じょう）さんよ。 一定是好人家的千金。

Track 0223

|常體| 丈夫 じょうぶ：耐穿的、耐磨的

A このロープはすごく丈夫（じょうぶ）だな。さすが登山用（とざんよう）だけあるよ。 這繩子超耐磨，不愧是登山用的。

B じゃないと危（あぶ）ないわよ。 不然會很危險啊。

Track 0224

|常體| シルク：絲、綢 | 同義字：絹（きぬ）（絲）

A これはシルクの感触（かんしょく）だね。 這是絲綢的觸感。

B つるつるで気持（きも）ちいい。 滑滑的好舒服。

Track 0225

|口語| 皺 しわ：皺摺

A 何（なに）これ！Tシャツの皺（しわ）がひどいじゃない。
這怎麼回事！T恤怎麼皺成這樣。

B 僕（ぼく）のせいじゃないもん。 又不是我的錯。

Track 0226

|常體| スーツ：西裝

A やはりスーツはビジネスの武器（ぶき）だ。 西裝果然是工作的利器。

B うまくスーツを着（き）こなしているのが格好（かっこう）いい。
西裝穿得好會很帥氣。

Track 0227

|口語| スーツケース：手提箱、行李箱

A 荷物(にもつ)をスーツケースに詰(つ)めるのを手伝(てつだ)ってくれてありがとう。 謝謝你幫我把行李塞進行李箱裡。

B だからそのスーツケースは小(ちい)さすぎだって！
就說那個行李箱太小了！

Track 0228

|常體| スカート：裙子

A 会社(かいしゃ)からスカートをはくように要求(ようきゅう)されているの。
公司要求要穿裙子。

B うちの会社(かいしゃ)は自由(じゆう)でみんなカジュアルな格好(かっこう)をしているよ。 我們公司很自由，大家都穿得很輕鬆。

Track 0229

|常體| 裾 すそ：下擺

A この道(みち)は泥(どろ)だらけだ。 這路都是泥巴。

B ズボンの裾(すそ)をまくり上(あ)げて。 把褲擺捲起來。

Track 0230

|口語| ストッキング：絲襪

A やだ。ストッキングが伝線(でんせん)しちゃってる。 討厭。絲襪脫線了。

B 私(わたし)、新(あたら)しいの持(も)ってる。はきかえる？ 我有新的。你要換嗎？

Track 0231

|口語| ストラップ：掛繩 ｜ 同義字：吊(つ)りひも（掛繩）

A 若(わか)い子(こ)は携帯(けいたい)ストラップあんなにいっぱいつけて、重(おも)くないのかな？ 年輕人裝那麼多手機吊飾，不會重嗎？

B そんなこと言(い)うなんて貴方(あなた)はもう若(わか)くないってことね。
這樣講表示你已不年輕了。

Track 0232

|敬體| **ストレートヘア** ：直髮

A **彼女(かのじょ)のストレートヘアは長(なが)く伸(の)びて絹(きぬ)のようですね。**
她有一頭烏溜溜的長髮。

B **ちょっと羨(うらや)ましいですね。** 真羨慕。

Track 0233

|敬體| **スニーカー** ：運動鞋

A **お気(き)に入(い)りのスニーカーがなかなか見(み)つかりません。**
都找不到喜歡的運動鞋。

B **ゆっくり探(さが)しましょう。** 慢慢找吧。

Track 0234

|常體| **ズボン** ：褲子

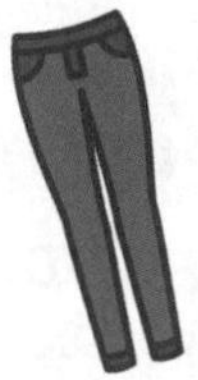

A **君(きみ)いつもズボンをはいているね。** 你總是穿褲子呢。

B **仕事(しごと)しやすいから。** 因為方便工作。

Track 0235

|口語| **スリッパ** ：拖鞋 | 反義字：**靴(くつ)**（鞋子）

A **スリッパでロビーに降(お)りたらだめだよ。** 不可以穿拖鞋去大廳。

B **あ、履(は)き替(か)えるのを忘(わす)れちゃった。** 啊，忘了換鞋。

Track 0236

|敬體| **精巧 せいこう** ：精緻的 | 反義字：**大雑把(おおざっぱ)**（粗糙）

A **この刺繍(ししゅう)は美(うつく)しくて精巧(せいこう)です。** 這刺繡真精緻美麗。

B **すごい技術(ぎじゅつ)ですね。** 真厲害的技術。

Track 0237

|常體| **セーター** ：毛衣

A **彼女(かのじょ)が手編(てあ)みのセーターをくれたんだ。**
女朋友親手織了毛衣給我。

B **幸(しあわ)せだね。** 很幸福呢。

Track 0238

|常體| **制服 せいふく** ：制服、校服 | 反義字：**ふだん着**（日常服）

A 制服といえば、セーラー服だね。 說到制服，就是水手服了。

B 一度着てみたいわ。 真想穿一次看看。

Track 0239

|常體| **洗剤 せんざい** ：洗劑 | 同義字：**洗浄剤**（清潔劑）

A 洗剤で、僕のシャツが変色した。 我的襯衫因為洗劑變色了。

B 洗濯説明ちゃんと読んだの。 你有仔細看過洗滌說明嗎？

Track 0240

|常體| **選択 せんたく** ：選擇 | 同義字：セレクション（選擇）

A 選択がいっぱいあると、逆に決められないよ。
有太多選擇反而難以決定。

B 代わりに決めてあげようか。 我幫你決定吧。

Track 0241

|常體| **染料 せんりょう** ：染料

A 自分で染料を買って試したけど、思うような色にならなかった。 自已買染料試著染色，但卻不如預期。

B 自分で染めるのは難しいとは思いますが、楽しそうですね。 自己染色很難，但似乎很有趣。

Track 0242

|常體| **袖 そで** ：袖子

A 暑いなら、袖をまくり上げて。 熱的話，就把袖子捲起來。

B そうする。 就這麼做。

Track 0243

|口語| **タグ** ：標籤 | 同義字：**付け札**（標籤）

A 服にまだタグがついてるよ。 標籤還在衣服上喔。

B 恥ずかしい！カットして！ 好丟臉！幫我剪掉！

Track 0244

|常體| チャック：拉鏈　|　同義字：**ジッパー**（拉鏈）

A かばんのチャックが開(あ)いているよ。 包包的拉鍊開著喔。

B あ、チャックが壊(こわ)れているのよ。 修理(しゅうり)しようと思(おも)っているんだけど、時間(じかん)がないのよ。 拉鍊壞了。想拿去修理，但沒有時間。

Track 0245

|口語| ティーシャツ：運動衫、T恤

A ティーシャツって何(なん)でこんなに便利(べんり)なんだろう。
T恤為什麼這麼方便呢。

B 気取(きど)らない、ラフな感(かん)じがとてもいいね。
不受拘束，輕鬆的感覺真好。

Track 0246

|敬體| 手袋 てぶくろ：手套

A 素敵(すてき)な手袋(てぶくろ)をしていますね。 你戴的手套很漂亮呢。

B これは私(わたし)の誕生日(たんじょうび)プレゼントです。 這是我的生日禮物。

Track 0247

|常體| 伝統 でんとう：傳統

A ツーピースタイプは漢民族(かんみんぞく)の伝統衣装(でんとういしょう)です。
兩件式的是漢人的傳統服裝。

B じゃ、チャイナドレスはワンピースタイプだから、満族(まんぞく)の伝統衣装(でんとういしょう)なのね。 那旗袍是一件式的，所以是滿人的傳統服裝囉。

Track 0248

|常體| 留め金 とめがね：鉤子　|　同義字：**クラスプ**（鉤子）

A ネックレスの留(と)め金(がね)を閉(し)めて。 幫我扣上項鍊的鉤子。

B はい、できた。 好，扣好了。

Track 0249

｜口語｜ ドレス ：洋裝

A ドレスを着るだけで女の子っぽくなるのよ。
只是穿洋裝就可以變得有女人味喔。

B 私あまりドレスを持ってないから。買いに行こうかな。
我沒什麼洋裝。去買好了。

Track 0250

｜敬體｜ ナイロン ：尼龍

A ナイロンの靴下には長もちするという長所がありますね。 尼龍製的襪子好處是很耐穿。

B でも吸湿性が低いです。 但吸水性很差。

Track 0251

｜常體｜ ネクタイ ：領帶

A あなたのネクタイ曲がっているわよ。 你的領帶歪了。

B ちょっと直してくる。 我去調整一下。

Track 0252

｜常體｜ ネックレス ：項鍊

A 誕生日に彼がダイヤモンドのネックレスをくれたの。
他送我鑽石項鍊當生日禮物。

B わ～すごいね。次は指輪かもしれないよ。
哇～真棒。下次可能就送戒指了。

Track 0253

｜口語｜ ハイヒール ：高跟鞋

A ハイヒールのかかと折れちゃったって。 聽說你高跟鞋的鞋跟斷了。

B もう本当に最悪。めちゃくちゃ恥ずかしいし。
糟透了。超丟臉的。

Track 0254

| 常體 | **パシャマ**：睡衣

A パジャマに着替(きが)えて寝(ね)なさい。 去換睡衣睡覺吧。

B ママと一緒(いっしょ)に寝(ね)る。 我要跟媽媽一起睡。

Track 0255

| 口語 | **裸 はだか**：裸體

A 裸(はだか)で寝(ね)るのは健康(けんこう)にいいって本当(ほんとう)なの？ 裸睡有益健康是真的嗎？

B 裸(はだか)で寝(ね)るとストレスが無(な)く体(からだ)にいいと言(い)われるけど、わたしにはできない。 聽說裸睡會沒有壓力，對身體很好，但我做不到。

Track 0256

| 常體 | **パッチ**：補丁 | 同義字：**あて布(ぬの)**（補丁）

A 彼(かれ)のコートの肘(ひじ)の上(うえ)にはパッチがあったよ。
他的外套手肘部位有塊補丁。

B あれはファッションよ。 那是流行啦。

Track 0257

| 敬體 | **はやり**：時髦、流行 | 同義字：**ファッション**（流行）

A これが最近(さいきん)はやりの服(ふく)ですか。 這是最近流行的衣服嗎？

B そうですよ。すごく人気(にんき)です。 是的。很受歡迎。

Track 0258

| 敬體 | **針 はり**：針 | 同義字：**ニードル**（針）

A 今日(きょう)の一針(ひとはり)は明日(あす)の十針(とはり)とはどういう意味(いみ)ですか。
今天的一針是明天的十針，這句話是什麼意思？

B 何事(なにごと)も処置(しょち)が遅(おく)れると、あとで苦労(くろう)するという意味(いみ)です。
意思是事情不快點處理的話，之後就會更辛苦。

Track 0259

| 常體 | **ハンガー**：衣架 | 同義字：**洋服掛(ようふくか)け**（衣架）

A コートをハンガーに掛(か)けておきなさい。 把外套掛在衣架上。

B じゃ、ハンガーをください。 那給我衣架。

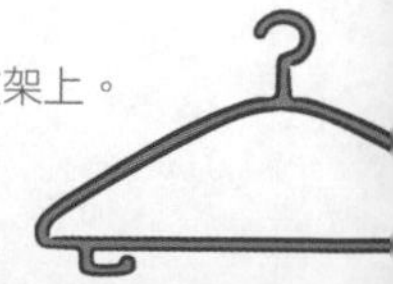

Track 0260

｜常體｜ ハンカチ ：手帕

A ハンカチにアイロンをかけてあげたよ。 我幫你燙好手帕了。

B え？ハンカチもアイロンかけるの？ 咦？連手帕都要燙？

Track 0261

｜常體｜ 半ズボン はんズボン ：短褲

A 小学校(しょうがっこう)の頃(ころ)、冬(ふゆ)になってもなぜか半(はん)ズボンをはいていたよ。 小學時，不知道為什麼連冬天都還在穿短褲。

B 雪(ゆき)が降(ふ)るまで半(はん)ズボンで頑張(がんば)ったんだ。 撐到下雪之前都是短褲。

Track 0262

｜常體｜ パンツ ：內褲 ｜ 同義字：下着(したぎ)（內衣服）

A 身体検査(しんたいけんさ)はパンツとブラジャー以外(いがい)は全部脱(ぜんぶぬ)ぐみたいよ。
身體檢查好像除了內褲跟內衣以外全部要脱掉。

B 恥(は)ずかしいよ。 好害羞喔。

Track 0263

｜敬語｜ ピアス ：耳環

A このドレスに合(あ)うピアスを探(さが)しているのですが。
我在找適合這件洋裝的耳環。

B 真珠(しんじゅ)のピアスはいかがですか？ 珍珠耳環如何呢？

Track 0264

｜敬體｜ 皮革 ひかく ：皮革 ｜ 同義字：レザー（皮革）

A それは、偽物(にせもの)なんかではなくて本物(ほんもの)の皮革(ひかく)です。
那不是假的。是真皮的。

B だからそんなに臭(くさ)いんですか。 所以才這麼臭啊。

Track 0265

｜敬體｜ ヒゲ ：鬍子

A ヒゲを生(は)やしている人(ひと)をどう思(おも)いますか？
覺得留鬍子的人怎麼樣？

B 汚(きたな)く見(み)えます。 看起來很髒。

Track 0266

｜敬體｜ ブーツ ：靴子 ｜ 同義字：長靴(ながぐつ)（靴子）

A 雨(あめ)が降(ふ)ると、私(わたし)はいつもブーツを履(は)きます。
每當下雨，我總是會穿靴子。

B 私(わたし)もおしゃれなレインブーツが欲(ほ)しいんです。
我也想要一雙漂亮的雨鞋。

Track 0267

｜口語｜ 服 ふく ：衣服

A 服(ふく)をいっぱい持(も)ってるんですね。 有很多衣服呢。

B 収納(しゅうのう)に困(こま)りますけど。 衣服收納很麻煩。

Track 0268

｜敬體｜ 普通 ふつう ：普通 ｜ 反義字：異常(いじょう)（異常）

A 正装(せいそう)したほうがいいですか。 要穿正式服裝比較好嗎？

B いいえ、普通(ふつう)の服(ふく)でいいです。 不用，穿普通的衣服就可以。

Track 0269

｜敬語｜ ブワウス ：女用襯衫

A すみません。森田(もりた)さんはどなたですか。
不好意思。請問森田小姐是哪位？

B 森田(もりた)ですか？赤(あか)いブラウスを着(き)ているのが彼女(かのじょ)です。
森田嗎？穿紅色襯衫的就是她。

Track 0270

|常體| **ヘアドライヤー**：吹風機

A 部屋(へや)にヘアドライヤーがないよ。 房間裡沒有吹風機。

B フロントに言(い)って持(も)ってきてもらいましょう。
跟櫃台説，請他們拿來。

Track 0271

|常體| **ヘアピン**：髮夾 ｜ 同義字：**髪留(かみど)め**（髮夾、髮圈）

A ヘアピンで車(くるま)のドアを開(あ)けたんだ。 用髮夾打開車門了。

B うそ！そんなに簡単(かんたん)に開(あ)けられるの？ 騙人！怎麼這麼容易開？

Track 0272

|常體| **ベスト**：背心

A 執事(しつじ)の制服(せいふく)が格好(かっこう)いいね。 管家的制服真帥氣。

B 特(とく)に白(しろ)シャツに黒(くろ)ベストの組(く)み合(あ)わせがたまらないわ。
尤其是白襯衫和黑背心的搭配，帥的讓人受不了。

Track 0273

|常體| **ベルト**：皮帶 ｜ 同義字：**革帯(かわおび)**（皮帶）

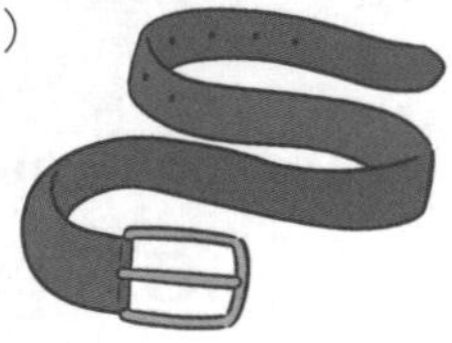

A ちょっと食(た)べすぎたからベルトを緩(ゆる)める。
有點吃太多了，所以把皮帶放鬆一些。

B 楽(らく)にするにもほどがあるわ。 放輕鬆也要有個限度。

Track 0274

|敬體| **ベルベット**：天鵝絨 ｜ 同義字：**ビロード**（天鵝絨）

A ベルベットコートは上品(じょうひん)な手触(てざわ)りが特徴(とくちょう)です。
天鵝絨外套的特徵是那優雅的觸感。

B すごく高級感(こうきゅうかん)がありますね。 高級感十足。

Track 0275

|口語| **ヘルメット** ：安全帽 | 同義字：**防護帽(ぼうごぼう)**（安全帽）

A ヘルメットをかぶらないでバイクに乗(の)るって危険(きけん)だぞ。
騎車不戴安全帽是很危險的。

B でも、暑(あつ)くて我慢(がまん)できないよ。 但熱的受不了呀。

Track 0276

|常體| **帽子 ぼうし** ：帽子

A 変(へん)な帽子(ぼうし)をかぶってるな。 你戴的帽子好奇怪。

B え？格好(かっこう)よくない？ 咦？不好看嗎？

Track 0277

|敬體| **宝石 ほうせき** ：珠寶 | 同義字：**貴金属(ききんぞく)**（貴重金屬）

A 昨夜(さくや)、彼女(かのじょ)の宝石(ほうせき)が盗(ぬす)まれたそうです。 昨晚，她的寶石被偷了。

B 警察(けいさつ)に通報(つうほう)しましたか。 報警了嗎？

Track 0278

|敬體| **ポケット** ：口袋 | 同義字：**隠(かく)し**（口袋）

A 旅行(りょこう)の時(とき)、お金(かね)はいくつかのポケットに分(わ)けて入(い)れるほうがいいです。 旅行的時候，將錢分開放在不同口袋比較好。

B 特(とく)にヨーロッパでは、スリの被害(ひがい)が多(おお)いですね。
特別是歐洲有很多受害者被扒。

Track 0279

|常體| **ボタン** ：釦子

A シャツのボタンを無(な)くした。 襯衫的釦子掉了。

B じゃ、シャツを脱(ぬ)いで。付(つ)けてあげるから。
襯衫脱下來。我幫你縫。

Track 0280

｜口語｜ ポニーテール ：馬尾

A 昔(むかし)はポニーテールがすごくはやってたね。 以前馬尾很流行。

B でも、今(いま)はあまりポニーテールの女(おんな)の子(こ)がいないよね。
不過現在綁馬尾的女孩很少呢。

Track 0281

｜常體｜ 巻き髪 まきがみ ：捲髮

A 君(きみ)の髪(かみ)は美(うつく)しい巻(ま)き髪(がみ)になっているね。美容院(びよういん)に行(い)ったの？ 你的頭髮捲得好漂亮。是去過美容院了？

B いいえ、これ一人(ひとり)でも簡単(かんたん)にできるのよ。
沒有，這個自己弄也很簡單喔。

Track 0282

｜常體｜ マスク ：面具

A 初(はじ)めて仮面(かめん)パーティに参加(さんか)するよ。わくわくするね。
第一次參加化妝舞會。真是興奮。

B マスクをつけるなんて面白(おもしろ)いね。 戴面具真是太有趣了。

Track 0283

｜常體｜ マフラー ：圍巾、領巾

A 彼(かれ)へのプレゼントはもう決(き)めた？
決定好要送男朋友什麼禮物了嗎？

B まだ、マフラーか手袋(てぶくろ)を考(かんが)えている。
還沒，在考慮要送圍巾還是手套。

Track 0284

｜口語｜ 水着 みずぎ ：泳衣

A 今週(こんしゅう)からプール開(ひら)きだね。 游泳池從這星期開始開放。

B そっかー。じゃあ、水着買(みずぎか)いに行(い)かなきゃ。
是喔。那得去買泳衣了。

Track 0285

|常體| **三つ編み みつあみ** ：辮子

A 髪(かみ)を三(み)つ編(あ)みにしようかな。 來編辮子好了。

B いいんじゃない。君(き)に似合(にあ)うよ。 有何不可。你很適合。

Track 0286

|常體| **魅力 みりょく** ：魅力 | 反義字：**無様(ぶざま)**（難看）

A その考(かんが)えは実(じつ)に魅力的(みりょくてき)だな。 這想法實在很有魅力。

B でしょう。一緒(いっしょ)に行(い)こうよ。 對吧。我們一起去吧。

Track 0287

|常體| **眼鏡 めがね** ：眼鏡

A 僕(ぼく)は眼鏡(めがね)なしでは読書(どくしょ)できないよ。 我沒戴眼鏡就沒辦法看書。

B そんなにひどいの？ 這麼糟？

Track 0288

|敬語| **毛布 もうふ** ：毛毯

A 毛布(もうふ)をもう一枚(いちまい)ほしいのですが。 我想再要一條毛毯。

B 申(もう)し訳(わけ)ございません。毛布(もうふ)はもう全部配(ぜんぶくば)ってしまいました。 非常抱歉。毛毯已經全部發完了。

Track 0289

|常體| **浴衣 ゆかた** ：浴衣（夏季穿的單層和服）

A 浴衣(ゆかた)で花火大会(はなびたいかい)に行(い)きたいなぁ。 好想穿浴衣去看煙火。

B いいね。皆(みんな)で行(い)こう。 好主意。大家一起去吧。

Track 0290

|常體| **指輪 ゆびわ** ：戒指

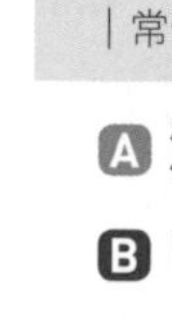

A 彼女(かのじょ)に昨晩(さくばん)婚約指輪(こんやくゆびわ)を贈(おく)ったんだ。
昨天送給女朋友結婚戒指。

B おお～おめでとう。 喔～恭喜！

Track 0291

| 敬體 | **洋服 ようふく** ：西服、衣服 | 反義字：和服（和服）

A **この洋服のクリーニングを頼みます。** 我要送洗這件衣服。

B **三日間かかりますが、大丈夫でしょうか。**
需要三天的時間，沒關係吧？

Track 0292

| 口語 | **鎧 よろい** ：盔甲 | 同義字：**甲冑**（盔甲）

A **甲冑はどこの家でも飾ってるけど、西洋鎧は流石に金持ちしか所持していないみたいだな。**
每個家庭都會擺飾日式盔甲，但西式盔甲似乎就只有富翁才有。

B **西洋鎧ってお城にあるような銀色の奴？**
西式盔甲是城堡裡銀色的那種？

Track 0293

| 敬語 | **リボン** ：緞帶

A **これはプレゼントですけど、リボンをかけてもらえますか。** 這是份禮物，可以幫我綁上緞帶嗎？

B **はい、畏まりました。** 好的，我知道了。

Track 0294

| 常體 | **流行 りゅうこう** ：流行 | 反義字：**古い**（舊的、過時的）

A **流行遅れの服装をどうすればいいの？** 退流行的衣服該怎麼辦？

B **リサイクルショップに売ったらいいじゃない。**
可以賣給資源回收啊。

Track 0295

| 敬體 | **リンネル** ：亞麻布 | 同義字：**亜麻布**（亞麻布）

A **ベビーウエアを買いたいんですが、おすすめがありますか。** 我想買嬰兒服，有什麼推薦的嗎？

B **リンネル製品は肌に優しくて、うちの人気商品です。**
亞麻製品不傷肌膚，是我們的熱門商品。

Track 0296

|常體| **レース** ：蕾絲

A 僕(ぼく)はこのレースのカーテンを買(か)うよ。 我要買這個蕾絲窗簾。

B これはなかなか高価(こうか)なもののようね。 這挺貴的呢。

Track 0297

|常體| **和服 わふく** ：和服 | 反義字：**洋服**（西服）

A 君(きみ)に和服(わふく)はよく似合(にあ)うね。 你很適合和服呢。

B でも、洋服(ようふく)は和服(わふく)より働(はたら)きやすいわ。 不過西服比和服方便活動。

動詞

Track 0298

｜常體｜ 選ぶ えらぶ ：挑選 ｜ 同義字：**洗濯(せんたく)**（選擇）

A どっちも好(す)きだから、選(えら)べないよ。 兩個都喜歡，好難選喔。

B 思(おも)い切(き)って決断(けつだん)してよ。 下定決心做個抉擇吧。

Track 0299

｜常體｜ 落ちる おちる ：掉落

A なんか落(お)ち込(こ)んでいるみたいだね。 看起來很沮喪耶。

B 彼(かれ)はまた試験(しけん)に落(お)ちたみたいよ。 考試又失敗了吧。

Track 0300

｜敬體｜ 折る おる ：折、疊 ｜ 反義字：**広(ひろ)げる**（攤開）

A 昨日(きのう)タオルを折(お)り紙(がみ)みたいに畳(たた)んだりしてぬいぐるみにしてみました。 昨天試著把毛巾像摺紙一樣的摺成玩偶。

B すごい。お子(こ)さんが絶対(ぜったい) 喜(よろこ) んだでしょう。
好厲害。小孩子一定很開心吧。

Track 0301

｜敬體｜ かぶる ：戴帽

A 皆(まんな) サンタの帽子(ぼうし)をかぶってパーティやりましょう。
大家戴聖誕老人的帽子來開宴會吧。

B 楽(たの)しそうですね。 好像很有趣。

Track 0302

｜常體｜ 変わる かわる ：改變 ｜ 同義字：**チェンジ** 改變

A 彼(かれ)の気分(きぶん)はよく変(か)わるんだ。 他的情緒很善變。

B AB型(がた)だからね。 因為他是AB型。

Track 0303

｜常體｜ 切る きる ：剪、切

A 眉毛を切ってくれる？ 可以幫我剪眉毛嗎？

B いやよ、眉切りバサミを貸すから、自分で切りなさい。
不要，我借你剪刀，你自己剪。

Track 0304

｜常體｜ 着る きる ：穿上衣、外套

A スーツを着るように言われたんだ。 我被要求要穿西裝。

B パーティーにはやはり正装の方がいいわよ。
出席宴會還是正式服裝比較好。

Track 0305

｜口語｜ 湿気る しっける ：潮濕｜同義字：湿り（潮濕）

A お煎餅そこに置いたら、すぐに湿気っちゃうよ。
煎餅放在那邊，馬上就會潮掉喔。

B 保存 袋 に入れればいいでしょう。 放進保鮮袋裡就可以了吧。

Track 0306

｜常體｜ 染髪 せんぱつ ：染

A 周りには染髪していない人はあまりいないな。
身邊沒染髮的人不多。

B いいえ、そうでもないわよ。 不會呀，沒這回事。

Track 0307

｜口語｜ 剃る そる ：刮、剃｜同義字：切り落とす（刮除）

A 体毛は剃ると濃くなるって本当？ 體毛越剃越濃，是真的嗎？

B それは根拠の無い話です。 那是沒有根據的說法。

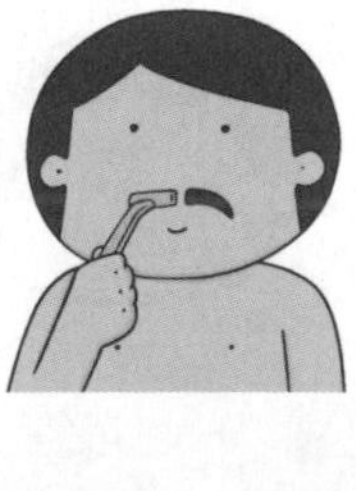

Track 0308

|敬體| 脱水 だっすい ：脱水 | 反義字：浸(ひた)る（浸水）

A 洗濯物(せんたくもの)を脱水(だっすい)してから干(ほ)すほうが乾(かわ)きやすいですよ。

把洗滌物脱水後再晾乾，會乾的比較快。

B でも、脱水(だっすい)してはいけない場合(ばあい)もありますよ。

但是也有不可以脱水的時候。

Track 0309

|敬體| 着ける つける ：加上、佩戴 | 反義字：抜(ぬ)ける（拿除）

A タキシードは黒(くろ)い蝶(ちょう)ネクタイを着(つ)けるのが決(き)まりです。

燕尾服規定要配上黑色領結。

B それは正装用(せいそうよう)ですね。 這是正式服裝的搭配。

Track 0310

|常體| 直す なおす ：修補、修改 | 反義字：壊(こわ)す（弄壞）

A テレビが故障(こしょう)したんだ。 電視故障了。

B 専門家(せんもんか)に直(なお)してもらったら。 去請專家修理吧。

Track 0311

|常體| 縫う ぬう ：縫、縫上 | 同義字：ステッチ（縫線）

A 彼女(かのじょ)の服(ふく)を全部(ぜんぶ)自分(じぶん)で縫(ぬ)ったんだよ。 她的衣服全部都是自己縫的。

B 彼女(かのじょ)は裁縫(さいほう)が得意(とくい)なのね。 她裁縫很厲害呢。

Track 0312

|敬體| 脱ぐ ぬぐ ：脱 | 反義字：履(は)く（穿（鞋、褲））

A 日本(にほん)では家(いえ)に入(はい)る時(とき)に靴(くつ)を脱(ぬ)ぐのが普通(ふつう)です。一般的(いっぱんてき)なアメリカの家庭(かてい)では、土足(どそく)のまま家(いえ)に入(はい)りますね。

日本的習慣是，進到家裡前要先脱鞋。而美國一般而言，是穿著鞋進到屋內。

B 日本(にほん)とアメリカの習慣(しゅうかん)の違(ちが)いはいろいろありますね。

日本跟美國很多習慣不一樣呢。

Track 0313

｜常體｜　履く はく　：穿 褲子、鞋襪

A 子供はよく大人の靴を履いたり脱いだりしているよ。
小孩常穿穿脱脱大人的鞋子。

B 何が楽しいのか理解できないわ。　不能理解到底有什麼樂趣。

Track 0314

｜常體｜　引き付ける ひきつける　：吸引　｜　同義字：**アピール**（吸引）

A 庭に鳥がいっぱいいるね。　庭院裡有好多鳥。

B 餌で引き付けているから。　我在用飼料吸引他們。

Track 0315

｜常體｜　浸る ひたる　：浸泡

A 赤ちゃん、お風呂に浸っていいの？
小嬰兒可以泡澡嗎？

B 浸りすぎはよくないけど、別に大丈夫よ。
不要泡太久就無所謂喔。

Track 0316

｜常體｜　巻きつける まきつける　：捲　｜　同義字：**カール**（捲）

A 君は指に髪を巻きつける癖があるね。　你有用指頭捲頭髮的習慣呢。

B 本当？知らなかった。　真的？我都不知道。

Track 0317

｜口語｜　結ぶ むすぶ　：繫、綁　｜　反義字：**解く**（解開）

A この年でまだ靴ひもを結べないって信じられない。
真不敢相信都幾歲了還不會綁鞋帶。

B できないじゃなくてやらないだけでしょ。
不是不會。是不綁而已。

Track 0318

｜敬體｜　汚れる よごれる　：弄髒　｜　反義字：**綺麗**（乾淨）

A 洗面所のタオルが汚れていますよ。　洗手台的毛巾髒了喔。

B 棚からきれいなタオル出して。　從櫃子裡拿乾淨的出來。

形容詞

Track 0319

｜常體｜ 暖かい あたたかい ：暖和的、溫暖的

A これから寒くなるから、子供に暖かい服を着させて。
接下來會越來越冷，要給小孩穿溫暖的衣服。

B うん、服とかもう用意しているよ。
嗯，衣服之類的都已經準備好了。

Track 0320

｜常體｜ 厚い あつい ：厚的

A 今年雪が結構降っていたから、山はまだ厚い雪に覆われているよ。 今年下了不少雪，現在山上還積著厚雪。

B よかった。じゃ、まだスキーに行けるね。
太好了。那還可以去滑雪呢。

Track 0321

｜常體｜ 薄い うすい ：薄的 ｜ 反義字：**厚い**（厚的）

A 髪が薄くなってきた。 頭髮越來越少了。

B 遺伝じゃない。お爺ちゃんもハゲだし。 遺傳吧。爺爺也禿頭。

Track 0322

｜敬體｜ 美しい うつくしい ：美麗的

A この真珠 美 しいなぁ。母にプレゼントしようかな。
這珍珠真漂亮。買來送給媽媽好了。

B ネックレスとピアスのセットを買うのがお得です。
買項鍊和耳環的套組比較划算。

Track 0323

｜常體｜ かっこいい ：帥

A 子供のくせにかっこいいじゃない。
明明就還是個小孩，卻打扮的很帥。

B 今の子供は早 熟 ね。 現在的小孩都很早熟。

Track 0324

|常體| **きつい** ：緊的、緊密的 | 反義字：**ゆるい**（鬆的）

A この靴はきつ過ぎ。 這鞋子太緊了。

B ワンサイズ上の方がいいと思う。 再大一號比較好。

Track 0325

|口語| **寒い さむい** ：寒冷的

A 雪の積もった冬に自転車に乗るってやはり寒いよ。
在積雪的冬天騎腳踏車還真冷。

B でも、楽しい。 不過很有趣。

Track 0326

|口語| **相応しい ふさわしい** ：適當的 | 同義字：**似合う**（適合）

A 彼女はずっと服がないって言っていたけど、結局どうだった？ 她一直説沒有衣服可穿，結果呢？

B そのパーティーに相応しい服を着ていたわよ。
宴會上穿了很得體的衣服。

Track 0327

|常體| **変へん** ：奇怪的

A 変な顔をするな！ 不要做鬼臉！

B なんでだめなの？ 為什麼不可以？

Track 0328

|口語| **醜い みにくい** ：醜的、難看的 | 反義字：**美しい**（漂亮）

A 醜い傷跡残しちゃったよ。 留下難看的傷疤了。

B あまり気にしないで。生きていることがなによりよ。
別太在意。活著比什麼都重要。

Track 0329

|敬體| **緩い ゆるい** ：寬鬆的

A このシャツは少し緩いです。 這件襯衫有點寬鬆。

B サイズは大きすぎです。 尺寸太大了。

副詞

Track 0330

｜常體｜ **ぼろぼろ** ：破爛 ｜ 反義字：新しい（新的）

A **このジーンズはぼろぼろね。新しいのを買いなさい。**
這牛仔褲破破爛爛的。去買條新的。

B **母さんは知らないなぁ。これはわざとぼろぼろにしたんだよ。** 媽你不懂啦。這是故意弄得破破爛爛的。

パート3

安心住

パート3 窩心住

輕鬆和日本人對話從最生活化的單字開始，搭配稀鬆平常的生活對話，馬上就知道日本人怎麼說！

【文體】敬體、常體、敬語、口語：注意場合選出最適合的用字！

名詞

Track 331

| 口語 | **アイテム**：品項、物品 | 同義字：**物品**(ぶっぴん)（物品）

A 風呂用(ふろよう)アイテムを防水(ぼうすい)バッグにいれて。 把衛浴用品放到防水袋裡。

B 防水(ぼうすい)バッグってこれ？ 你説的防水袋是這個嗎？

Track 332

| 常體 | **アドレス**：住址 | 同義字：**住所**(じゅうしょ)（住址）

A 来月(らいげつ)引(ひ)っ越(こ)すことに決(き)めた。 我決定下個月要搬家。

B 突然(とつぜん)ですね。新(あたら)しいアドレス教(おし)えてください。
這麼突然。要告訴我新的地址喔。

Track 333

| 常體 | **穴 あな**：洞穴 | 反義字：**丘**(おか)（山丘）

A どうして兎(うさぎ)はいつも穴(あな)を掘(ほ)っているの？ 為什麼兔子老是在挖洞？

B 兎(うさぎ)は穴掘(あなほ)り生物(せいぶつ)だからよ。 因為兔子是穴居動物啊。

Track 334

| 口語 | **アパート**：公寓

A 風呂(ふろ)のついていないアパートに住(す)んでるって本当(ほんとう)？
你真的住在沒有浴室的公寓嗎？

B はい、家賃(やちん)が安(やす)いから。 對，因為房租很便宜。

Track 335

| 常體 | **雨戸 あまど**：防雨套窗 為防風雨及竊盜而在窗戶外加裝的窗片

A 雨戸(あまど)を閉(し)めないの？ 不關上防雨套窗嗎？

B うちは留守(るす)にする時(とき)しか閉(し)めないのよ。 只有不在家時才會關上。

Track 336

| 常體 | **家 いえ** ：房子 ｜ 同義字 ：**ハウス**（房子）

A 自分(じぶん)たちの持(も)ち家(いえ)が欲(ほ)しいな。 真想有自己的家。

B 家(いえ)を買(か)うと老後(ろうご)が安心(あんしん)だからね。 買房養老比較安心。

Track 337

| 敬體 | **池 いけ** ：水池

A 今日(きょう)はすごく寒(さむ)いですね。 今天好冷喔。

B ええ、事務所(じむしょ)の前(まえ)の池(いけ)には一面(いちめん)に 氷(こおり) がはっていましたよ。 嗯，事務所前的水池都結一層冰了。

Track 338

| 敬體 | **椅子 いす** ：椅子

A カバンはどこに置(お)けば良(い)いですか。 皮包要放在哪裡呢？

B 椅子(いす)の横(よこ)に置(お)きましょう。 放在椅子旁。

Track 339

| 常體 | **エコー** ：回音 ｜ 同義字：**谺(こだま)**（山中回音）

A 私(わたし) は山(やま)に行(い)ったら、いつも山(やま)に向(む)かって大声(おおごえ)で叫(さけ)ぶんです。 我每次去山上總是會對著山大喊。

B エコーが返(かえ)ってくるのが面白(おもしろ)いからね。 會傳來回音很有趣呢。

Track 340

| 敬體 | **縁側 えんがわ** ：日式房屋的外走廊

A 子供(こども)の頃(ころ)、よく縁側(えんがわ)でスイカを食(た)べました。 小時候常常在外走廊吃西瓜。

B あの頃(ころ)すごく楽(たの)しかったですね。 那時候過得很快樂呢。

Track 341

｜常體｜ **煙突 えんとつ** ：煙囪

A サンタクロースはどこから家(いえ)に入(はい)るの？
聖誕老人從哪裡進來家裡呢？

B 煙突(えんとつ)から入(はい)ってくるのよ。だからきれいに掃除(そうじ)しょう。
從煙囪進來。所以要把煙囪打掃乾淨喔。

Track 342

｜敬體｜ **応接間 おうせつま** ：會客室 ｜ 同義字：**座敷(ざしき)**（（舖榻榻米的）會客室）

A お客様(きゃくさま)が来(き)ましたよ。 客人到了。

B わかりました。応接間(おうせつま)に案内(あんない)してください。
知道了，帶客人到會客室。

Track 343

｜敬體｜ **オーナー** ：物主、老闆 ｜ 同義字：**持ち主(もちぬし)**（所有者）

A 彼(かれ)はこのレストランのオーナーなんです。 他是這間餐廳的老闆。

B 若(わか)いのに、すごいですね。 才這麼年輕，真厲害。

Track 344

｜敬體｜ **押入れ おしいれ** ：日式壁櫥

A 私(わたし)は押入(おしい)れに閉(と)じ込(こ)められたことがありますよ。
我曾經被關在壁櫥裡。

B それは怖(こわ)かったでしょう。 那很可怕吧。

Track 345

｜常體｜ **階段 かいだん** ：樓體

A 最近(さいきん)は忙(いそが)しくて運動不足(うんどうぶそく)だよ。 最近很忙沒時間做運動。

B 階段(かいだん)の昇(のぼ)り降(お)りで軽(かる)い運動(うんどう)できるよ。
可以利用上下樓梯當作簡單的運動喔。

Track 346

|敬體| **カーテン** ：窗簾

A このカーテンはお母さんが選びました。 這窗簾是我媽挑選的。

B いいセンスですね。 品味很好呢。

Track 347

|敬體| **カーペット** ：地毯

A このカーペットは足ざわりがいいですね。 這地毯觸感很好。

B でも 私 は硬い木の床が好きです。 不過我喜歡木質地板。

Track 348

|常體| **鍵 かぎ** ：鑰匙

A 鍵が見つからないんだ。 找不到鑰匙。

B なくしたの。 弄丟了嗎？

Track 349

|常體| **家具 かぐ** ：家具 | 同義字：**ファーニチャー**（家具）

A 彼女は毎日家具のほこりを払うんだ。 她每天都會打掃家具的灰塵。

B 彼女綺麗好きだからね。 因為她很愛乾淨。

Track 350

|敬體| **籠 かご** ：籠子 | 同義字：**ケージ**（籠子）

A 犬と一緒に寝てもいいですか。 可以和狗一起睡嗎？

B いいえ、犬は籠で寝させたほうがいいですよ。
不，讓狗睡在籠子裡比較好。

Track 351

|敬體| **飾り かざり** ：裝飾品

A クリスマスの飾りは一つ一つ意味や由来があるんですよ。
聖誕節的裝飾品，每個都有它的意義或由來。

B 由来を 考 えながら、飾るのもいいですね。
一邊想它的由來，一邊裝飾感覺很不錯呢。

Track 352

|敬體| ガス：瓦斯

A ガスを消(け)しましたか。 瓦斯關了嗎？

B もう消(け)しましたよ。 已經關了。

Track 353

|敬體| 家電 かでん：家電用品

A 新(あたら)しい家電(かでん)を買(か)いたいんです。 想買新的家電用品。

B 買(か)う前(まえ)に、情報(じょうほう)を調(しら)べるほうがいいですよ。
買之前先收集資料比較好喔。

Track 354

|常體| 花瓶 かびん：花瓶

A 彼(かれ)は慎重(しんちょう)に花瓶(かびん)を扱(あつか)いました。 他很慎重的對待這個花瓶。

B 高(たか)いので、割(わ)ったら大変(たいへん)だからね。 因為很昂貴，若是打破就糟了。

Track 355

|常體| 壁 かべ：牆壁

A 壁(かべ)には落書(らくが)きだらけだ。 整面牆都是塗鴉。

B ペンキを塗(ぬ)りましょう。 來粉刷油漆吧。

Track 356

|敬體| 環境 かんきょう：環境 | 同義字：周(まわ)り（附近）

A 家庭環境(かていかんきょう)が大切(たいせつ)です。 家庭環境很重要。

B 子供(こども)の性格形成(せいかくけいせい)にかなり関係(かんけい)しますからね。
因為會攸關到小孩的個性養成。

Track 357

|常體| 客室 きゃくしつ：客房

A この旅館(りょかん)は大人気(だいにんき)だね。 這家旅館很受歡迎呢。

B すべての客室(きゃくしつ)に露天風呂(ろてんぶろ)がついているのよ。
所有的客房都有露天溫泉喔。

Track 358

| 口語 | **近所 きんじょ** ：鄰居 | 同義字：**隣人**（鄰居）

A きのうの夜、近所で火事があったって知ってますか。
你知道昨晚附近發生大火嗎？

B ニュース見た。軽く済んで良かったわね。
看到新聞了，還好沒釀成大禍。

Track 359

| 敬語 | **クーラー** ：冷氣 | 反義字：**暖房**（暖氣）

A クーラーを入れていただけますか。 可以請你開冷氣嗎？

B すみません、故障しているんです。 故障了。

Track 360

| 常體 | **臭い におい** ：惡臭 | 反義字：**香り**（香味）

A 何か腐った臭いがする。 有種腐敗的惡臭。

B 朝起きたら、部屋に異臭が充満しているなんて本当に困るわ。 早上起來，房間充滿了惡臭，真的很傷腦筋。

Track 361

| 常體 | **化粧台 けしょうだい** ：梳妝臺 | 同義字：**鏡台**（梳妝臺）

A この化粧台は場所を取りすぎたよ。 這梳妝臺太佔空間。

B サイズ間違がった。 弄錯尺寸了。

Track 362

| 常體 | **玄関 げんかん** ：玄關

A だれかが玄関にきているよ。 有人在玄關喔。

B 本当？ベルが聞こえた？ 真的嗎？你有聽到門鈴聲嗎？

Track 363

| 敬體 | **建築 けんちく** ：建築 | 同義字：**建物**（建築物）

A 大学で何を専攻していますか。 大學專攻什麼？

B 建築学科です。 建築系。

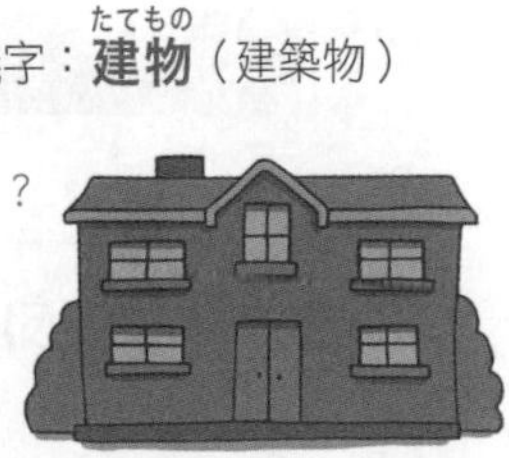

Track 364

| 常體 | **郊外 こうがい** ：郊外

A **僕(ぼく)は郊外(こうがい)に住(す)みたいな。** 我想住在郊外。

B **でも通勤(つうきん)が大変(たいへん)じゃないの。** 不過通勤不會很辛苦嗎？

Track 365

| 常體 | **腰掛け こしかけ** ：凳子

A **君(きみ)が座(すわ)っている腰掛(こしか)けのペンキはまだ塗(ぬ)りたてだよ。**
你坐的凳子才剛上油漆喔。

B **うそ！早(はや)く言(い)ってほしかった！** 不會吧！早點說啦！

Track 366

| 敬體 | **ゴミ** ：垃圾 | 同義字：**屑(くず)**（碎屑、垃圾）

A **ゴミ収集日(しゅうしゅうび)はいつですか。** 星期幾收垃圾？

B **月曜(げつよう)と木曜(もくよう)ですよ。** 星期一跟星期四。

Track 367

| 常體 | **小屋 こや** ：小屋 | 同義字：**納屋(なや)**（倉庫）

A **あ！雨(あめ)が降(ふ)ってきた！** 啊！下雨了！

B **あそこに山小屋(やまごや)があるから、ちょっと雨宿(あまやど)りしましょう。**
去那邊的山中小屋避避雨吧。

Track 368

| 常體 | **コンクリート** ：水泥

A **ますます多(おお)くの家(いえ)がコンクリートで作(つく)られるようになった。** 越來越多房子是用水泥建造的。

B **木造(もくぞう)の家屋(かおく)ほど簡単(かんたん)には燃(も)えないからね。**
因為不像木造房屋那麼容易燃燒。

Track 369

| 敬體 | **座布団 ざぶとん** ：座墊、軟墊 | 同義字：**クッション**（抱枕、靠墊）

A **次(つぎ)、何(なに)をすればいいですか。** 接下來要做什麼？

B **この座布団(ざぶとん)を干(ほ)して下(くだ)さい。** 拿這座墊去曬。

Track 370

|常體| 敷布 しきふ ：床單

A この敷布は消臭効果があるんだよ。 這床單有除臭效果。
しきふ　しょうしゅうこうか

B それでも、週に一度は取り替えるほうがいいわよ。
しゅう　いちど　と　か
不過還是一星期要更換一次比較好喔。

Track 371

|常體| 室内 しつない ：室內

A どこに座る？ 要坐哪裡？

B 私は室内席がいい。 我喜歡室內的位子。
わたし　しつないせき

Track 372

|敬體| 島 しま ：島 ｜ 同義字：アイランド（島）

A 世界最大の島はどこですか？ 世界最大的島在哪裡？
せかいさいだい　しま

B グリーンランドです。 格陵蘭。

Track 373

|常體| 地元 じもと ：當地 ｜ 反義字：外来（外來）
がいらい

A 高校はどこにする？ 決定要上哪間高中？
こうこう

B 地元の学校よ。 當地的學校。
じもと　がっこう

Track 374

|敬體| 蛇口 じゃぐち ：水龍頭

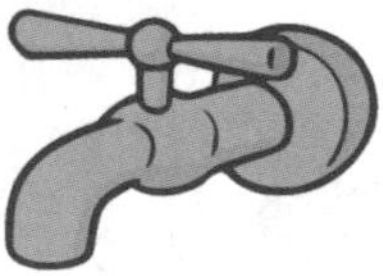

A この蛇口は使えません。故障しています。
じゃぐち　つか　こしょう
這水龍頭不能用。故障了。

B それは困りますね。 這真傷腦筋呢。
こま

Track 375

|常體| 車庫 しゃこ ：車庫 ｜ 同義字：ガレージ（車庫）

A 彼は家にいるかな。 他在家嗎？
かれ　いえ

B 家に居るに違いないわ。彼の車庫に車が見えるから。
いえ　い　ちが　かれ　しゃこ　くるま　み
一定在家。因為看到他的車在車庫。

Track 376

｜常體｜ **シャッター**：百葉窗

A わ！暗い！ 哇！好暗！

B あぁ、シャッターが閉まっているから。 啊，因為百葉窗關著。

Track 377

｜口語｜ **シャワー**：淋浴

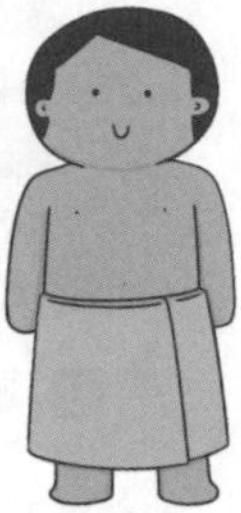

A 毎日風呂に入ってるの？ 你每天泡澡嗎？

B いいえ、シャワーだけで済ませるほうが多いわ。 不，淋浴比較多。

Track 378

｜常體｜ **シャンプー**：洗髮精 ｜ 同義字：**洗髪剤**：洗髮精

A シャンプーがなくなったよ。 洗髮精沒了。

B 買いに行こうか。 去買吧。

Track 379

｜常體｜ **住宅 じゅうたく**：住宅、住處 ｜ 同義字：**住まい**（住處）

A この辺、高級住宅がいっぱいあるね。 這附近很多高級住宅。

B 高級住宅地区だからね。 因為是高級住宅區啊。

Track 380

｜常體｜ **絨毯 じゅうたん**：地毯

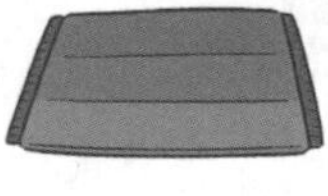

A 絨毯の掃除はどうすればいい？ 地毯要怎麼清潔？

B 洗濯屋に出せばいいんじゃない。 送洗就好啦。

Track 381

｜敬體｜ **住民 じゅうみん**：居民 ｜ 反義字：**外来者**（外來人）

A その島は住民が少ないんです。 這個島居民很少。

B 若者は殆ど島を出て行きました。 年輕人大都離開了。

Track 382

｜常體｜ 錠 じょう ：鎖 ｜ 同義字：ロック（鎖）

A 錠(じょう)を掛(か)けたか？ 上鎖了嗎？

B うん、ちゃんと掛(か)けた。 鎖好了。

Track 383

｜常體｜ 障子 しょうじ ：日式紙門 ｜ 同義字：襖(ふすま)（日式紙門）

A 障子(しょうじ)に穴(あな)を開(あ)けてしまってごめん。 對不起把紙門弄破了。

B 気(き)をつけてよ。張替(はりか)えたばかりのに。 小心點。才剛換新的耶。

Track 384

｜敬體｜ 食器棚 しょっきだな ：碗櫥

A 手伝(てつだ)いましょうか。 我來幫忙吧。

B じゃ、洗(あら)った皿(さら)を食器棚(しょっきだな)にしまって。 那把洗好的盤子收到碗櫥裡。

Track 385

｜敬體｜ 城 しろ ：城、城堡

A その城(しろ)はいつ建(た)てられたのですか。 這座城何時建造的？

B 1855年(ねん)に建(た)てられました。 1855年建造的。

Track 386

｜常體｜ 寝室 しんしつ ：臥房

A 眠(ねむ)くなってきた。 開始睏了。

B ここではなく、寝室(しんしつ)で寝(ね)て。 別在這睡，回房間睡。

Track 387

｜常體｜ スイート ：套房

A このスイートルームは僕(ぼく)のマンションの三倍(さんばい)の広(ひろ)さだ。 這套房有我的公寓三倍大。

B すごく豪華(ごうか)だね。 很豪華呢。

Track 388

|常體| **スイッチ** ：開關

A **電灯（でんとう）のスイッチはどこ？** 電燈的開關在哪？

B **ドアの横（よこ）に。** 門旁邊。

Track 389

|敬體| **スカイスクレーパー** ：摩天大樓

A **世界一高（せかいいちたか）いスカイスクレーパーは？** 世界最高的摩天大樓是在哪裡？

B **今（いま）のところは、ドバイにあるブルジュ・ハリファです。**
目前是杜拜的杜拜塔。

Track 390

|常體| **石鹸 せっけん** ：肥皂 | 同義字：**シャボン**（肥皂）

A **彼女（かのじょ）は石鹸（せっけん）をひとつ使（つか）ってしまった。** 她用掉了一整塊肥皂。

B **びっくりした。一体（いったい）どのぐらい洗濯（せんたく）したの？**
嚇死人。到底是洗了多少東西？

Track 391

|常體| **設備 せつび** ：裝備 | 同義字：**施設（しせつ）**（設施）

A **ここの図書館（としょかん）の設備（せつび）はすっごいわ。** 這裡的圖書館設備好棒。

B **本当（ほんとう）、さすが国立（こくりつ）だね。** 真不虧是公立學校。

Track 392

|口語| **洗面台 せんめんだい** ：洗臉台

A **なんて汚（きたな）いんだ！洗面台（せんめんだい）を使（つか）った後（あと）は、ちゃんと掃除（そうじ）しないと！** 怎麼這麼髒！洗臉台用過之後要好好清乾淨啊！

B **分（わ）ったから、もう黙（だま）ってて。** 知道了啦，別唸了。

Track 393

|敬體| **ソファー** ：沙發

A **ソファーに座（すわ）って下（くだ）さい。お茶入（ちゃい）れてきますね。**
沙發請坐。我去泡個茶來。

B **すぐ帰（かえ）りますので、構（かま）わないでください。** 馬上就回去了，不用麻煩。

Track 394

｜敬體｜ ダイニング-ルーム ：飯廳

A ダイニングルームの照明（しょうめい）は料理（りょうり）をおいしく見（み）せますね。
飯廳的燈光讓料理看起來更美味了。

B 雰囲気（ふんいき）あるあかりを選（えら）ぶことは大切（たいせつ）ですよ。
選擇有氣氛的燈光是很重要的。

Track 395

｜口語｜ 大理石 だいりせき ：大理石

A 玄関（げんかん）は大理石（だいりせき）だって。お金持（かねも）ちの家（いえ）みたいだ。
聽説玄關舖的是大理石，好像有錢人的家。

B そうなのよ。彼（かれ）の実家（じっか）はお金持（かねも）ちだからね。
對啊，他的老家很有錢喔。

Track 396

｜常體｜ タイル ：磁磚

A タイル貼（ば）りだから冷（つめ）たく感（かん）じるな！ 貼磁磚感覺很冷！

B 確（たし）かに。特（とく）に寒（さむ）い日（ひ）は、裸足（はだし）で歩（ある）くのは少（すこ）しだけ勇気（ゆうき）がいるわね。 的確是。特別是在很冷的時候，還真需要點勇氣才 能赤腳在上面走。

Track 397

｜常體｜ タオル ：毛巾 ｜ 同義字：手（て）ぬぐい（毛巾）

A このタオルいつ洗濯（せんたく）したの？ 這毛巾什麼時候洗的？

B あのね、きのう洗（あら）ったばかりなんだけど。 拜託，昨天才剛洗的啦。

Track 398

｜常體｜ 畳 たたみ ：榻榻米

A 僕（ぼく）ね、畳（たたみ）の匂（にお）いが大好（だいす）きなんだ。 我很喜歡榻榻米的味道。

B なんか落（お）ち着（つ）くね。 讓人很放鬆。

Track 399

｜敬體｜ 建物 たてもの ：建築物

A 許可書がなければその建物には入れません。
きょ か しょ　　　　　　　　 たてもの　　 はい
如果沒有許可證，就不能進入那棟建築物。

B なんで？その建物は何ですか。
たてもの　 なん
為什麼？那棟建築物是什麼來頭？

Track 400

｜常體｜ 棚 たな ：櫃子

A 美術品や骨董を展示するための棚がほしいな。
び じゅつひん　 こっとう　 てん じ　　　　　　　 たな
想要一個展示藝術品、古董的櫃子。

B どこに棚を置くの？
たな　 お
櫃子要放哪？

Track 401

｜口語｜ 暖房 だんぼう ：暖氣 ｜ 反義字：冷房（冷氣房）
れいぼう

A 節電のために、暖房を使わないようにしているんだ。
せつでん　　　　　　 だんぼう　 つか
為了省電，儘量都不開暖氣。

B 節電って本当に簡単にできるね。
せつでん　　 ほんとう　 かんたん
真的很簡單就可以做到省電。

Track 402

｜常體｜ 暖炉 だんろ ：暖爐 ｜ 同義字：ファイアプレース（壁爐）

A わ～寒かった。 哇～冷死了。

B 暖炉のそばで温まりなさい。
だん ろ　　　　　　 あたた
到暖爐旁暖暖身子。

Track 403

｜敬體｜ 地域 ちいき ：地區 ｜ 同義字：区域（區域）

A あの地域の環境はすごく劣悪だそうです。
ち いき　 かんきょう　　　　　　 れつあく
據說那個地區的環境非常惡劣。

B 今はもう立ち入り禁止区域に指定されています。
いま　　　　 た　 い　 きん し く いき　 し てい
現在已經被列為禁止進入區域了。

Track 404

|常體| 地下室 ちかしつ：地下室 | 反義字：地面（地面）

A パパは？ 爸爸呢？

B パパは、地下室に行ったわよ。 爸爸去了地下室。

Track 405

|常體| 茶室 ちゃしつ：茶室

A 茶室は日本建築文化の集大成といわれています。
茶室是日本建築文化的集大成。

B 観光客には実際に触れてもらいたいと思います。
想讓觀光客能實際體驗看看。

Track 406

|常體| 机 つくえ：桌子

A リモコンが見つからないんだ。 找不到遙控器。

B 机の上だと思うけど。 應該是在桌上。

Track 407

|敬體| ティシュー：面紙

A どんなバイトしているんですか。 你在打什麼工？

B 街でティシューを配っています。 在路上發面紙。

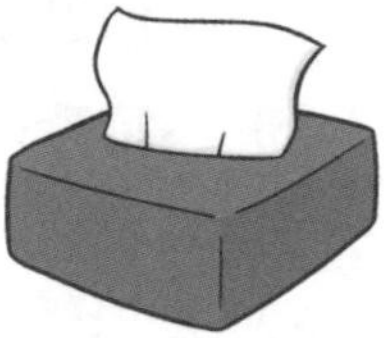

Track 408

|敬體| テーブル：桌子

A 地震が起きたら、テーブルの下に隠れましょう。
發生地震時，請躲到桌子下。

B そういえば、昔避難方法いろいろ勉強しましたね。
說起來，以前也學過很多避難方法呢。

Track 409

|口語| 電気 でんき：電、電燈 | 同義字：エレキ（電）

A 寝るまで電気を消さないで。 睡著前別把燈關了。

B 分かったって。安心して寝なさい。 我知道。放心睡吧。

Track 410

|常體| 天井 てんじょう ：天花板

A 天井にも壁紙を貼ったの？ 天花板也貼了壁紙？

B ちょっと違うデザインやってみた。 嘗試了不太一樣的設計。

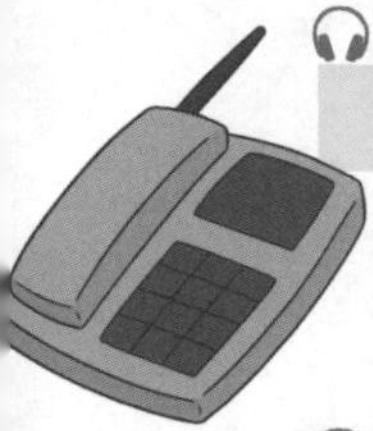

Track 411

|常體| 電話 でんわ ：電話

A 電話だよ。今忙しいから誰か出て！ 電話！現在很忙，誰接一下！

B 私が出る。 我來接。

Track 412

|敬語| トイレ ：洗手間

A トイレをお借りしていいですか。 可以借洗手間嗎？

B いいですけど、今は使用中です。
可以啊，不過現在有人在使用。

Track 413

|敬體| 床の間 とこのま ：壁龕

A どうして床の間は上座ですか？ 為什麼地位最高的人坐在壁龕的位子？

B 床の間は四季を演出し、お客様を迎える「顔」ですからね。 因為壁龕會表現出四季的模樣，是用來迎接客人的代表喔。

Track 414

|敬語| 戸棚 とだな ：櫥櫃 | 同義字：クロゼット（櫥櫃）

A この戸棚のサイズは？ 這個櫥櫃的尺寸多少？

B 奥行が２０インチでございます。 深度是２０吋。

Track 415

|敬體| ドア ：門

A ドアを開けて。 開門。

B 今開けます。 馬上就開。

Track 416

｜敬體｜ 都会人 とかいじん ：都會人｜反義字：田舎もの（鄉下人）

A 都会人が冷たいのはなぜですか。 為什麼都會人這麼冷淡？

B 自分の領域に踏み込まれるのを嫌がる傾向があるそうですよ。 聽說有討厭別人進到自己的領域來的傾向。

Track 417

｜敬體｜ 長さ ながさ ：長度

A 長さはどのぐらいですか？ 長度多少？

B すみません。すぐ測ります。 不好意思。馬上測量。

Track 418

｜敬體｜ 中庭 なかにわ ：中庭

A この家には中庭がありますよ。 這房子有中庭喔。

B いいですね。じゃ、小さな菜園を作れますね。
真好。那可以蓋一個小菜園了。

Track 419

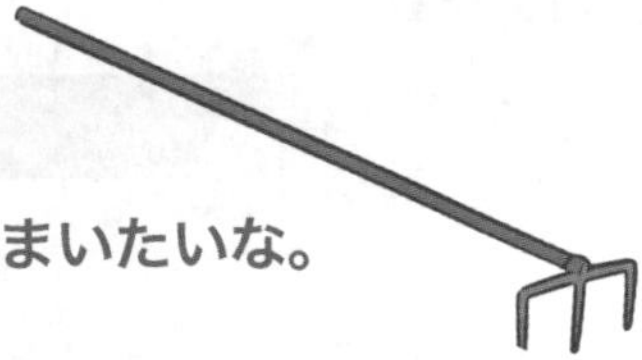

｜常體｜ 庭 にわ ：庭院

A うちの庭の池を埋めてしまいたいな。
想把我家庭院裡的池塘掩埋起來。

B きれいなのに、なんで？ 明明很漂亮啊，為什麼？

Track 420

｜敬體｜ 配置 はいち ：配置｜同義字：トイアウト（配置）

A 一度家具の配置を見直してみませんか？
要不要重新考慮一下家具的配置？

B そうですね、限られている空間を無駄なく使わないとね。
嗯，必須要好好的來使用有限的空間。

Track 421

|常體| **箱 はこ** ：盒子、箱子

A 箱にいっぱい硬貨入っているね。 箱子裡好多硬幣。

B ああ、息子が収集しているんです。 啊，兒子在收集。

Track 422

|敬體| **梯子 はしご** ：梯子

A 屋根にのぼるのには、やはり梯子が要ります。
要爬上屋頂，還是需要梯子。

B 借りてきます。 我去借。

Track 423

|敬體| **柱 はしら** ：柱子

A 真中の柱が朽ちていますよ。 中間的柱子腐朽了。

B このままじゃ屋根を支えきれません。 這樣下去，支撐不了屋頂。

Track 424

|敬體| **梁 はり** ：樑 ｜ 同義字：**うつばり**（樑）

A 最近では梁を見せる住まいが増えてきました。
最近把樑露出來的住宅變多了。

B 梁を現したことによって、開放感があふれますからね。
因為可以藉由露出橫樑，而產生開放感。

Track 425

|敬體| **光 ひかり** ：光

A この夜景が素敵です！ 這夜景好美！

B カラフルな光が港町の夜景を彩りました。
彩色的燈光點綴了港都的夜景。

Track 426

|常體| **引出し ひきだし** ：抽屜

A 判子はどこ？ 印章在哪？

B 引出しにしまってあると思う。 記得是收在抽屜裡。

Track 427

| 常體 | **庇 ひさし** ：遮陽板

A 雨降(あめふ)ってきた？ 下雨了嗎？

B いいえ、庇(ひさし)から滴(したた)り落(お)ちている水滴(すいてき)よ。
不，那是從遮陽板滴下來的水滴。

Track 428

| 常體 | **避難所 ひなんじょ** ：避難所 | 同義字：**シェルター**（避難所）

A 近(ちか)くの避難所(ひなんじょ)はどこにあるか知(し)っておくべきだよ。
應該事先知道附近的避難所在哪裡。

B いざという時(とき)、知(し)らないと大変(たいへん)ですからね。
萬一的時候，不知道就慘了。

Track 429

| 敬體 | **広さ ひろさ** ：寬度、廣度 | 反義字：**長(なが)さ**（長度）

A この家(いえ)の広(ひろ)さはどのくらいありますか。 這房子有多大？

B え～と、十畳(じゅうじょう)ぐらいだと思(おも)います。 嗯～十帖左右。

Track 430

| 敬體 | **ファクス** ：傳真

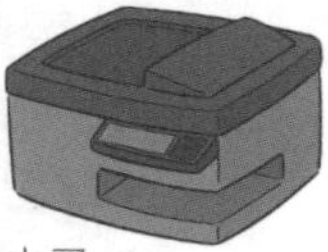

A 資料(しりょう)をファックスで送(おく)りました。 我把資料傳真過去了。

B はい、確(たし)かに届(とど)いています。 確實收到了。

Track 431

| 常體 | **布団 ふとん** ：棉被 | 同義字：**キルト**（棉被）

A 起(お)きたら、ちゃんと布団(ふとん)をたたみなさい。 起床後，把棉被折好。

B わかったよ。 我知道啦。

Track 432

| 口語 | **古里 ふるさと** ：家鄉 | 同義字：**故郷(こきょう)**（家鄉）

A この歌(うた)を聞(き)くと古里(ふるさと)を思(おも)い出(だ)すわ。 聽這首歌就會想起家鄉。

B 古里(ふるさと)はどこだっけ？ 你說你的家鄉在哪？

Track 433

| 常體 | **風呂 ふろ** ：浴缸

A お風呂にお湯を入れて。 去放熱水。

B うん。母さん、僕が先に入ってもいい？ 喔。媽，我可以先洗嗎？

Track 434

| 常體 | **別荘 べっそう** ：別墅

A 彼は僕達を別荘に誘ってくれたんだよ。 他邀請大家到他的別墅去。

B 楽しみだね。 好期待。

Track 435

| 常體 | **ベッド** ：床

A ベッドで本を読むな。 別在床上看書。

B え？なんで。 咦？為什麼啦。

Track 436

| 常體 | **部屋 へや** ：寢室 | 同義字：**寝室**（寢室）

A 君の部屋はどれ？ 你的寢室是哪間？

B 一番奥。 最裡面那間。

Track 437

| 口語 | **ベランダ** ：陽臺

A 今日は花火大会だって。 聽說今天有煙火秀。

B うちのベランダから花火が見えるよ。うちに来ない？
我家陽台看得到煙火喔。要來我家嗎？

Track 438

| 常體 | **便器 べんき** ：馬桶

A 便器ピカピカで気持ちいいね。 馬桶乾乾淨淨的，真清爽。

B えらい、ちゃんと掃除したね。 很乖喔，有好好打掃。

Track 439

| 常體 | **ペンキ** ：油漆 | 同義字：**塗料(とりょう)** ：顏料

A 壁(かべ)を塗(ぬ)りなおしたいな。何色(なにいろ)のペンキがいい？
想要重新粉刷牆壁。什麼顏色好？

B やはり白(しろ)がいいんじゃない。 還是白色好。

Track 440

| 敬體 | **ベンチ** ：長椅

A 私(わたし)はよくこの公園(こうえん)のベンチでランチをとります。 我常常坐在這公園的長椅上吃午餐。

B ここ静(しず)かでいいところですね。 這裡很安靜，是個好地方呢。

Track 441

| 常體 | **箒 ほうき** ：掃把

A この箒(ほうき)は高(たか)い！ 這掃把好貴！

B 手作(てづく)りだからよ。 因為是手工做的喔。

Track 442

| 常體 | **埃 ほこり** ：灰塵、灰 | 同義字：**塵(ちり)**（灰塵）

A わ～埃(ほこり)だらけ！ 哇～都是灰塵！

B 当(あ)たり前(まえ)よ。何年(なんねん)も空(あ)き家(や)にしたからね。
那當然。房子空了好幾年了。

Track 443

| 口語 | **ホテル** ：旅館 | 同義字：**旅館(りかん)**（旅館）

A もう終電(しゅうでん)に間(ま)に合(あ)わないよ。ホテルに泊(と)まろうか。
趕不上末班車了。去住旅館吧。

B だから、何度(なんど)も帰(かえ)ろうと催促(さいそく)したじゃん。
所以我不是好幾次催促快點回家。

Track 444

| 常體 | **洞 ほら** ：洞 | 同義字：**洞窟**（どうくつ）（洞）

A この洞（ほら）はどこに辿（たど）り着（つ）くんだろう。 這個洞通往哪裡呢。

B 入（はい）ってみない？ 要不要進去看看？

Track 445

| 常體 | **本棚 ほんだな** ：書櫃、書架

A 本棚（ほんだな）に多（おお）くの本（ほん）を置（お）いているね。 書架上很多書呢。

B 実（じつ）はすべて読（よ）んだわけではないんだ。 其實並沒有全部看完。

Track 446

| 常體 | **枕 まくら** ：枕頭

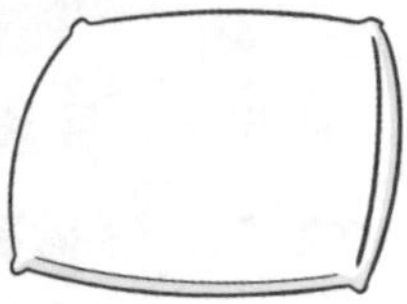

A 枕（まくら）をフワっとふくらませて。 把枕頭弄澎。

B え？どうやって？ 咦？怎麼弄？

Track 447

| 常體 | **マット** ：墊子 | 同義字：**敷物**（しきもの）（墊子）

A マットを敷（し）かないでヨガをやると危（あぶ）ないよ。
沒有鋪墊子做瑜珈很危險喔。

B じゃ、まずはマット用意（ようい）しておくわね。 那首先準備好墊子吧。

Track 448

| 常體 | **窓 まど** ：窗戶

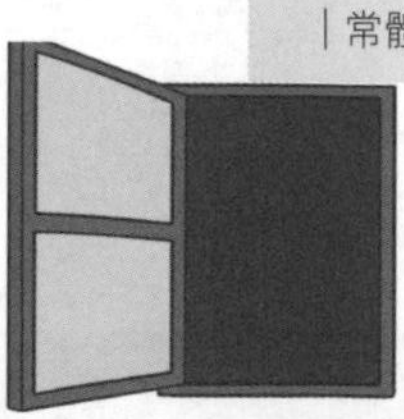

A 出（で）かけるときは、窓（まど）を閉（し）め忘（わす）れないようにね。
出門時別忘了關窗戶。

B うん、ちゃんとするから心配（しんぱい）しないで。
嗯，別擔心，我會確實關好。

Track 449

| 常體 | **窓枠 まどわく** ：窗緣

A 猫（ねこ）が窓枠（まどわく）で寝（ね）ているよ！かわいいね！ 貓睡在窗緣上！好可愛！

B よく落（お）ちるけどね。 不過常常摔下來呢。

Track 450

｜常體｜ 周り まわり ：周圍

A 君はよく花屋に行くんだね。 你常常去花店呢。

B 花屋にいると、周りに花がたくさんあって、見てて楽しいの。 在花店裡，欣賞在周圍大量的花很開心。

Track 451

｜常體｜ マンション ：大廈 ｜反義字：アパート（公寓）

A 彼の両親は彼にマンションを買ってやったそうですよ。
聽說他的父母買了大廈給他。

B お金持ちのやることは格が違うわね。
有錢人做的事跟人家不一樣啊。

Track 452

｜常體｜ 村 むら ：村莊 ｜同義字：ビレッジ（村落）

A ここは彼が生まれた村なんだ。 這裡是他出生的村莊。

B 美しい村ね。 很美的村莊呢。

Track 453

｜常體｜ めちゃくちゃ ：雜亂

A 机の上は本でめちゃくちゃだ。 桌上書放得亂七八糟。

B 先生は本当に整頓が苦手なんですね。 老師真的對整理很不拿手呢。

Track 454

｜常體｜ モップ ：拖把

A モップで床をきれいにしてください。 用拖把把地板清理乾淨。

B はい、任せてください。 嗯，交給我。

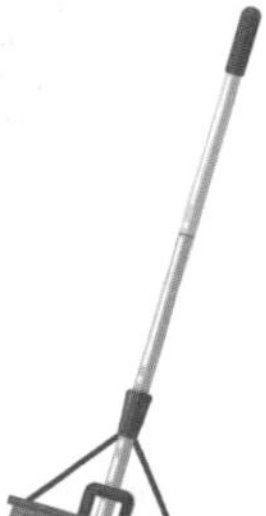

Track 455

｜常體｜ 家賃 やちん ：房租 ｜同義字：賃料（租金）

A 収入の大部分は家賃で消えてしまうよ。
收入的大部分都拿去繳房租。

B じゃ、生活は苦しくならないの？ 那生活不會很苦嗎？

Track 456

|敬體| **屋根 やね** ：屋頂

A 茅葺屋根がいい味を醸し出していますね。 茅草屋頂很有味道。

B 今はもう珍しくなりましたからね。 現在已經很稀有了。

Track 457

|常體| **屋根裏 やねうら** ：閣樓

A 収納スペースを作りたいな。 想做個收納空間。

B 屋根裏には十分広い余地があるわよ。 閣樓有十分寬闊的空間喔。

Track 458

|敬體| **山小屋 やまごや** ：山中小屋 | 同義字：**ロッジ**（山中小屋）

A 私たちは山小屋で一夜を過ごしました。 我們在山中小屋過了一夜。

B 私は泊まったことがありません。 我沒有住過。

Track 459

|敬體| **床 ゆか** ：地板

A 板張りの床は暖かく感じて気持ちいいですね。
木質地板感覺很溫暖，很舒服。

B でも、ワックスをかけるのは大変です。 不過，打蠟很辛苦。

Track 460

|敬體| **洋室 ようしつ** ：西式房間 | 反義字：**和室**（日式房間）

A 最近の住宅は、和室がなくて洋室ばかりのが多いんです。 最近的住家，大多都沒有和式房間，都是西式房間。

B ベットで寝る人が多いからだと思います。
我想是因為睡床的人比較多的關係。

Track 461

|敬體| **浴室 よくしつ** ：浴室 | 同義字：**バス**（浴室）

A どんな部屋を探していますか。 在找什麼樣的房子呢？

B 浴室付きの二人部屋です。 有浴室的兩個人住的房子。

Track 462

|敬體| リビング：客廳

A リビングが広(ひろ)いですね。 客廳很大呢。

B 結構明(けっこうあか)るいですし。 也很明亮。

Track 463

|敬語| ルーム：房間 | 同義字：部屋(へや)（房間）

A シングルルームを予約(よやく)したいのですが。 我想預訂單人房。

B 申(もう)し訳(わけ)ないですが、生憎(あいにく)きょうシングルルームは空(あ)いておりません。 很抱歉，很不巧的今天單人房沒有空房。

Track 464

|口語| 冷蔵庫 れいぞうこ：冰箱

A 冷蔵庫(れいぞうこ)の中(なか)に何(なに)もないじゃん。 冰箱裡什麼都沒有耶。

B 忙(いそが)しくて全然(ぜんぜん)買(か)い物(もの)してないわ。 忙到都沒去採買。

Track 465

|常體| 冷凍庫 れいとうこ：冷凍庫 | 同義字：フリーザー（冷凍庫）

A 冷凍庫(れいとうこ)に電池(でんち)をいれると、長持(ながも)ちするようになるそうだよ。 聽說把電池放在冷凍庫，電池的壽命會比較長。

B 本当(ほんとう)？ 私(わたし)も入(い)れてみようかな。 真的嗎？我也來試試看。

Track 466

|常體| 廊下 ろうか：走廊

A 廊下(ろうか)から庭(にわ)が見(み)えるね。 從走廊看得到庭院。

B 素敵(すてき)な日本家屋(にほんかおく)ね。 很棒的日本房子呢。

Track 467

|常體| 蝋燭 ろうそく：蠟燭

A 蝋燭(ろうそく)を灯(とも)したら、雰囲気(ふんいき)が一転(いってん)したね。 點上蠟燭，氣氛就改變了。

B ロマンチックな感(かん)じね。 很浪漫呢。

Track 468

|敬體| **ロビー** ：休息室、大廳 | 同義字：**控(ひか)え室(しつ)**（休息室）

A あしたの朝(あさ)、何時(なんじ)にロビーに集合(しゅうごう)すればいいですか。
明天早上幾點在大廳集合呢？

B 7時(じ)までにロビーに来(き)てください。 請在７點前到大廳。

Track 469

|敬體| **和室 わしつ** ：日式房間

A 和室(わしつ)は外国人(がいこくじん)の方々(かたがた)に好評(こうひょう)なんですよ。 日式房間很受外國人好評。

B やはり外国人(がいこくじん)は日本(にほん)の伝統的(でんとうてき)な文化(ぶんか)を体験(たいけん)したいんですね。 果然外國人會想要體驗日本的傳統文化呢。

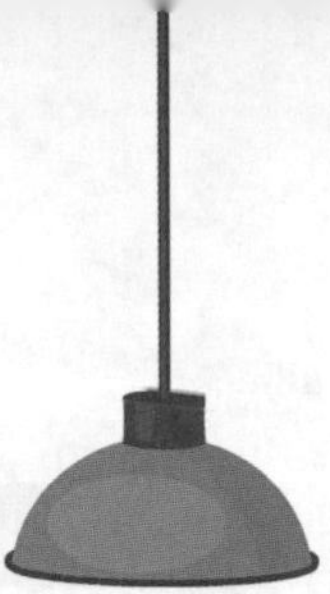

動詞

Track 470

| 常體 | **明かり あかり** ：燈

A **寝るなら、明かりを消けして。** 要睡的話，把燈關了。

B **まだ寝ないよ。** 還沒要睡喔。

Track 471

| 常體 | **開ける あける** ：打開 | 反義字：**閉める**（關上）

A **空気悪いね。窓を開けて。** 空氣好糟。把窗戶打開。

B **寒いからいやだ。** 好冷喔才不要。

Track 472

| 敬體 | **浴びる あびる** ：淋

A **ちょっとシャワー浴びてきます。** 我先去沖個澡。

B **じゃ、ご飯用意しておきますね。** 那我先把晚餐準備好。

Track 473

| 常體 | **洗う あらう** ：洗

A **子供を洗うのは大変だよ。** 幫小孩子洗澡很辛苦。

B **すぐ水遊びしたりするしね。** 因為馬上就會玩起水來。

Track 474

| 常體 | **安定 あんてい** ：安定 | 反義字：**不安定**（不安定）

A **結婚の最低条件は安定した収入だな。**
安定的收入是結婚的最低條件。

B **安定な生活ができないと、子供も作れないね。**
生活不安定的話，也沒辦法生小孩呢。

Track 475

| 常體 | **移す うつす** ：移動 | 同義字：**移動**（移動）

A **人事異動の辞令が出たんでしょう？** 人事異動公告公佈了吧？

B **うん、今度支店へ移されることになったわ。**
對，這次要調到分店去。

Track 476

｜常體｜ **帰る かえる** ：返回、回家 ｜ 反義字：**出掛(でか)ける**（出門）

A **もう遅(おそ)いから、帰(かえ)ろうか。** 已經很晚了，回家吧。

B **うん、また一緒(いっしょ)に遊(あそ)ぼうね。** 嗯，要再一起玩喔。

Track 477

｜常體｜ **買う かう** ：買 ｜ 反義字：**売(う)る**（賣）

A **彼女(かのじょ)はやたらと靴(くつ)を買(か)うんだ。** 她動不動就買鞋。

B **何十足(なんじゅうそく)もあるそうよ。** 好像有幾十雙耶。

Track 478

｜口語｜ **隠す かくす** ：隱藏

A **恥(は)ずかしいからいつもタオルで体(からだ)を隠(かく)しているんだ。**
因為很不好意思，所以總是用毛巾遮住身體。

B **サウナはいいけど、温泉(おんせん)じゃタオルはだめよ。**
三溫暖是沒關係，但溫泉就不可以用毛巾喔。

Track 479

｜常體｜ **飾る かざる** ：裝飾 ｜ 同義字：**デコレート**

A **まだなの？** 還沒好嗎？

B **テーブルに花(はな)を飾(かざ)ったら終(お)わりよ。** 把花裝飾在桌上就好了。

Track 480

｜常體｜ **覚ます さます** ：醒來 ｜ 反義字：**眠(ねむ)る**（睡）

A **やっと目(め)を覚(さ)ましたか。** 終於醒啦。

B **うん、今(いま)起(お)きたところ。** 嗯，剛起床。

Track 481

｜敬體｜ **住む すむ** ：居住 ｜ 同義字：**居住(きょじゅう)**（居住）

A **東京(とうきょう)は住(す)むのに想像以上(そうぞういじょう)に金(かね)がかかります。**
住在東京比想像中還要花錢。

B **東京(とうきょう)の生活費(せいかつひ)は高(たか)いですね。** 東京的生活費很高。

Track 482

｜常體｜ 座る すわる ：坐下

A **だらしないなぁ。ちゃんと座って。** 沒規矩。坐好。

B **いいじゃない。自分のうちだし。** 有什麼關係。反正是自己家。

Track 483

｜常體｜ 掃除 そうじ ：打掃

A **もう部屋を掃除したか。** 房間打掃好了嗎？

B **カーペットに掃除機をかけただけ。** 只用吸塵器吸過地毯。

Track 484

｜口語｜ 聳える そびえる ：聳立

A **スイスに聳えるアルプスは本当に絶景だな！**
聳立在瑞士的阿爾卑斯山真的是絕景！

B **何度来ても感激しちゃう。** 無論來幾次都令人感動。

Track 485

｜常體｜ 建てる たてる ：建立、建築 ｜ 反義字：壊す（毀損）

A **父の夢は自分で家を建てることだ。** 爸爸的夢想是自己蓋房子。

B **叶ったの？** 有實現嗎？

Track 486

｜常體｜ 積み重ねる つみかさねる ：堆積

A **書類を机の上に積み重ねすぎて、机の上が山崩れ！**
桌上文件堆積太多，整個崩塌。

B **しっかり机の上を整理しておきなさい。** 請好好整理桌子。

Track 487

｜敬體｜ 定住 ていじゅう ：定居 ｜ 反義字：移民（移民）

A **アメリカに定住しようかと迷っています。** 在煩惱要不要美國定居？

B **え？そうなんですか？** 耶？是喔？

Track 488

｜常體｜ 出掛ける でかける ：出門 ｜ 反義字：帰(かえ)る（回家）

A ちょっと出掛(でか)けてくる。 出門一下。

B こんな時間(じかん)に！？ 在這個時間！？

Track 489

｜常體｜ 手配 てはい ：準備 ｜ 同義字：用意(ようい) 準備

A チケットの手配(てはい)してくれ。 幫我準備車票。

B また出張(しゅっちょう)なの？ 又是出差？

Track 490

｜敬體｜ 整える ととのえる ：備齊 ｜ 同義字：整理(せいり)（整理）

A 書類(しょるい)は全部(ぜんぶ)用意(ようい)できましたか？ 資料全部準備好了嗎？

B はい、必要(ひつよう)な書類(しょるい)はすべて整(ととの)えました。 需要的資料全部備齊了。

Track 491

｜敬體｜ 流れる ながれ ：流、流通 ｜ 反義字：滞(とどこお)る（堵塞）

A あの、トイレの水(みず)が流(なが)れません。 廁所的水不通了。

B あら、詰(つ)まったのかしら。 該不會是堵塞住了吧。

Track 492

｜常體｜ 入浴 にゅうよく ：洗澡

A 入浴(にゅうよく)してさっぱりした。 洗個澡真清爽。

B 入浴後(にゅうよくご)の一杯(いっぱい)でも飲(の)む？ 要不要來杯入浴後的啤酒？

Track 493

｜口語｜ 眠る ねむる ：睡

A こんなにうるさいのに、よく眠(ねむ)ってるね。 這麼吵，還真能睡。

B 流石(さすが)に遊(あそ)び疲(つか)れちゃった。 也該玩累了。

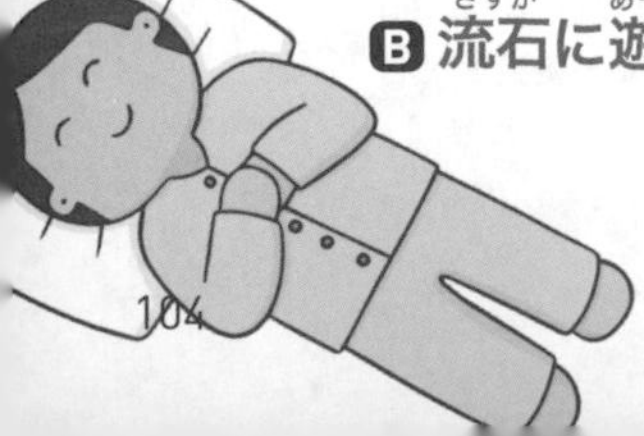

Track 494

｜敬語｜ **引っ越す ひっこす** ：搬家 ｜ 同義字：**移住**（いじゅう）（移居）

A **今度**（こんど）**隣**（となり）**に引**（ひ）**っ越**（こ）**して来**（き）**ました松田**（まつだ）**です。これからよろしくお願**（ねが）**いします。** 我是剛搬來的松田。以後還請多多指教。

B **こちらこそ、よろしくお願**（ねが）**いします。** 彼此彼此，多多指教。

Track 495

｜口語｜ **一人暮らし ひとりぐらし** ：獨居 ｜ 同義字：**独居**（どっきょ）（獨居）

A **早**（はや）**く家**（いえ）**を出**（で）**て、一人暮**（ひとりぐ）**らししたいです。**
好想快點離開家，過獨居生活。

B **一人暮**（ひとりぐ）**らしって寂**（さび）**しいですよ。** 一個人生活很寂寞喔。

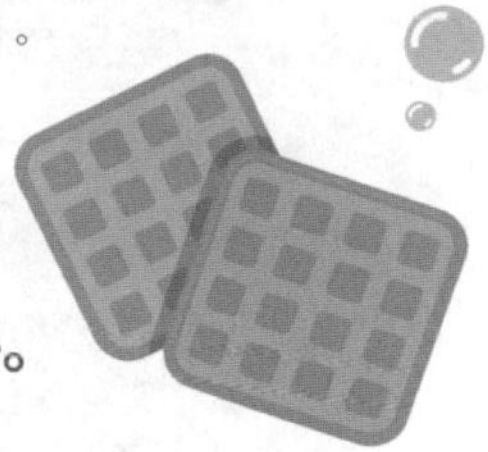

Track 496

｜敬體｜ **拭く ふく** ：擦拭

A **幼児**（ようじ）**のトイレの後**（あと）**、何**（なに）**で拭**（ふ）**くほうがいいですか。**
小朋友如廁後，用什麼擦屁股比較好？

B **基本**（きほん）**はトイレットペーパーでいいです。** 基本上衛生紙就可以了。

Track 497

｜常體｜ **隔てる へだてる** ：分開 ｜ 同義字：**仕切**（しき）**る**（分開）

A **ＰＣ**（ピーシー）**ルームとリビングを隔**（へだ）**てるのにお勧**（すす）**めのはある？**
你有推薦用什麼隔開電腦室跟客廳嗎？

B **カーテンでどう？** 簾子如何？

Track 498

｜常體｜ **乱れる みだれる** ：混亂、弄亂 ｜ 反義字：**整**（ととの）**える**（整理）

A **おい！ 整**（ととの）**えっていた書類**（しょるい）**が乱**（みだ）**れるだろう。**
喂！整理好的資料會亂掉啦。

B **ごめん。必要**（ひつよう）**な書類**（しょるい）**があって、あとで整理**（せいり）**するから。**
對不起。在找需要的資料，等一下我會整理。

形容詞

Track 499

｜敬體｜ 明るい あかるい ：明亮的

A 日(ひ)が差(さ)して明(あか)るい部屋(へや)ですね。 陽光充足很明亮的房間呢。

B ここは一番明(いちばんあか)るいです。 這裡是最明亮的。

Track 500

｜常體｜ 堅い かたい ：堅固的 ｜ 反義字：脆(もろ)い 脆弱的

A この机(つくえ)は丈夫(じょうぶ)だね。 這桌子很堅固呢。

B この机(つくえ)は堅(かた)い材質(ざいしつ)の木(き)でできているんですよ。
這桌子是用很堅固的木材做的。

Track 501

｜口語｜ 汚い きたない ：髒的

A この絵(え)どうしたの？いい絵(え)なのに残念(ざんねん)だね。
這畫怎麼了？一幅好畫真是可惜了。

B 水(みず)をこぼして汚(きたな)くなっちゃった。 打翻水弄髒了。

Track 502

｜常體｜ 暗い くらい ：陰暗的、昏暗的

A このバーは暗(くら)くていい雰囲気(ふんいき)だね。 這酒吧燈光昏暗氣氛很好呢。

B 気(き)に入(い)ってもらってよかった。 你喜歡真是太好了。

Track 503

｜常體｜ 快い こころよい ：舒適 ｜ 反義字：不快(ふかい)（不舒適）

A 快(こころよ)い海風(うみかぜ)だな。 真舒適的海風。

B 本当(ほんとう)に気持(きも)ちがいいわね。 真的很舒服。

Track 504

| 常體 | **些細 ささい** ：瑣碎的

A 些細(ささい)なことで悩(なや)むな。禿(は)げるぞ。
別為了瑣碎的事煩惱。會禿頭喔。

B 禿(は)げないよ。 才不會禿頭呢。

Track 505

| 口語 | **清潔 せいけつ** ：乾淨 | 反義字：不潔(ふけつ)（不乾淨）

A 清潔(せいけつ)な匂(にお)いってどんな匂(にお)い？ 乾淨的味道是什麼味道？

B 無臭(むしゅう)だと思(おも)う。 我想應該就是無臭。

Track 506

| 常體 | **狭い せまい** ：窄的 | 反義字：広(ひろ)い（寬廣）

A この部屋(へや)、狭(せま)い！ 這房間好小！

B 一人暮(ひとりぐ)らしだから、別(べつ)に狭(せま)い感(かん)じはないけど。
因為是一個人住，並不會特別覺得很擠。

Track 507

| 常體 | **眠い ねむい** ：睏 | 同義字：眠(ねむ)たい（睏）

A 起(お)きたばかりなのに、もう眠(ねむ)くなってきた。
才剛睡醒，又想睡了。

B 君(きみ)、寝(ね)すぎ！ 你睡太多了！

Track 508

| 口語 | **広い ひろい** ：寬敞的

A 広(ひろ)い草原(くさはら)で走(はし)るとうちのワンちゃんすごく喜(よろこ)びました。
在廣闊的草原奔跑，我家的狗超高興。

B そりゃ、そうでしょう、思(おも)い切(き)って走(はし)れるからね。
當然啦，可以盡情的奔跑啊。

副詞

Track 509

|常體| **きちんと** ：整齊

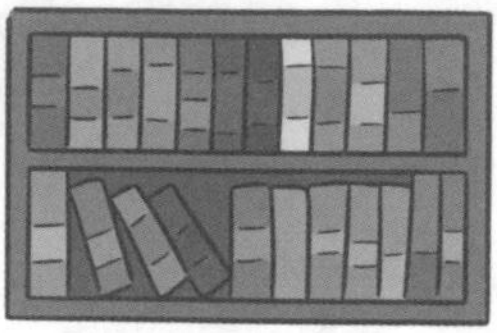

A 本(ほん)がきちんと並(なら)べてあるね。 書排得很整齊呢。

B 私(わたし)は整理魔(せいりま)なのよ。 我是整理狂喔。

Track 510

|常體| **すっきり** ：整潔的 | 反義字 ：**くちゃくちゃ**（亂七八糟的）

A 部屋(へや)をすっきりきれいにしてくれ。 把房間打掃乾淨。

B なんで私(わたし)なの？ 為什麼是我？

パート4

四處行

パート4 四處行

輕鬆和日本人對話從最生活化的單字開始，搭配稀鬆平常的生活對話，馬上就知道日本人怎麼說！

【文體】敬體、常體、敬語、口語：注意場合選出最適合的用字！

名詞

Track 0511

｜常體｜ **足 あし** ：腳 ｜ 反義字：**手**（手）

A **あの子、足がめちゃくちゃ速いね！** 那小孩，跑步超快！

B **彼は陸上部のエースなのよ。** 他是田徑隊的王牌喔。

Track 0512

｜常體｜ **足跡 あしあと** ：腳印

A **これは赤ちゃんの誕生記念に取った足跡だよ。**
這是紀念寶寶的誕生所蓋的腳印。

B **小さくてかわいい！** 好小好可愛！

Track 0513

｜常體｜ **アスファルト** ：柏油

A **その通りはアスファルト舗装を何回もし直したんだ。**
這條馬路柏油重鋪了好幾次。

B **施工品質に問題あるんじゃない。** 施工品質有問題吧。

Track 0514

｜常體｜ **あそこ** ：那裡

A **あそこ見て！** 看那裡！

B **何？何も見えないよ。** 什麼？什麼都沒看到不啊。

Track 0515

｜敬語｜ **あちら** ：那邊 ｜ 同義字：**あっち**（那邊）

A **あちらへ着いたらすぐ電話ちょうだい。**
到那邊之後馬上打電話給我。

B **わかったよ。もう泣くなよ！** 知道啦。別再哭了！

Track 0516

|口語| **荒地 あれち** ：荒地 | 同義字：**荒野**（荒地）

A ここは僅か４年で荒地になっちゃったんだ。
才不過 4 年的時間，這裡就變成荒地了。

B もっと土地を大切しないとね。 必須要更愛護土地才行。

Track 0517

|敬語| **位置 いち** ：位置 | 同義字：**場所**（地點）

A 船の現在の位置をご存知ですか。 您知道船現在的位置嗎？

B はい、存じ上げております。 是的，我知道。

Track 0518

|敬體| **市場 いちば** ：市場

A この市場はお勧めですよ。私は毎日新鮮な野菜を買いに来ます。 我推薦這個市場。我每天都來這買新鮮蔬菜。

B 有難う。助かりますわ。 謝謝。真是幫了大忙。

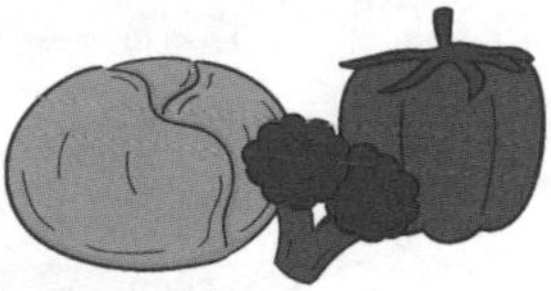

Track 0519

|口語| **田舎 いなか** ：鄉下

A 田舎に引っ越したいって言ったら、怒られちゃった。
我說想搬到鄉下去，結果被罵了。

B そりゃそうでしょ。姉さんは田舎に住むなんて絶対無理よ。 一定的呀。我姊怎麼可能去住鄉下。

Track 0520

|敬體| **入り口 いりぐち** ：入口 | 反義字：**出口**（出口）

A どこにこの書類を提出するんですか。 這資料要交到哪裡呢？

B 入口で提出して下さい。 請交到入口處。

Track 0521

|常體| **上 うえ** ：上面 | 反義字：**下**（下面）

A 新聞買ってきたよ。 報紙買回來囉。

B テーブルの上に置いて。 放在桌上。

Track 0522

｜口語｜ 海 うみ ：海

A 海に連れてて。 帶我去海邊。

B 冬の海って冷たいよ。 冬天的海邊很冷喔。

Track 0523

｜敬語｜ 運送 うんそう ：運輸 ｜ 同義字：**運び移す**（搬運）

A この荷物はあしたまでに届けたいんですが、手配していただけますか。 我想要在明天前送達這個行李，可以幫我安排嗎？

B はい、すぐ運送業者に連絡して、手配いたします。
好的，我立刻跟貨運業者安排。

Track 0524

｜常體｜ 運転 うんてん ：駕駛

A へぇ～君、運転できるんだ。ちょっと意外。
嘿～你會開車啊。有點意外。

B 意外なの？今年で運転歴１０年になるよ。
意外嗎？到今年已經開車10年囉。

Track 0525

｜敬語｜ 駅 えき ：車站

A どこで待ち合わせましょうか。 要約在哪裡碰面呢？

B どうせ新幹線に乗りますから、駅ではいかがですか。
反正搭要搭新幹線，那就約車站如何？

Track 0526

｜敬體｜ エスカレーター ：手扶梯

A 最近はエスカレーターによる事故が多くなっています。
最近手扶梯意外越來越多。

B 毎日乗っているんですから気をつけないとね。
每天都有在搭手扶梯，真的要小心。

Track 0527

| 敬語 | **エレベーター** ：電梯 | 同義字：昇降機(しょうこうき)（升降梯）

A このエレベーターは故障中(こしょうちゅう)です。階段(かいだん)をお使(つか)いください。 電梯故障中。請利用樓梯。

B うそでしょう。会社(かいしゃ)は5階(ごかい)なのに。 不會吧。公司在５樓耶。

Track 0528

| 常體 | **エンジン** ：引擎 | 同義字：発動機(はつどうき)（引擎）

A エンジンがうるさいなぁ。 引擎好吵。

B どこか故障(こしょう)しているんじゃない。 應該是哪裡有故障吧。

Track 0529

| 敬體 | **大通り おおどおり** 大街 | 反義字：小道(こみち)（小路）

A この近(ちか)くには喫茶店(きっさてん)とかありますか。 這附近有咖啡廳嗎？

B 大通(おおどお)りを渡(わた)ると何軒(なんけん)かあると思(おも)います。 過了大馬路應該有幾家。

Track 0530

| 常體 | **カート** ：手推車 | 同義字：手押(てお)し車(くるま)（手推車）

A 向(む)こうがぶつかってきたのに、その親(おや)に逆(ぎゃく)ギレされた。
明明就是對方撞過來的，對方的父母卻惱羞成怒。

B 子供(こども)にカートを押(お)させるなんて信(しん)じられない。
不敢相信竟然讓小孩子推手推車。

Track 0531

| 敬語 | **海運 かいうん** ：海運

A 急(いそ)がないなら、海運(かいうん)をお勧(すす)めいたします。
若不趕時間的話，建議用海運。

B では、手配(てはい)をお願(ねが)いします。 那就麻煩你準備海運的手續。

Track 0532

｜口語｜ 海岸線 かいがんせん ：海岸線 ｜ 同義字：汀線（海岸線）
ていせん |

にほん　かいがんせん　　　　いどう

A 日本の海岸線が2.4m移動したって。
據說日本的海岸線移動了2.4公尺。

こんかい　じしんほんとう　こわ

B 今回の地震本当に怖かった。 這次的地震真的太可怕了。

Track 0533

｜常體｜ 海峡 かいきょう ：海峽 ｜ 同義字：海門（海峽海 ）

A なに！？船は海 峡 で座 礁 した！？ 皆 は無事か？
什麼！？船在海峽觸礁了 !? 大家沒事吧？

B はい、怪我はないと聞いています。 聽說沒有人受傷。

Track 0534

｜常體｜ 会社 かいしゃ ：公司

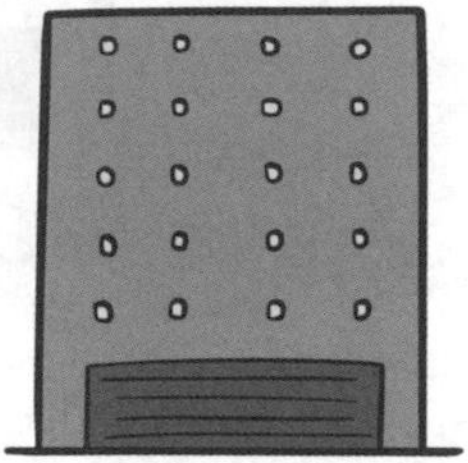

かいしゃ　い

A あれ？会社に行かなくていいの？
咦？你不去公司沒關係嗎？

B うん、休みを取っておいたんだ。
嗯，事先已經請好假了。

Track 0535

｜常體｜ 街灯 がいとう ：路燈

がいとう　　　　　　　　　いま　き

A 街灯がチカチカして今にも切れそうだ。
街燈一閃一閃的，隨時都會熄掉的樣子。

やくしょ　れんらく　　　　　　　　　　　き　　　くら　あぶ

B あした役所に連絡したほうがいいわね。切れたら暗くて危ないし。 明天跟區公所聯絡一下。如果熄了，一片漆黑很危險。

Track 0536

｜常體｜ 崖 がけ ：崖

かれ　むすこ　がけ　　お　　　　ゆくえふめい

A 彼の息子は崖から落ちて行先不明になったらしい。
他的兒子跌下懸崖下落不明。

B 早く見つかるといいね。 希望能早點找到。

Track 0537

|常體| 火山 かざん ：火山

A 桜島の火山は、常時噴火しているらしいから、見に行きたいな。 櫻島火山時時都在爆發，想去參觀看看。

B 今度の休みに一緒に行こうよ。 下次放假一起去啦。

Track 0538

|常體| ガス ：瓦斯

A なんかガスくさい。 好像有瓦斯味。

B ちゃんと閉めたのにおかしいな。 我確實關掉了啊，奇怪。

Track 0539

|口語| カナル ：運河 | 同義字：運河（運河）

A イギリスに旅行したんだって？楽しかった？
聽說你去英國旅行？好玩嗎？

B カナルクルーズを体験できて、すげ楽しかった。
體驗了運河遊船，超好玩的。

Track 0540

|口語| 岩石 がんせき ：岩石

A 見て！岩石がハートの形をしてるよ！ 看！岩石是愛心的形狀！

B カップルで一緒に見ると幸せになれるって。
據說情侶一起看會幸福喔。

Track 0541

|口語| 幹線 かんせん ：幹線 | 反義字：支線（支線）

A ごめん。行けなくなっちゃったんだ。 抱歉。我不能去了。

B 幹線道路が大雪で不通になったのだからしょうがないわね。 下大雪幹線道路不通，那也沒辦法。

Track 0542

｜口語｜ **汽車 きしゃ** ：蒸氣火車 ｜ 同義字：**列車(れっしゃ)**（走軌道的車輛）

Ａ **最悪(さいあく)！寝坊(ねぼう)しちゃった。** 糟糕！睡過頭了。

Ｂ **早(はや)くして。運(うん)がよかったら汽車(きしゃ)にまだ間(ま)に合(あ)うかも。**
動作快點。運氣好的話或許還趕的上蒸汽火車。

Track 0543

｜常體｜ **汽船 きせん** ：汽船 ｜ 同義字：**蒸気船(じょうきせん)**（汽船）

Ａ **汽船(きせん)の汽笛(きてき)が物悲(ものがな)しいな。** 汽船的汽笛聲很悲情。

Ｂ **旅情(りょじょう)をそそられるわね。** 增添了旅行的氣氛。

Track 0544

｜常體｜ **北 きた** ：北方 ｜ 反義字：**南(みなみ)**（南方）

Ａ **北極星(ほっきょくせい)を目印(めじるし)にすれば、北(きた)がわかるよ。**
把北極星當標記的話，可以知道北方的方向。

Ｂ **便利(べんり)だね。** 很方便呢。

Track 0545

｜敬語｜ **切手 きって** ：郵票

Ａ **すみませんが、記念切手(きねんきって)はいつ発売(はつばい)ですか。**
請問何時開始販賣紀念郵票？

Ｂ **来月発売(らいげつはつばい)いたしますが、明日(あす)からご予約(よやく)承(うけたまわ)ります。**
下個月開始販賣，但明天開始接受預購。

Track 0546

｜敬語｜ **切符 きっぷ** ：車票

Ａ **あさって、大阪(おおさか)へ出張(しゅっちょう)だ。新幹線(しんかんせん)の切符(きっぷ)を用意(ようい)してくれ。** 後天要到大阪出差。幫我準備新幹線的車票。

Ｂ **はい、畏(かしこ)まりました。すぐ用意(ようい)いたします。**
是的。馬上準備。

Track 0547

|常體| 記念碑 きねんひ ：紀念碑

A 記念碑へのいたずらがひどい。 對紀念碑惡作劇的情況很嚴重。

B どんな教育をしているんでしょう。 教育到底是怎麼了。

Track 0548

|常體| 気密 きみつ ：密閉 ｜ 反義字：流通（流通）

A 今は気密性の窓がはやってるけど。そんなにいいの？
現在氣密窗很流行。有那麼好嗎？

B 騒音を防ぐことできるし。メリットいろいろあるわよ。
可以防止噪音。還有很多好處。

Track 0549

|敬體| キャンパス ：校園

A あの、キャンパスを案内してもらえますか。
可以帶我參觀校園嗎？

B いいわよ。そんなに広くないけど。 好啊，不過其實也沒那麼大。

Track 0550

|常體| 急 きゅう ：突然 ｜ 同義字：突然（突然）

A どうしたんだ？どこが悪いんだ？ 怎麼了？哪裡不舒服？

B 先生、急にお腹が痛くなったんです。 老師，我突然肚子痛。

Track 0551

|常體| 救命ボート きゅうめいボート ：救生艇
同義字：ライフボート（救生艇）

A 救命ボートが予定より少なかったから、悲劇を悪化させたらしい。 因為救生艇比預定的還少，更加劇了悲劇的發生。

B でも当時では、定員乗客分のを載せる義務がなかったみたいですよ。 不過當時好像沒有義務要準備全部人的量。

Track 0552

|口語| 峡谷 きょうこく ：山谷

A うわ！すげ険(けわ)しい峡谷(きょうこく)を走(はし)ってる。 哇！行駛在超陡峭的山谷裡。

B 切符(きっぷ)の裏側(うらがわ)に「命(いのち)の保障(ほしょう)はありません」と書(か)いてあった程(ほど)だもん。 車票的背面都寫了「不保障生命安全」。

Track 0553

|敬體| 距離 きょり ：距離 | 同義字：隔(へだ)たり（距離）

A 残(のこ)りの距離(きょり)は？ 還有多遠？

B 約(やく)110ヤードです。 大約110碼。

Track 0554

|敬體| 銀行 ぎんこう ：銀行 | 同義字：バンク（銀行）

A お出(で)かけですか？ 你要出去嗎？

B ちょっと銀行(ぎんこう)まで行(い)ってきます。 去一下銀行。

Track 0555

|敬體| 禁止 きんし ：禁止

A ここからバイク禁止(きんし)です。 從這裡開始禁止機車通行。

B じゃ、歩(ある)いていきます。ありがとう。 那我走過去。謝謝。

Track 0556

|敬體| 空港 くうこう ：機

A 空港(くうこう)で携帯品(けいたいひん)の申告(しんこく)すればいいですね。
在機場申報隨身行李就好了吧。

B はい、誠実(せいじつ)に申告(しんこく)するほうがいいですよ。
嗯，誠實申報比較好喔。

Track 0557

|敬體| 薬屋 くすりや ：藥房 | 同義字：薬店(やくてん)（藥房）

A すみません。薬屋(くすりや)を探(さが)しているんですが。 不好意思。我在找藥房。

B この道(みち)の突(つ)き当(あ)たりにあります。 這條路走到底。

Track 0558

|口語| **検査 けんさ** ：検査 | 同義字：**調べる**（調査）

A あれ、食べないの？ 你不吃嗎？

B 血液検査をするから、食べちゃだめなの。
要做抽血檢查所以不能吃。

Track 0559

|口語| **公園 こうえん** ：公園

A 毎日この公園で散歩してるんだ。 每天在這公園散步。

B こんなきれいな公園散歩なんて贅沢！
能在這麼漂亮的公園散步真是奢侈。

Track 0560

|常體| **航海 こうかい** ：航海 | 反義字：**航空**（航空）

A 船酔いは大丈夫？ 不會暈船嗎？

B 航海中は穏やかなので大丈夫です。 航行中很穩沒問題。

Track 0561

|敬體| **航空 こうくう** ：航空 | 同義字：**アビエーション**（航空）

A 帰りの航空券はありますか。 有回程機票嗎？

B はい、往復航空券を買いましたから。 有，我買了來回機票。

Track 0562

|常體| **航空会社 こうくうがいしゃ** ：航空公司

A 航空会社に就職できたよ。 我在航空公司找到工作了。

B おめでとう！ 恭喜！

Track 0563

|敬體| **航空便 こうくうびん** ：航空郵件
反義字：**海運**（海運）

A この手紙はどうしますか。 這封信要怎麼處理？

B それを航空便で出してください。 請用航空郵件寄出。

Track 0564

|敬體| **航空路 こうくうろ** ：空中航線 | 同義字：**エアウエー**（空中航線）

A これは国内線の航空路を記した地図ですね。
這是標示國內線的空中航線的地圖吧。

B はい、これらの青い線は航空路です。
是的，這些綠色的線就是空中航線。

Track 0565

|常體| **交差点 こうさてん** ：交叉路口

A これから 車 禁止だ。どうする？ 前面車子禁止通行。怎麼辦？

B じゃ、交差点を 左 に曲がってください。 在交叉路口左轉。

Track 0566

|常體| **高速道路 こうそくどうろ** ：高速公路 | 同義字：**フリーウエー**（高速公路）

A 空港までどのぐらい？ 到機場要多久？

B 高速道路で40分ぐらいです。 走高速公路的話大約40分鐘。

Track 0567

|口語| **交通 こうつう** ：交通

A この辺りは交通が激しいなぁ。 這一帶交通量很大呢。

B 自転車で走るのは無理です。 不可能在這騎腳踏車。

Track 0568

|口語| **交番 こうばん** ：派出所

A 迷子になっちゃったみたいだ……どうしよう。
好像迷路了……怎麼辦？

B あそこに交番がある！行って道を聞いてみよう。
那邊有派出所！去問問看路吧。

Track 0569

|常體| **ここ** ：這裡

A ここにあったカバンは？ 放在這的包包呢？

B 知らないけど、どうしたの？ 我不知道，怎麼了嗎？

Track 0570

｜敬體｜ こちら ：這邊 ｜ 同義字：**こっち**（這邊）

A すみません。トイレはどこですか。 不好意思，請問廁所在哪？

B こちらです。 在這邊。

Track 0571

｜常體｜ 坂道 さかみち ：山坡路

A フーッ、この坂道(さかみち)はきついよ。 這山坡路好陡。

B でも帰(かえ)りは楽(らく)だよね。 不過回程就輕鬆囉。

Track 0572

｜常體｜ 砂漠 さばく ：砂漠 ｜ 反義字：**オアシス**（綠洲）

A 砂漠(さばく)でひとりで暮(く)らすとは彼女(かのじょ)も勇気(ゆうき)があるね。
她也很有勇氣呢，竟然要一個人住在砂漠。

B あれは馬鹿(ばか)よ。 根本就是個笨蛋。

Track 0573

｜常體｜ さようなら ：再見 ｜ 同義字：**バイバイ**（再見）

A 先生(せんせい)、さようなら。 老師再見。

B またあしたね。 明天見。

Track 0574

｜敬體｜ 山脈 さんみゃく ：山脈

A これはどこの絵(え)ですか？ 這是哪裡的畫？

B アルプス山脈(さんみゃく)です。 阿爾卑斯山脈。

Track 0575

｜口語｜ シートベルト ：安全帶

A ちゃんとシートベルトを締(し)めて。 繫上安全帶。

B 分(わ)かってるって。もう締(し)めたわよ。 知道啦。已經繫好了。

Track 0576

| 口語 | **ジープ** ：吉普車

A ジープってかっこいいな。 吉普車好帥氣。

B 買(か)うの？ 你要買嗎？

Track 0577

| 口語 | **ジェット機 ジェットき** ：噴射機

A 彼(かれ)は自家用(じかよう)のジェット機(き)を持(も)ってるんだって！
聽說他有自己的噴射機。

B やはりお金持(かねも)ちやること違(ちが)うなぁ。 果然有錢人做的事就是不一樣。

Track 0578

| 口語 | **事故 じこ** ：事故 ｜ 同義字：アクシデント（事故）

A 部長(ぶちょう)が入院(にゅういん)してるって知(し)ってる？ 你知道部長住院了嗎？

B なんか事故(じこ)で大怪我(おおけが)をしたみたい。 好像是發生事故受傷了。

Track 0579

| 常體 | **下 した** ：下方 ｜ 反義字：上(うえ)（上面）

A 彼女(かのじょ)が下(した)の階(かい)に住(す)んでいるなんてびっくりした。
她就住在樓下，真是嚇了一跳。

B うそ！そんな偶然(ぐうぜん)あるの？ 騙人！竟然有這麼巧的事？

Track 0580

| 常體 | **下町 したまち** ：城市中靠河、海的工商業區

A 彼女(かのじょ)は下町(したまち)で生(う)まれ育(そだ)ったんだ。 她出生成長在城市中靠海的商業區。

B だから人情(にんじょう)厚(あつ)いんだ。 所以人情味這麼重啊。

Track 0581

| 常體 | **湿地 しっち** ：濕地

A 夏休(なつやす)み何(なに)か予定(よてい)あるの？ 暑假有什麼計畫嗎？

B 釧路湿地(くしろしっち)へタンチョウ見(み)に行(い)くつもり。 要去釧路溼地看丹頂鶴。

Track 0582

｜口語｜ シティ ：城市 ｜ 反義字：首都(しゅと)（首都）

A 『セックス・アンド・ザ・シティ』見(み)たことある？
有看過慾望城市嗎？

B あるよ。すごく人気(にんき)だもん。 有啊。很受歡迎的作品。

Track 0583

｜常體｜ 自転車 じてんしゃ ：自行車

A 自転車(じてんしゃ)乗(の)れるの？ 會騎自行車嗎？

B 恥(は)ずかしいけど、まだ乗(の)れない。 說來真丟臉，我還不會騎。

Track 0584

｜口語｜ 自動車 じどうしゃ ：汽車

A 自動車旅行(じどうしゃりょこう)って大変(たいへん)じゃない？ 開車旅行不會很辛苦嗎？

B 別(べつ)に。みんなで交代(こうたい)して運転(うんてん)するから。
不會呀。因為大家會輪流開車。

Track 0585

｜口語｜ 地面 じめん ：地面 ｜ 反義字：地下(ちか)（地下）

A 今回(こんかい)の地震(じしん)すげ揺(ゆ)れていた。 這次地震搖晃的超厲害的。

B 地面(じめん)割(わ)れたり怖(こわ)かった。 地面都龜裂了好可怕。

Track 0586

｜常體｜ 車輪 しゃりん ：車輪

A 後(うしろ)の車輪(しゃりん)がなんか変(へん)な感(かん)じがする。 後面的車輪怪怪的。

B ちゃんと直(なお)してもらったほうがいいよ。 最好是去給人家修理喔。

Track 0587

｜常體｜ 渋滞 じゅうたい ：阻塞 ｜ 同義字：滞(とどこお)る（阻塞）

A 渋滞(じゅうたい)すごいなぁ。 塞車塞的好厲害。

B いつものことよ。 一直都是這樣。

Track 0588

｜常體｜ 礁 しょう ：岩礁 ｜ 同義字：リーフ（岩礁）

A 礁だ！危ないぞ！ 有岩礁！危險！

B 早く右にかじをきって！ 快點往右轉！

Track 0589

｜敬體｜ 乗客 じょうきゃく ：乘客

A 乗客は皆船に乗りましたか。 乘客都上船了嗎？

B はい、全員乗りました。確認済みです。
是的，全員上船了。已經確認完畢。

Track 0590

｜常體｜ 信号 しんごう ：號誌

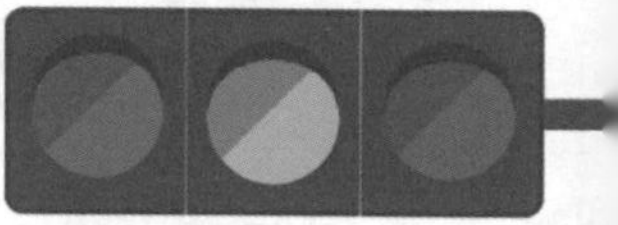

A 止まって！信号が赤よ。 停車！現在是紅燈。

B うるさい。 你很吵耶。

Track 0591

｜常體｜ 神社 じんじゃ ：神社

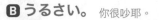

A あとどのぐらいなの？ちょっと疲れてきた。
還要多久？開始有點累了。

B この参道を進んだらすぐ神社が見えるわよ。
這條參拜道路往前走，馬上就可以看到神社了。

Track 0592

｜常體｜ 水路 すいろ ：水道 ｜ 反義字：航空路（航空）

A 婆ちゃんの田畑の水路づくりを手伝ったんだ。
我幫奶奶一起做了田裡的水道。

B 偉いね。これで婆ちゃんも少し楽ができるね。
了不起呢。這樣奶奶也可以稍微輕鬆一點了。

Track 0593

|常體| **スーパー**：超級市場

A ちょっとスーパーによってくる。 我去一下超級市場。

B 一緒に行こう。私も買いたいものある。 一起去吧。我也想買東西。

Track 0594

|常體| **隙間 すきま**：間隙

A ホームと電車との隙間に気をつけてね。 要注意月台與電車間的間隙。

B わ！落ちると大変。 哇！掉下去就慘了。

Track 0595

|常體| **ステップ**：步伐、步驟

A 君のステップ、遅いね。 你的步伐很慢呢。

B いいえ、あなたのが早すぎるのよ！ 不，是你太快了。

Track 0596

|常體| **隅 すみ**：角落

A この部屋の隅に観葉植物を置きたいな。
我想在房間的角落裡放觀賞用植物。

B いいんじゃない。部屋が明るくなるし。
不錯啊。房間也會比較明亮。

Track 0597

|常體| **世界 せかい**：世界 | 同義字：**ワールド** 世界

A 世界中でそんなこというのは君だけだよ。
全世界只有你這麼說。

B えぇ？事実を言っただけよ。 耶？我只是說實話而已啊。

Track 0598

|常體| **潜水艦 せんすいかん**：潛水艇 | 同義字：**サブマリン**（潛水艇）

A 一度潜水艦に乗ってみたいな。 想搭一次潛水艇看看。

B ハワイで乗れるそうですよ。 聽說夏威夷可以搭喔。

Track 0599

| 敬體 | **倉庫 そうこ** ：倉庫 | 同義字：**ウエアハウス**（倉庫）

Ⓐ 貨物が届きました。どこに置きますか。
貨物送到了。要放在哪裡？

Ⓑ 倉庫に運んでください。 請搬到倉庫。

Track 0600

| 常體 | **そこ** ：那裡 | 反義字：**ここ**（這裡）

Ⓐ 邪魔だから、そこから退け。 很礙眼。從那裡讓開。

Ⓑ 邪魔なんてひどい。 説礙眼太過分。

Track 0601

| 敬語 | **そちら** ：那邊 | 同義字：**そっち**（那邊）

Ⓐ そちらはお変わりございませんか？ 你那邊是否一切安好？

Ⓑ お陰で相変わらず元気に暮らしております。 託福，一切都安好。

Track 0602

| 口語 | **外 そと** ：外面 | 反義字：**内**（內部）

Ⓐ 様子はどう？ 情況如何？

Ⓑ わからん。外から全然見えないんだ。 不知道。從外面完全看不到。
註：わからん＝分からない，關西腔。

Track 0603

| 常體 | **太平洋 たいへいよう** ：太平洋

Ⓐ 私はあしたの今頃太平洋の上を飛んでいるだろう。
明天的此時，我應該是在太平洋的上空吧。

Ⓑ どこに行くの。 你要去哪裡呢？

Track 0604

| 敬體 | **高さ たかさ** ：高度

Ⓐ その木は屋根と同じ高さです。 那棵樹木跟屋頂一樣高。

Ⓑ 結構高いですね。 挺高的呢。

Track 0605

｜常體｜ 滝(たき) たき ：瀑布

A 見(み)て、あの男(おとこ)、滝(たき)に打(う)たれているよ。
你看！那個男人在被瀑布沖擊耶。

B あれは修行(しゅぎょう)しているんですよ。 那是在修行呢。

Track 0606

｜常體｜ タクシー ：計程車

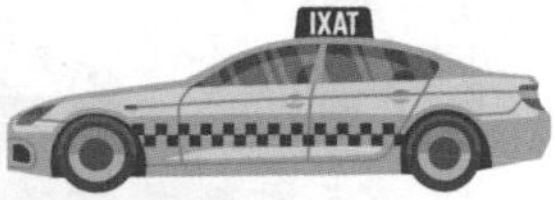

A イギリスのタクシーは古(ふる)い街並(まちな)みにとても似合(にあ)うね。
英國的計程車跟古老的街道非常合襯。

B なんとなく高級感(こうきゅうかん)があって、乗(の)るのはちょっと勇気(ゆうき)がいるけど。 有種高級感，要搭乘還需要點勇氣呢。

Track 0607

｜敬體｜ 宅配便 たくはいびん ：宅急便

A あさってまでに空港(くうこう)にこの荷物(にもつ)届(とど)けたいんですけど。
我想在後天前將這包裹寄送到機場。

B 宅配便(たくはいびん)なら、間(ま)に合(あ)いますよ。 宅急便的話來得及喔。

Track 0608

｜口語｜ 谷 たに ：谷

A 谷(たに)には霧(きり)が立(た)ちこめてるね。 整個山谷都起霧了。

B 晴(は)れたら出発(しゅっぱつ)ね。 等放晴了再出發。

Track 0609

｜常體｜ 旅 たび ：旅行 ｜ 同義字：旅行(りょこう)（旅行）

A 彼(かれ)は本当(ほんとう)の自分(じぶん)を探(さが)すとか言(い)って、旅(たび)に出(で)たよ。
他說什麼要尋找真正的自己，然後就跑去旅行了。

B 言(い)い訳(わけ)でしょう。ただ遊びたいだけだと思(おも)います。
藉口吧。只是想玩而已。

Track 0610

｜口語｜ 旅人 たびびと ：旅客 ｜ 同義字：**旅行者（りょこうしゃ）**（旅客）

A その夜（よる）、彼女（かのじょ）は旅人（たびびと）を泊（と）めたって。 聽說那個晚上，她讓旅客在家過夜。

B 私的（わたしてき）にはありえない。 對我而言是不可能的事。

Track 0611

｜敬體｜ ダム ：水壩 ｜ 同義字：**堰堤（えんてい）**（水壩）

A ダムを建設（けんせつ）するそうですね。 要蓋水壩呢。

B それで皆（みな）は立（た）ち退（の）かされましたけど。 但大家也因此被趕出這裡了。

Track 0612

｜常體｜ タワー ：塔

A 今度東京（こんどとうきょう）へ行（い）ったら、絶対東京（ぜったいとうきょう）タワーに行（い）くぞ！
下次去東京，絕對要去東京鐵塔！

B えぇ？行（い）ったことないの？ 咦？你還沒去過？

Track 0613

｜常體｜ 探険 たんけん ：探險

A 知（し）らない道（みち）を歩（ある）いてみるか？ 要不要走走看不認識的路？

B 楽（たの）しそう。探検（たんけん）みたい。 好像很好玩。像探險一樣。

Track 0614

｜常體｜ 地域 ちいき ：區域 ｜ 同義字：**エリア**（區域）

A この地域（ちいき）は商店（しょうてん）が多（おお）いね。 這個區域商店很多。

B 結構住（けっこうす）みやすいわよ。 住起來挺方便的呢。

Track 0615

｜敬語｜ 地下鉄 ちかてつ ：地下鐵 ｜ 同義字：**メトロ**（地下鐵）

A 地下鉄（ちかてつ）の入口（いりぐち）を教（おし）えていただけますか？
可以請你告訴我地下鐵的入口在哪裡嗎？

B 次（つぎ）の交差点（こうさてん）を渡（わた）るとすぐ見（み）えます。
過了下個十字路口，馬上就可以看見了。

Track 0616

|常體| 地下道 ちかどう ：地下道 | 反義字：歩道橋（天橋）

A 夜の地下道はあまり近づきたくないな。
不太喜歡接近晚上的地下道。

B ホームレスが集まってちょっと怖いわよね。
流浪漢聚集有點恐怖呢。

Track 0617

|常體| 地球 ちきゅう ：地球

A 地球外生命体はいるのかなぁ？ 地球以外還有生命體嗎？

B 私はいると信じています。 我相信有。

Track 0618

|敬語| 地図 ちず ：地圖

A 路線地図をもらえますか？ 可以給我路線圖嗎？

B はい、こちらでございます。 好的，這是路線地圖。

Track 0619

|敬體| 地方 ちほう ：區 | 同義字：田舎（鄉間）

A 地方の方言はいろいろありますね。 有很多種地區方言呢。

B 方言を勉強するのは面白いですよ。 學方言也很有趣喔。

Track 0620

|常體| チャージ ：加值 | 同義字：入金（加值）

A あ、残高不足！ 啊，餘額不足！

B もう！ちゃんとチャージしておきなさいよ。 真是的。要記得加值啦。

Track 0621

|常體| 中止 ちゅうし ：中斷 | 反義字：継続（持續）

A 会議中止だよ。 會議中止。

B いきなり何よ。 突然是怎麼回事。

Track 0622

｜常體｜ 頂上 ちょうじょう ：頂點

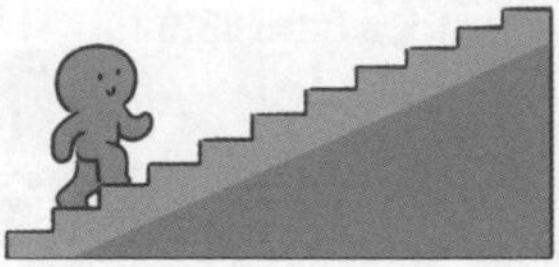

A やっと頂上(ちょうじょう)についた。 終於抵達頂點了。

B なんか嬉(うれ)しいというよりほっとした。 比起開心，更感覺鬆了口氣。

Track 0623

｜常體｜ 通勤 つうきん ：通勤 ｜ 同義字：通学(つうがく)（通勤（學生））

A ＭＲＴできてから、通勤(つうきん)が楽(らく)になったね。
蓋了捷運後，通勤變輕鬆了。

B おかげで、もっと寝(ね)られるようになったわね。
託捷運的福，可以多睡一會了。

Track 0624

｜敬體｜ 通路 つうろ ：走道

A この通路(つうろ)の先(さき)に露天風呂(ろてんぶろ)がありますよ。 通過這條走道，前面有露天溫泉。

B まさに秘湯(ひとう)という感(かん)じですね。 果然有祕湯的感覺。

Track 0625

｜口語｜ 吊革 つりかわ ：公車、電車內的吊環

A すげ揺(ゆ)れてる！ 搖晃的超厲害。

B 吊革(つりかわ)にちゃんと捕(つか)まって。 好好抓著吊環。

註：すげ＝すごい 男性用語

Track 0626

｜口語｜ 出入り口 でいりぐち ：出入口

A 女(おんな)ってよく出入口(でいりぐち)で立(た)ち止(ど)まって話(はなし)だすよね。
女人常常站在出入口就聊起來了。

B なにそれ！差別発言(さべつはつげん)よ。
什麼意思！那是歧視言論喔。

Track 0627

｜常體｜ 出口 でぐち ：出口

A この高速出口(こうそくでぐち)から降(お)りるか？ 從這個出口下高速公路嗎？

B うん、降(お)りたら左(ひだり)に曲(まが)ってね。 嗯，下去後左轉。

Track 0628

｜口語｜ デッキ ：甲板 ｜ 同義字：甲板(かんぱん)（甲板）

A 一番上(いちばんうえ)のデッキに行(い)かない？ 要不要去最上層的甲板？

B 遠慮(えんりょ)しとく。ちょっと気分(きぶん)が悪(わる)いの。 我不去了。有點不舒服。

Track 0629

｜常體｜ 鉄道 てつどう ：鐵路

A その鉄道(てつどう)は今建設中(いまけんせつちゅう)なんだ。 這個鐵路現在建設中。

B できたら、都市(とし)に行(い)くのに便利(べんり)になるわね。
完成後去城市就變便利了呢。

Track 0630

｜常體｜ 手元 てもと ：手邊

A 手元(てもと)のカラーペンをちゃんと箱(はこ)にしまいなさい。
把手邊的彩色筆收到盒子裡。

B まだ遊(あそ)ぶの。 我還要玩。

Track 0631

｜口語｜ 電車 でんしゃ ：電車

A 路面電車(ろめんでんしゃ)ってあまり速(はや)くないけど、利用(りよう)しやすいね。
路面電車雖然速度沒有很快，但很方便搭乘。

B 観光客(かんこうきゃく)にもすごく人気(にんき)だし。 也很受觀光客歡迎。

Track 0632

｜常體｜ テンポ ：拍子

A きのうの試合(しあい)はどうだった？ 昨天的比賽如何？

B 試合(しあい)のテンポが遅(おそ)くて退屈(たいくつ)だった。 比賽的節奏很慢，好無聊。

Track 0633

|常體| 電報 でんぽう ：電報

Ⓐ 両親(りょうしん)からすぐに帰(かえ)れと電報(でんぽう)が来(き)たんだ。
父母發了電報來要我馬上回去。

Ⓑ 何(なに)かあったのかしら？ 發生什麼事了嗎？

Track 0634

|敬體| 灯台 とうだい ：燈塔

Ⓐ 景色(けしき)がいいのでこの灯台(とうだい)は人気(にんき)スポットとなっています。
因為風景好，這個燈塔成為了很受歡迎的觀光景點。

Ⓑ でも、立(た)ち入(い)り禁止(きんし)なんて残念(ざんねん)ですね。 不過很可惜禁止進入。

Track 0635

|敬語| 同封 どうふう ：隨信封上

Ⓐ 念(ねん)のため、銀行振(ぎんこうふ)り込(こ)みの領収書(りょうしゅうしょ)のコピーを同封(どうふう)いたしました。 保險起見，隨信附上銀行匯款的收據影本。

Ⓑ 確認(かくにん)してから、また連絡(れんらく)させていただきます。
確認之後再與你聯絡。

Track 0636

|常體| どこ ：哪裡

Ⓐ 鍵(かぎ)はどこかな？ 鑰匙在哪裡呢？

Ⓑ 玄関先(げんかんさき)に置(お)いてあったのを見(み)たわよ。 剛剛看到你放在玄關喔。

Track 0637

|常體| トラック ：貨車

Ⓐ 日本(にほん)のトラックはいつもピカピカだ。 日本的貨車總是亮晶晶的。

Ⓑ 本当(ほんとう)、新車(しんしゃ)みたい。 真的，像新車一樣。

Track 0638

|常體| トンネル ：隧道

Ⓐ このトンネル長(なが)くない？ 不覺得這隧道有點長？

Ⓑ いいえ、これは普通(ふつう)よ。 不會呀，這算普通呀。

Track 0639

｜常體｜ 並木 なみき ：行道樹

A その道(みち)は両側(りょうがわ)が並木(なみき)になっているんだね。 這道路兩旁有行道樹。

B うわ～きれい、歩(ある)いていて気持(きも)ちいいわね。 很美，走起來很舒服。

Track 0640

｜常體｜ 南極 なんきょく ：南極 ｜ 反義字：北極(ほっきょく)（北極）

A 南極(なんきょく)には北極(ほっきょく)グマいるの？ 南極有北極熊嗎？

B 名前(なまえ)で分(わ)かることでしょ。北極(ほっきょく)グマなんだから。
看名字也知道吧。都說是北極熊了。

Track 0641

｜常體｜ 西 にし ：西方 ｜ 反義字：東(ひがし)（東方）

A どの列車(れっしゃ)に乗(の)るの？ 搭哪班列車？

B 西行(にしゆ)きの列車(れっしゃ)。 向西行的列車。

Track 0642

｜口語｜ 荷物 にもつ ：行李

A 大(おお)きい荷物(にもつ)を持(も)ち歩(ある)いてるね。 你帶了好大的行李呢。

B 自分(じぶん)でも持(も)ちすぎと思(おも)う。 自己也覺得帶太多了。

Track 0643

｜敬語｜ 入場料 にゅうじょうりょう ：入場費 ｜ 同義字：アドミッション（入場費）

A すみません。入場料(にゅうじょうりょう)はいくらでしょうか。
不好意思。請問入場費多少錢？

B ここは無料(むりょう)で参観(さんかん)できるようになっております。
這裡可以免費參觀。

Track 0644

｜常體｜ 乗り場 のりば ：乘車處

A あった！あった！バス乗(の)り場(ば)。 有了！有了！公車乘車處。

B 探(さが)すのにずいぶん時間(じかん)がかかったわね。 花了不少時間找呢。

Track 0645

｜敬體｜ 乘り物 のりもの ：交通工具 ｜ 同義字：**交通機関**（交通工具）

A 空港からはどんな乗り物がありますか。
くうこう　　　　　　　　の　もの
從機場離開有哪些交通工具？

B 電車とバスがあります。 有電車跟公車。

Track 0646

｜敬體｜ バイク ：摩托車 ｜ 同義字：**オートバイ**（摩托車）

A 父は 私 にバイクを買ってくれました。 爸爸買了摩托車給我。
ちち　わたし　　　　　　　　か

B 夢が叶ったね。 夢想實現了呢。

Track 0647

｜常體｜ 葉書 はがき ：明信片 ｜ 同義字：**ポストカード**（明信片）

A 彼は毎年葉書を送ってくるんだ。 他每年都會寄明信片來。
かれ　まいとし　はがき　おく

B 礼儀正しいのね。 真是有禮貌。

Track 0648

｜敬體｜ 博物館 はくぶつかん ：博物館 ｜ 同義字：**ミュージアム**（博物館）

A 博物館へ行く道を教えてくれますか。 可以告訴我怎麼去博物館嗎？
はくぶつかん　い　みち　おし

B いいですけど、今日はしまっていると思いますよ。
きょう　　　　　　　　　おも
可以啊，但是今天休息喔。

Track 0649

｜常體｜ 橋 はし ：橋

A ここには橋が多いね。 這裡有很多橋呢。
はし　おお

B 川が多いから。 因為河川多。

Track 0650

｜敬體｜ 馬車 ばしゃ ：馬車

A やはり馬車は、ヨーロッパの町によく合いますね。
ばしゃ　　　　　　　　　まち　　　あ
果然馬車跟歐洲的城市很搭。

B 歴史的建築物を馬車から眺めると、一味違います。
れきしてきけんちくぶつ　ばしゃ　　　なが　　　　ひとあじちが
從馬車上眺望歷史建築，別有一番風味。

Track 0651

｜敬體｜ **場所 ばしょ** ：地方 ｜ 同義字：**所**（ところ）（地方）

A **集合（しゅうごう）時間（じかん）と場所（ばしょ）を決（き）めたら、連絡（れんらく）ください。**
決定集合時間跟地點後，請跟我聯絡。

B **はい、決（き）まったらすぐ連絡（れんらく）します。** 好，一決定馬上跟你聯絡。

Track 0652

｜常體｜ **バス** ：公車

A **あ！２階建（かいだ）てバスだ。乗（の）ろうよ。** 啊！雙層巴士！我們去搭乘吧。

B **いいね。眺（なが）め良（よ）くて気持（きも）ちよさそう。** 好啊。感覺視野好很舒服。

Track 0653

｜口語｜ **畑 はたけ** ：農田

A **畑（はたけ）以外（いがい）は何（なに）もないね。** 除了農田外什麼都沒有。

B **田舎（いなか）だもん。** 就是鄉下啊。

Track 0654

｜敬體｜ **速さ はやさ** ：速度 ｜ 同義字：**スピード**（速度）

A **その速（はや）さで精一杯（せいいっぱい）ですか？** 這是你最快的速度了嗎？

B **これ以上（いじょう）はもう無理（むり）です。** 不可能再快了。

Track 0655

｜常體｜ **パラシュート** ：降落傘 ｜ 同義字：**落下傘**（らっかさん）（降落傘）

A **道路（どうろ）壊（こわ）れてて、どうやって食糧（しょくりょう）を届（とど）けるの？**
道路都崩壞了，如何將糧食送過去呢？

B **飛行機（ひこうき）で行（い）ってパラシュートで投下（とうか）するのよ。**
飛機飛去用降落傘空投喔。

Track 0656

｜敬體｜ **半島 はんとう** ：半島

A **今回（こんかい）の社員旅行（しゃいんりょこう）は伊豆半島（いずはんとう）に行（い）くことに決（き）まりました。**
已經決定這次員工旅遊去伊豆半島。

B **いいですね。絶対参加（ぜったいさんか）します。** 不錯呢。絕對要參加。

Track 0657

|常體| ハンドル ：方向盤

A 台湾(たいわん)では左(ひだり)ハンドルだよ。 在台灣方向盤是在左邊喔。

B 日本(にほん)と違(ちが)うんだ。全然知(ぜんぜんし)らなかった。 跟日本不一樣。都不知道。

Track 0658

|常體| 東 ひがし ：東方 | 反義字：西(にし)（西方）

A どの駐車場(ちゅうしゃじょう)だい？ 哪個停車場？

B 東側(ひがしがわ)の駐車場(ちゅうしゃじょう)よ。 東側的停車場喔。

Track 0659

|常體| 飛行機 ひこうき ：飛機

A まだ飛行機(ひこうき)に乗(の)ったことがないんだ。 還沒搭過飛機。

B え？旅行(りょこう)とか飛行機(ひこうき)で行(い)ったことないの？
咦？沒有搭飛機去旅行過嗎？

Track 0660

|常體| 左 ひだり ：左邊

A はい、手(て)を上(あ)げて。 把手舉起來。

B どっち？左(ひだり)？ 哪邊？左邊？

Track 0661

|常體| 病院 びょういん ：醫院

A 病院(びょういん)行(い)きたくないな。注射(ちゅうしゃ)が大嫌(だいきら)いだ。 不想去醫院。討厭打針。

B あなた、子供(こども)？ 你是小孩子啊？

Track 0662

|常體| 日よけ ひよけ ：蔭涼處 | 同義字：シェード（蔭涼處）

A 庭(にわ)の木(き)が日(ひ)よけになるね。 庭院的樹木剛好可以遮陽呢。

B お陰(かげ)で夏(なつ)は涼(すず)しく過(す)ごせるわ。 託福可以過個涼爽的夏天。

🎧 Track 0663

｜常體｜ 封筒 ふうとう ：信封

A 台湾(たいわん)では、お年玉(としだま)や結婚式(けっこんしき)のご祝儀(しゅうぎ)を赤(あか)い封筒(ふうとう)に入(い)れるんだ。 在台灣，是將壓歲錢、結婚禮金等放進紅色信封。

B 赤(あか)か。日本(にほん)の祝儀袋(しゅうぎぶくろ)はほとんど白(しろ)よ。
紅色嗎？日本的禮金袋大都是白的。

🎧 Track 0664

｜常體｜ 埠頭 ふとう ：船塢、碼頭

A 時間(じかん)までに埠頭(ふとう)に着(つ)けないよ。近道(ちかみち)をしよう。
時間之前到不了碼頭。走捷徑吧。

B 近道(ちかみち)なんて私(わたし)知(し)らないわよ。 我不知道捷徑啦。

🎧 Track 0665

｜常體｜ 船 ふね ：船

A この船(ふね)で釣(つ)りに行(い)くのか？ 搭這艘船去釣魚嗎？

B そうよ。いや？ 對呀。不要嗎？

🎧 Track 0666

｜常體｜ プラットホーム ：月臺

A 荷物(にもつ)をプラットホームまで運(はこ)んでもらってもいいの？
可以幫我把行李搬到月臺嗎？

B いいよ。一人(ひとり)じゃ無理(むり)よね。 好啊。這一個人還搬不動呢。

🎧 Track 0667

｜常體｜ ブレーキ ：煞車 ｜ 反義字：アクセル（油門）

A びっくりした。急(きゅう)にブレーキをかけるなよ。
嚇死我了。不要突然緊急煞車啦。

B 前(まえ)の車(くるま)が突然車線変更(とつぜんしゃせんへんこう)なんだから、私(わたし)のせいじゃないわよ。 前面的車突然變換車道，不是我的問題。

Track 0668

|敬體| **ブロック** ：街區 | 同義字：**区域**(くいき)（區域）

A **銀行**(ぎんこう)**はどこにありますか。** 銀行在哪裡呢？

B **銀行**(ぎんこう)**は３ブロック先**(さき)**です。** 再過三個街區就是銀行。

Track 0669

|口語| **噴水 ふんすい** ：噴水池

A **駅前**(えきまえ)**の噴水**(ふんすい)**で待**(ま)**ち合**(あ)**わせしよう。** 約在車站前的噴水池碰面吧。

B **噴水**(ふんすい)**あったっけ？** 有噴水池嗎？

Track 0670

|常體| **ペダル** ：踏板

A **坂**(さか)**を上**(あ)**がるときペダルを踏**(ふ)**むのは大変**(たいへん)**だよ。**
上坡的時候，踩腳踏車踏板很辛苦。

B **あれは結構**(けっこう)**きついわよね。** 挺累人的。

Track 0671

|常體| **ヘリコプター** ：直昇機

A **ヘリコプターに乗**(の)**って夜景**(やけい)**を見**(み)**てみたいね。** 想搭直升機欣賞夜景。

B **お金**(かね)**持**(も)**ちになったらね。** 等你變成有錢人吧。

Track 0672

|口語| **ベル** ：電鈴

A **ベル鳴**(な)**った？** 電鈴響了？

B **いいえ、聞**(き)**こえてないけど。** 我沒聽見。

Track 0673

|常體| **便利 べんり** ：便利 | 反義字：**不便**(ふべん)（不方便）

A **この辺**(へん)**は、スーパーやレストランとかいろいろな店**(みせ)**があるね。** 這一帶有超市、餐廳等等很多店家。

B **それは便利**(べんり)**ね。** 那很方便呢。

Track 0674

｜常體｜ 帆 ほ ：帆

A 強風が帆を引き裂いたんだ。 強風把帆扯破了。

B 大丈夫なの？影響ない？ 沒關係嗎？有沒有影響？

Track 0675

｜口語｜ 冒険 ぼうけん ：冒險 ｜ 同義字：**アドベンチャー**（冒險）

A ヨーロッパを一人旅するんだって。 聽說你要一個人去歐洲旅行。

B うん、ちょっとした冒険のつもりなの。 打算小小的冒險一下。

Track 0676

｜口語｜ 方向 ほうこう ：方向 ｜ 同義字：**向き**（方向）

A もう方向分からなくなっちゃった。 已經搞不清楚方向。

B 本当に方向感に乏しいのね。 真的很缺乏方向感。

Track 0677

｜敬語｜ 他 ほか ：其他 ｜ 同義字：**以外**（其他）

A 他にご用はございませんか。 還有其他的事嗎？

B いいえ、ありません。 不，沒事了。

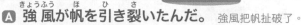

Track 0678

｜敬體｜ 歩行者 ほこうしゃ ：行人

A この先からは歩行者専用道路です。 前面開始是行人專用道。

B 車を気にしなくていいんですね。 不用在意車子真好。

Track 0679

｜口語｜ 北極 ほっきょく ：北極

A 北極圏で海氷がなくなり、危機的な状況なんだって。
據說北極圈的冰越來越少，是很危急的狀況。

B 北極グマにも大きな影響出たようですよ。
對北極熊也有很大的影響。

Track 0680

|常體| 步道 ほどう ：人行道

A 朝(あさ)、歩道(ほどう)で滑(すべ)って転(ころ)んだんだ。 早上在人行道滑倒了。

B 雪(ゆき)を取(と)り除(のぞ)いておくべきだわ。 應該要事先剷雪的。

Track 0681

|口語| 前 まえ ：前方

A 彼女(かのじょ)どこ行(い)っちゃったんだろう？ 她跑去哪裡了？

B 果物屋(くだものや)の前(まえ)で電話(でんわ)してるわよ。 在水果行前打電話。

Track 0682

|常體| 町 まち ：城鎮 | 同義字：タウン（城鎮）

A 彼(かれ)はいないの？ 他不在嗎？

B 仕事(しごと)で町(まち)にいないよ。 他因為工作的關係不在鎮上。

Track 0683

|常體| 真ん中 まんなか ：中央 | 同義字：中心(ちゅうしん)（中心）

A ダーツは真(ま)ん中(なか)を狙(ねら)うゲームじゃないの？
飛鏢不就是瞄準中心的遊戲嗎？

B 様々(さまざま)なゲームがあるらしいわよ。 好像有許多種遊戲。

Track 0684

|敬體| 右 みぎ ：右邊

A どの会議室(かいぎしつ)に行(い)けばいいですか？ 要去哪間會議室呢？

B 右(みぎ)のほうです。 右邊的會議室。

Track 0685

|常體| 湖 みずうみ ：湖

A 小船(こぶね)を漕(こ)いで 湖(みずうみ) の 中央(ちゅうおう)まで行(い)ったの？ 划小船到湖中央去了嗎？

B うん、 湖(みずうみ) を見回(みまわ)したり、水面(すいめん)を見(み)たり、結構楽(けっこうたの)しかったわよ。 欣賞湖景，看看水面，挺好玩的喔。

Track 0686

|口語| 店 みせ ：店家

A この商店街(しょうてんがい)の店(みせ)の大部分(だいぶぶん)は11時(じ)に閉店(へいてん)するんだよ。
這條商店街的店大部分都11點關門。

B 遅(おそ)くまでやってるのね。 營業到很晚嘛。

Track 0687

|口語| 道 みち ：道路

A この道(みち)、車(くるま)まったくないな。 這條道路完全都沒車。

B だからって、スピード出(だ)しすぎないでね。 別因為如此就超速喔。

Track 0688

|口語| 道標 みちしるべ ：路標

A 道標(みちしるべ)を見逃(みのが)さないようにね。 別漏看了路標。

B 分(わ)かってる。私(わたし)だって迷子(まいご)になりたくないわよ。
我知道。我也不想迷路啊。

Track 0689

|常體| 港 みなと ：港灣

A 船(ふね)がたくさんあるね。 有好多船。

B この港(みなと)は結構繁栄(けっこうはんえい)しているのよ。 這港灣還蠻繁榮的喔。

Track 0690

|口語| 南 みなみ ：南邊 | 反義字：北(きた)（北邊）

A この部屋(へや)はどう？ 這房子如何？

B やめとく。南向(みなみむ)きの部屋(へや)のほうがいい。
不要吧。還是朝南的房子比較好。

Track 0691

|敬體| 向こう むこう ：對面 | 反義字：こっち（這邊）

A すみません、一蘭(いちらん)というラーメン屋(や)さんを探(さが)しているんですが。 不好意思，我在找一間叫一蘭的拉麵店。

B ああ、向(む)こうですよ。 啊，那是在對面。

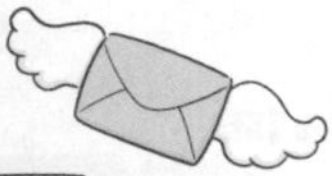

Track 0692

｜敬體｜ **メール** ：電子郵件

A **資料(しりょう)をメールで送(おく)りましたよ。**
資料用電子郵件寄過去了。

B **届(とど)いています。確認(かくにん)してから返事(へんじ)します。**
收到了。確認之後回信給你。

Track 0693

｜敬體｜ **メッセージ** ：訊息 ｜ 同義字：**伝言(でんごん)**（訊息）

A **メッセージを残(のこ)していいですか。** 可以留下訊息嗎？

B **もちろんです。** 當然。

Track 0694

｜常體｜ **もと** ：來源 ｜ 同義字：**根本(こんぽん)**（根本）

A **彼(かれ)はやっと成功(せいこう)してよかったね。** 他終於成功了，真是太好了。

B **彼(かれ)の努力(どりょく)が成功(せいこう)のもとになったのよ。** 成功來自他的努力。

Track 0695

｜常體｜ **山 やま** ：山

A **週末(しゅうまつ)に、よく家族(かぞく)で山(やま)を登(のぼ)るんだ。** 週末常跟家人去爬山。

B **うちは家族(かぞく)で出(で)かけることはあまりないの。**
我家很少全家一起去哪裡。

Track 0696

｜常體｜ **山崩れ やまくずれ** ：山崩

A **ね、大雨(おおあめ)で山崩(やまくず)れが起(お)こるかもしれないよ。しばらく登山(とざん)活動(かつどう)は中止(ちゅうし)して。** 因為大雨可能會引起山崩。暫時停止登山活動。

B **そうするわ。心配(しんぱい)しないで。** 會中止活動。別擔心。

Track 0697

｜敬體｜ 優先席 ゆうせんせき ：博愛座 ｜ 同義字：**シルバーシート**（博愛座）

A 何で優先席の近くでは携帯の電源を切らなくてはならないんですか。 為什麼在博愛座附近得把手機關機呢？

B 医療機器に影響を与えるからのようです。
據說是因為會對醫療機器產生影響。

Track 0698

｜敬體｜ 郵便局 ゆうびんきょく ：郵局

A あ、切手が切れました。 啊，郵票用完了。

B 郵便局に行って買ってきてあげましょうか。 我幫你去郵局買吧。

Track 0699

｜敬體｜ 郵便番号 ゆうびんばんごう ：郵遞區號

A 郵便番号が分かれば、効率よく郵便物を配送できますよ。 知道郵遞區號的話，就能效率的寄送郵件。

B えーと、調べてもらえますか？ 可以麻煩你幫我查嗎？

Track 0700

｜常體｜ ヨット ：遊艇

A 僕はヨット部に入っているんだ。 我參加遊艇社。

B じゃ、ヨットを走らせることできるの？ 那你會開遊艇嗎？

Track 0701

｜常體｜ ラッシュ ：尖峰

A ラッシュの時間に通勤するのは疲れるし本当にいやになるよ。 尖峰時間通勤真是累人令人討厭。

B 早めに出かけるほうがいいわよ。 早點出門比較好喔。

Track 0702

｜常體｜ 陸地 りくち ：陸地 ｜ 反義字：**海洋**（海洋）

A おーい、陸地だぞ! 喂，是陸地！

B 長い航海の後やっと陸地に戻れる。やった！
長時間的航海後終於可以回到陸地。太棒了！

Track 0703

|常體| 陸橋 りっきょう ：天橋

A ここいつ陸橋(りっきょう)できたの？ 這裡何時蓋了天橋？

B つい最近(さいきん)。 最近。

Track 0704

|口語| 里程標 りていひょう ：里程碑 | 同義字：マイルストーン（里程碑）

A 結婚(けっこん)おめでとう。新婚生活(しんこんせいかつ)はどう？ 恭喜結婚。新婚生活如何？

B 結婚(けっこん)ってやはりひとつ重要(じゅうよう)な里程標(りていひょう)だなって感(かん)じ。
感覺結婚果然是一個重要的里程碑。

Track 0705

|常體| レール ：鐵軌

A 危(あぶ)ないから、レールの上(うえ)で歩(ある)くな。 很危險，別在鐵軌上走。

B ちゃんと注意(ちゅうい)するから大丈夫(だいじょうぶ)よ。 我有注意，沒關係啦。

Track 0706

|敬體| 路線 ろせん ：路線

A すごい渋滞(じゅうたい)ですね。路線(ろせん)の変更(へんこう)はできますか？
塞車很嚴重呢。可以變換路線嗎？

B この時間(じかん)どこでも渋滞(じゅうたい)ですけど。 不過這個時間到哪都塞車。

Track 0707

|常體| ロッカー ：置物櫃

A コインロッカーは一階(いっかい)にあったと思(おも)うけど、おかしいな。
怪了，投幣式置物櫃應該是在一樓啊。

B ちょっと聞(き)いてみよう。 我們問一下吧。

Track 0708

|口語| 渡し船 わたしぶね ：渡船 | 同義字：渡船(とせん)（渡船）

A 向(む)こうへ行(い)くなら、渡(わた)し船(ぶね)で約(やく)10分(ぷん)だって。結構早(けっこうはや)いね。 要去對面的話，搭渡船過去大概花10分鐘。挺快的。

B じゃ、渡(わた)し船(ぶね)で行(い)こう。 那就搭渡船過去吧。

動詞

Track 0709

|口語| 集まる あつまる ：聚集

A 人(ひと)がすごく集(あつ)まっているなぁ。 聚集超多人的。

B ここは人気(にんき)の観光(かんこう)スポットだもん。 這裡是很受歡迎的觀光景點嘛。

Track 0710

|常體| 歩く あるく ：走路

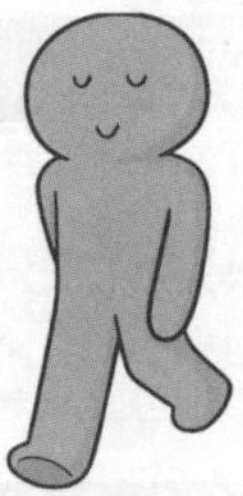

A 車(くるま)で行(い)く？ 開車去嗎？

B 近(ちか)いよ。歩(ある)いたら５分(ふん)もかからないわ。
很近喔。走路不用五分鐘。

Track 0711

|敬語| 案内 あんない ：引導

A すみません。予約(よやく)している長野(ながの)ですが。
不好意思，我是有預約的長野。

B はい、こちらへどうぞ。ご案内(あんない)いたします。
好的，這邊請。我帶您過去。

Track 0712

|敬體| 行く いく ：去 | 反義字：来(く)る（來）

A では、行(い)ってきます。 那麼，我出門了。

B 行(い)ってらっしゃい。 小心慢走。

Track 0713

|敬體| 急ぐ いそぐ ：趕緊

A ごゆっくりどうぞ。急(いそ)ぐ必要(ひつよう)はありません。
請慢慢來。不需要趕時間。

B では、お言葉(ことば)に甘(あま)えて。 恭敬不如從命。

Track 0714

|敬體| **動かす うごかす** ：移動

A この机(つくえ)を動(うご)かすのを手伝(てつだ)ってくれませんか。
可以幫我移動這張桌子嗎？

B あ、はい。どこに動(うご)かしたらいいですか。
啊，好。要移到哪裡去呢？

Track 0715

|敬語| **移す うつす** ：移動 | 同義字：**移動(いどう)**（移動）

A 部長(ぶちょう)！行動(こうどう)に移(うつ)す前(まえ)にもう一度(いちど)考(かんが)えていただけますか。
部長！實行前可以再考慮一次嗎？

B 上(うえ)が決(き)めたことなんだ。お前(まえ)、口出(くちだ)すな！
這是上面的決定。你別多嘴！

註：お前(まえ) 男性用語：是輕視別人的稱呼，除非是很熟的朋友不然不能輕易使用。

Track 0716

|常體| **延期 えんき** ：延期 | 同義字：**延(の)ばす**（延）

A 万一(まんいち)明日(あした)雨(あめ)になれば、野球(やきゅう)の試合(しあい)は延期(えんき)されるだろう。
萬一明天下雨的話，棒球比賽就會延期吧。

B 一緒(いっしょ)にてるてる坊主(ぼうず)を吊(つ)るして祈(いの)りましょう。
一起掛上晴天娃娃祈求吧。

Track 0717

|口語| **横断 おうだん** ：橫越 | 同義字：**渡(わた)る**（橫越）

A あれ、その傷(きず)はどうしたの？ 啊，怎麼受傷了？

B 道路(どうろ)を横断(おうだん)するとき、足(あし)を滑(すべ)らせちゃった。 過馬路時滑倒了。

Track 0718

|敬語| **送る おくる** ：寄出 | 反義字：**届(とど)ける**（送達）

A 参考資料(さんこうしりょう)を送(おく)らせていただきます。ご確認(かくにん)ください。
我將參考資料寄過去。請您確認。

B わざわざお送(おく)りくださってありがとうございます。
真是謝謝您特地寄過來。

Track 0719

|口語|　遅れる おくれる：延緩

A やべ、遅れる！ 糟了，要遲到了！

B だから早めに家を出てって。 就叫你早點出門。

Track 0720

|常體|　押す おす：按

A なぜ子供が楽しそうにキーボードを押すの？
為什麼小孩子好像很愉快的按鍵盤呢？

B パソコンは玩具とでも思ってるんでしょう。
把電腦當玩具了吧。

Track 0721

|口語|　駆ける かける：奔馳

A 社内運動会のために、皆コースを駆ける練習をしているんだ。 為了公司運動會，大家在練習跑步。

B わ！頑張ってるね。 喔！很認真嘛。

Track 0722

|口語|　囲む かこむ：圍繞

A 子供たちが輪を囲んで一緒に本を読んでるよ。
小朋友們圍成圈圈在一起看書。

B 仲がいいね。 感情很好呢。

Track 0723

|常體|　貸す かす：借出、出租 | 反義字：**借りる**（借入）

A あんな男に金を貸すとは、君はどうかしているよ。
你是怎麼了竟然借錢給那種男人。

B 馬鹿だな、私。 我真是愚蠢。

Track 0724

|口語| **消える きえる** ：消失 | 反義字：**現す**（あらわ）（顯現）

A わ！カードが一瞬（いっしゅん）で消（き）えちゃった。 哇！卡片一瞬間消失了。

B マジックって面白（おもしろ）いね。 魔術很有趣呢。

Track 0725

|口語| **来る くる** ：來 | 反義字：**行く**（い）（去）

A 兄（にい）さんがあした帰（かえ）って来（く）るって。 哥說明天回來。

B ご馳走（ちそう）用意（ようい）しないと。 要來準備些好吃的。

Track 0726

|口語| **超える こえる** ：超越 | 同義字：**超越**（ちょうえつ）（超越）

A 60キロ超（こ）えちゃったよ。 超過60公斤了。

B ちょっとダイエットしたほうがいいよ。 最好減肥一下喔。

Track 0727

|口語| **転ぶ ころぶ** ：跌倒

A いたたたた……転（ころ）んじゃった。 好痛……不小心跌倒了。

B だから走（はし）るなって。 所以就說別用跑的嘛。

Track 0728

|常體| **去る さる** ：遠離、離開 | 同義字：**離れる**（はな）（離開）

A あなたがここを去（さ）るとは残念（ざんねん）だな。 很可惜你要離開這裡。

B いろいろお世話（せわ）になりました。 受你們照顧了。

Track 0729

|常體| **散歩 さんぽ** ：散步

A 休日（きゅうじつ）は必（かなら）ず家族（かぞく）で散歩（さんぽ）しています。 假日一定要跟家族一起散步。

B 家族仲（かぞくなか）がいいんですね。 家族感情很好呢。

Track 0730

|常體| **沈む しずむ** ：沉 ｜反義字：**浮(うか)ぶ**（浮起）

A 早(はや)く見(み)て！太陽(たいよう)が沈(しず)むよ！ 快看！太陽要下山了。

B すっごくきれい。 真美。

Track 0731

|敬體| **出発 しゅっぱつ** ：出發 ｜反義字：**到着(とうちゃく)**（到達）

A そろそろ時間(じかん)です。 時間差不多了。

B それでは、出発(しゅっぱつ)します。 那麼我出發了。

Track 0732

|常體| **巡航 じゅんこう** ：航行 ｜同義字：**クルーズ**（航行）

A 久(ひさ)し振(ぶ)りだね。どこに行(い)ったの？ 好久不見了呢。去了哪裡嗎？

B 私(わたし)たち、カリブ海(かい)を巡航(じゅんこう)のツアーに参加(さんか)してきたんです。 我們去參加巡航加勒比海的旅行團。

Track 0733

|常體| **進める すすめる** ：前進 ｜反義字：**止(とま)る**（停止）

A お願(ねが)い。ちょっと休憩(きゅうけい)しよう。 拜託。稍微休息一下。

B もう少(すこ)し進(すす)めよう。 再前進一會。

Track 0734

|口語| **静止 せいし** ：靜止

A 時間(じかん)が静止(せいし)してるみたいだ。 時間就像靜止了一樣。

B 本当(ほんとう)！すごく静(しず)かで音(おと)ひとつしないわ。
真的！安靜的連一點聲音都沒有。

Track 0735

|常體| **接触 せっしょく** ：接觸 ｜同義字：**繋(つな)がる**（接觸）

A 彼(かれ)は顔(かお)が広(ひろ)いね。 他人脈很廣呢。

B 商売柄(しょうばいがら)いろいろな人(ひと)と接触(せっしょく)しているからでしょう。
因為工作可以跟很多人接觸的關係吧。

Track 0736

｜口語｜ 沿う そう ：沿著

A 白線を沿って走る癖まだ直してないの？
還沒改掉沿著白線跑的習慣嗎？

B 直す必要はないと思うけど。 我不認為需要改耶。

Track 0737

｜口語｜ 漂う ただよう ：漂流 ｜ 同義字：漂流（漂流）

A 海に漂う屋根で助かった犬のニュース見たか。
看過那個靠著漂流在海上的屋頂而獲救狗狗的新聞了嗎？

B 見たわよ。すごく感動して泣いちゃった。
看了喔。感動到哭了。

Track 0738

｜常體｜ 保つ たもつ ：維持 ｜ 同義字：維持（維持）

A 健康を保つために何をしたほうがいい？
應該做些什麼來維持健康比較好呢？

B よく寝ることが必要だと思います。 睡眠充足是有必要的。

Track 0739

｜常體｜ 近づく ちかづく ：接近

A 彼女の顔が私の耳に近づいて小声であの噂の真実を教えてくれたんだ。 她在我的耳朵旁小聲告訴我那個謠言的真相。

B 私にも教えて。 你也跟我說。

Track 0740

｜敬體｜ 着く つく ：到達 ｜ 反義字：旅立つ（出發）

A 午後3時に着くといます。 下午3點會到。

B 分かりました。それまでに用意しておきます。
了解。在那之前會先準備好。

Track 0741

｜口語｜ **伝える つたえる** ：傳達

A 主任が彼女に業務内容を伝えてる。 主任在傳達業務內容給她。

B 彼女がうまくやってくれたら助かるわね。
她若能好好的做，就幫了大忙了。

Track 0742

｜敬語｜ **包む つつむ** ：包 ｜ 同義字：**くるむ**（包）

A プレゼントでございますか。お包みいたしましょうか。
是禮物嗎？要包裝嗎？

B 結構です。包む必要はありません。 不用了。不需要包起來。

Track 0743

｜常體｜ **同行 どうこう** ：同行

A 途中まで同行するよ。 跟你們同行到途中喔。

B ちょっと三人で散歩できるね。
那就可以三人一起散步一會呢。

Track 0744

｜口語｜ **到着 とうちゃく** ：到達 ｜ 反義字：**出発**（出發）

A まもなく到着するよ。 快要到了。

B じゃ、下で待ってる。 那在樓下等你。

Track 0745

｜常體｜ **通り抜ける とおりぬける** ：經過 ｜ 同義字：**通る**（經過）

A この路地は通り抜けられないよ。 這巷子不通喔。

B あれ、道間違ったかしら？ 難道是走錯路了？

Track 0746

｜常體｜ **留まる とどまる** ：停留 ｜ 同義字：**滞在**（停留）

A 座って、しばらく留まって。 坐一下，稍微在這停留一會。

B どうして？何か言いたいことでも？ 為什麼？是有事要跟我說嗎？

Track 0747

| 常體 | **飛ぶ とぶ** ：飛、跳

A 写真撮るよ、はい、飛んで！ 要拍照囉，好，跳！

B ちゃんと撮れたの？ 有拍到嗎？

Track 0748

| 常體 | **逃げる にげる** ：逃走 | 同義字：**逃走**（逃走）

A おい、おまえ、逃げるなよ。 喂！你別逃走。

B 逃げるなんてことはしないわよ。 我才不會逃走。

Track 0749

| 常體 | **登る のぼる** ：爬、登

A うちの子はね、木に登るのが大好きなんだ。
我們家的小孩好喜歡爬樹。

B すごいわね。今の子供、できないほうが多いわよ。
真厲害。現在的小孩，不會爬樹的比較多。

Track 0750

| 常體 | **乗り換える のりかえる** ：轉乘

A どこで東西線に乗り換れるの。 東西線要在哪轉車？

B 飯田橋じゃない？ 不是在飯田橋嗎？

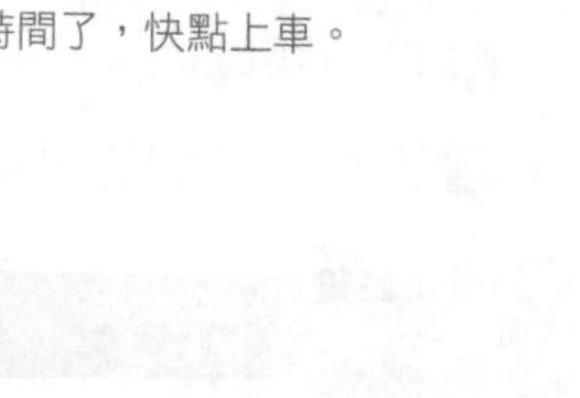

Track 0751

| 常體 | **乗る のる** ：搭乘、騎乘

A 時間がないから、早く乗って。 沒有時間了，快點上車。

B 急がせないでよ。 不要催啦。

Track 0752

| 敬體 | **配達 はいたつ** ：遞送

A これを配達してもらえますか。 可以麻煩你幫我遞送這個嗎？

B はい、すぐ行きます。 好的，立刻過去。

Track 0753

|敬語| 運ぶ はこぶ ：搬運

A その資料(しりょう)を運(はこ)んでくれ。 把資料搬來。

B あ、はい、ここに置(お)けばよろしいでしょうか。
啊，好，放在這裡可以嗎？

Track 0754

|口語| 走る はしる ：跑步

A ロードレースに参加(さんか)するために、今毎日練習(いままいにちれんしゅう)してるんだ。 為了參加路跑，現在每天都在練習。

B 練習(れんしゅう)でも道路(どうろ)で走(はし)るの？ 練習也是在道路上跑嗎？

Track 0755

|口語| 離れる はなれる ：離開

A 何(なん)でそんなに離(はな)れているの？もっとこっちに近(ちか)づいて。
為什麼要離那麼遠？再靠近一點。

B 大(おお)げさね。そんなに離(はな)れてないでしょう。
太誇張了啦。沒有離那麼遠吧。

Track 0756

|常體| 避難 ひなん ：避難 | 同義字：避(さ)ける（避難）

A 早(はや)く避難(ひなん)しろ！ 快點避難！

B どこに行(い)けばいいの？ 可以去哪裡？

Track 0757

|常體| ぶつかる ：碰撞

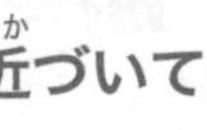

A ぶつかってきて謝(あやま)ることもできないのか？
撞到人連道歉都不會嗎？

B ごめんなさい。 對不起。

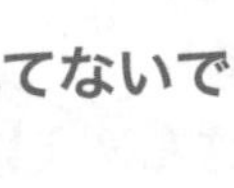

Track 0758

｜口語｜ 踏む ふむ ：踐踏 ｜ 同義字：**つぶす**（踏毀）

A いってえ！気(き)をつけろ！ 好痛！你小心點！

B ごめんなさい。

足(あし)を踏(ふ)むつもりはなかったんです。

對不起。不是故意踩你的腳。

註：いってえ＝痛い 男性用語

Track 0759

｜敬體｜ 間に合う まにあう ：趕上

A 6時(じ)の新幹線(しんかんせん)にまだ間(ま)に合(あ)うでしょうか？ 趕得上6點的新幹線嗎？

B 急(いそ)げば間(ま)に合(あ)うと思(おも)います。 快一點的話應該來得及。)

Track 0760

｜常體｜ 迎える むかえる ：迎接 ｜ 反義字：**送(おく)る**（送走）

A どこ行(い)くの？ 你要去哪？

B 雨(あめ)だから、駅(えき)まで父(とう)さん迎(むか)えに行(い)くの。 下雨了，我去車站接爸爸。

Track 0761

｜口語｜ 揺れる ゆれる ：搖晃 ｜ 同義字：**揺(ゆ)らぐ**（搖晃）

A 路面(ろめん)が揺(ゆ)れてる！ 路面在搖晃！

B えっ、揺(ゆ)れてないよ。 沒有在搖喔。

Track 0762

｜常體｜ 渡る わたる ：橫渡

A 彼(かれ)はまだなの？遅(おそ)いね。 他還沒到嗎？真慢。

B あ！彼(かれ)が通(とお)りを渡(わた)るのが見(み)えた。 啊！看到他在過馬路了。

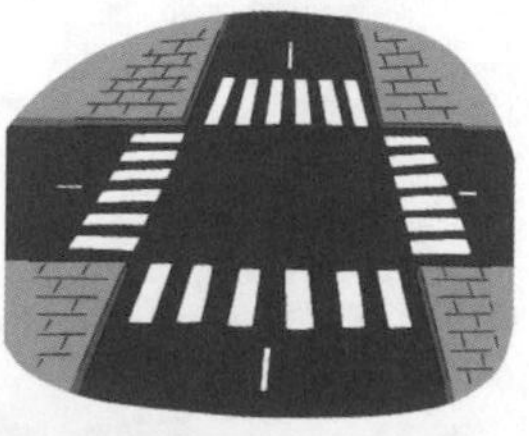

形容詞

Track 0763

｜口語｜ 重い おもい ：重的

A カバンが重くてもう疲れちゃった。
包包太重，拿的好累。

B 本当！一体何入っているのかしら？
真的耶！裡頭到底裝了些什麼？

Track 0764

｜口語｜ 険しい けわしい ：險峻的

A すげ険しい！絶景だね。 超險峻的！真是絕景啊。

B 見にきてよかった。 有來看真是太好了。

Track 0765

｜常體｜ 怖い こわい ：恐怖 ｜ 同義字：ホラー（恐怖）

A 無事か？ 沒事吧？

B うん、まだ少し怖いけど。 嗯，只是還有點害怕。

Track 0766

｜常體｜ 高い たかい ：高的 ｜ 反義字：低い（低的）

A なんて高い木なんだろう。 多麼高聳的樹木啊。

B 樹齢は約200年ですよ。 樹齡已經約200了喔。

Track 0767

｜常體｜ 早い はやい ：快速的 ｜ 反義字：遅い（慢的）

A 早すぎ！ゆっくり歩いて。 太快！走慢點。

B 君の方が遅すぎだよ。 是你太慢了啦。

副詞

Track 0768

｜口語｜ うろうろ ：徘徊 ｜ 同義字：うろつく（徘徊）

A 見知らぬ男がこの辺にうろうろしているって。気をつけてね。 聽説有陌生男子在附近徘迴。你要小心點。

B うん、用事済んだら、すぐ帰ってくる。 嗯，事情辦完就馬上回來。

Track 0769

｜口語｜ 近く ちかく ：附近

A そのワンちゃんの飼主はどんな人？
狗狗的主人是什麼樣的人呢？

B 近くに座ってる彼女じゃない。 坐在旁邊的女性吧。

Track 0770

｜常體｜ 離れ離れ はなればなれ ：分散地

A 卒業で離れ離れになっても、ずっと友達だよ。
就算畢業後大家都分開了，也永遠是朋友喔。

B 当たり前でしょ。会えなくなるわけでもないし。
當然啦。又不是見不到面。

パート5

開心學

パート5 開心學

輕鬆和日本人對話從最生活化的單字開始，搭配稀鬆平常的生活對話，馬上就知道日本人怎麼說！

【文體】敬體、常體、敬語、口語：注意場合選出最適合的用字！

名詞

Track 0771

｜常體｜ **アイデア** ：主意、想法 ｜ 同義字：思(おも)いつき（想法）

A 何(なに)かいいアイデアがあれば、会議(かいぎ)に提出(ていしゅつ)するように連絡(れんらく)が来(き)たよ。 來連絡說如果有什麼好主意的話，在會議上提出。

B わ、どうしよう。全然思(ぜんぜんおも)いつかないよ。
哇，怎麼辦。完全想不到啦。

Track 0772

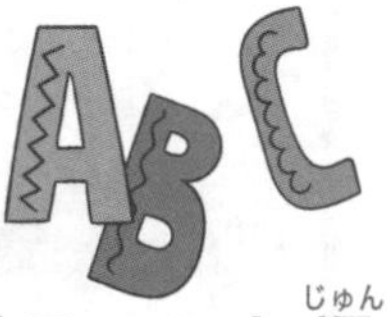

｜敬體｜ **アルファベット** ：字母

A タイプライターのキーボードってなぜアルファベット順(じゅん)じゃないんですか？ 為什麼打字機的鍵盤不是按照字母順排列？

B 英語(えいご)を連続(れんぞく)して打(う)ちやすいように配置(はいち)されているそうですよ。 據說是按照方便於打英文字的順序來配置的。

Track 0773

｜常體｜ **アンケート** ：問卷

A ちょっと、寮生相手(りょうせいあいて)にアンケートでもとってみるか？
來對住宿生做個問券調查吧？

B あっ、いわゆるひとつのマーケティングリサーチですね。 啊，也就是市場調查囉。

Track 0774

｜敬體｜ **異議 いぎ** ：不同意 ｜ 反義字：賛成(さんせい)（贊成）

A だれか異議(いぎ)ありますか。 有誰不同意嗎？

B 私(わたし)のほうはありません。 我沒有異議。

Track 0775

| 常體 | **意見 いけん** ：意見。 | 同義字：**主張(しゅちょう)**（主張）

A **いつも彼(かれ)とは意見(いけん)が合(あ)わないんだ。** 總是跟他意見不合。

B **たまには、違(ちが)う意見(いけん)でも聞(き)いたらどう？** 偶而聽聽不同意見如何？

Track 0776

| 口語 | **意味 いみ** ：意義 | 同義字：**訳(わけ)**（意義）

A **何(なに)言(い)ってるの？意味(いみ)分(わ)からない。** 你在說什麼？完全聽不懂。

B **とにかく諦(あきら)めるんだ。** 總之放棄吧。

Track 0777

| 常體 | **イラストレーション** ：插圖 | 同義字：**挿画(そうが)**（插圖）

A **この本(ほん)には、イラストレーションがいっぱいあるね。** 這本書有很多插圖。

B **子供向(こどもむ)きだから。うちの子(こ)は結構好(けっこうす)きよ。**
因為是給小孩子看的書。我家的小孩挺喜歡的。

Track 0778

| 口語 | **生まれつき うまれつき** ：天生的 | 同義字：**素質(そしつ)**（天生素質）

A **彼女(かのじょ)はすげ音楽(おんがく)の才能(さいのう)を持(も)ってるよ。** 她擁有很棒的音樂才華。

B **あれは生(う)まれつきの能力(のうりょく)ね。** 那是天生的能力。

註：すげ＝すごい

Track 0779

| 敬體 | **影響 えいきょう** ：影響

A **りんごに農薬(のうやく)かけてて、その農薬(のうやく)をちょっと吸(す)ってしまったんですが、健康(けんこう)に影響(えいきょう)ありますか。**
給蘋果灑農藥，結果吸到一些農藥，對健康會有影響嗎？

B **大丈夫(だいじょうぶ)だと思(おも)いますが、心配(しんぱい)なら先生(せんせい)に相談(そうだん)してみてください。** 應該是沒問題，如果擔心的話找醫師詢問。

Track 0780

｜常體｜ **英語 えいご** ：英文

A 英語（えいご）がうまい！ 留学（りゅうがく）でもしたの？ 英文好好！有留過學嗎？

B いいえ、海外（かいがい）へは行（い）ったことないのよ。 沒有，沒出過國。

Track 0781

｜常體｜ **エッセイ** ：短文、隨筆、論説文 ｜同義字：**隨筆（ずいひつ）**（隨筆）

A 彼女（かのじょ）はエッセイを書（か）き始（はじ）めた。 她開始寫短文。

B 昔（むかし）から作文得意（さくぶんとくい）だったからね。 從以前就很擅長作文呢。

Track 0782

｜常體｜ **演説 えんぜつ** ：演講 ｜同義字：**スピーチ**（演講）

A 校長先生（こうちょうせんせい）の演説（えんぜつ）いつも長（なが）いなぁ。 校長的演講總是長篇大論。

B 毎回内容同（まいかいないようおな）じだし。 而且每次內容都一樣。

Track 0783

｜常體｜ **鉛筆 えんぴつ** ：鉛筆

A 鉛筆（えんぴつ）貸（か）して。 借我鉛筆。

B 残念（ざんねん）、鉛筆（えんぴつ）がない。 可惜，我沒有鉛筆。

Track 0784

｜常體｜ **御伽話 おとぎばなし** ：童話

A 子供（こども）のころ、両親（りょうしん）がよく御伽話（おとぎばなし）を読（よ）んでくれたな。 小時候父母常常唸童話給我聽。

B いい両親（りょうしん）ね。 很棒的父母呢。

Track 0785

｜常體｜ **音節 おんせつ** ：音節 ｜同義字：**シラブル**（音節）

A 日本語（にほんご）と英語（えいご）の音節（おんせつ）は全（まった）く違（ちが）うな。 日文跟英文的音節完全不一樣。

B 英語勉強（えいごべんきょう）するには音節（おんせつ）が分（わ）からないと難（むずか）しいわね。
若不懂音節，學英文就會很難。

Track 0786

|常體| 化学 かがく ：化學

A 化学(かがく)の実験(じっけん)は楽(たの)しいな。 化學實驗很有趣。

B でも危(あぶ)ないから、先生(せんせい)の言(い)うことちゃんと聞(き)くのよ。
不過很危險，有仔細聽老師的話喔。

Track 0787

|口語| 学位 がくい ：學位 | 同義字：ディグリー（學位）

A 彼女(かのじょ)、今年(ことし)法律(ほうりつ)の学位(がくい)は取(と)れるかな。 她今年可以拿到法律學位嗎？

B でも、それ、彼女(かのじょ)に聞(き)いちゃだめよ。 你別問她這個問題。

Track 0788

|常體| 学士 がくし ：學士 | 同義字：バチェラー（學士）

A 文学士(ぶんがくし)の免状(めんじょう)をもらったよ。やった！
拿到文學士的證書了。太好了！

B よかったね。おめでとう。 太棒了呢。恭喜你。

Track 0789

|常體| 学生 がくせい ：學生

A 皆(みんな)真面目(まじめ)に勉強(べんきょう)してるなぁ。 大家都很認真在上課呢。

B 全員(ぜんいん)いい学生(がくせい)よ。 全都是好學生喔。

Track 0790

|常體| 学年 がくねん ：年級

A 日本(にほん)では学年(がくねん)は４月(がつ)に始(はじ)まるんだ。 日本的學年是從 4 月開始。

B 台湾(たいわん)では９月(がつ)よ。 台灣是 9 月。

Track 0791

|常體| 学問 がくもん ：學問

A すごいね。彼(かれ)は学問(がくもん)ばかりでなく経験(けいけん)もあるんだ。
好厲害呢。他不止學問好，也有經驗。

B 本当(ほんとう)に尊敬(そんけい)するわ。 真的令人尊敬。

Track 0792

| 敬體 | **学歴 がくれき** ：學歷

A 給料は、経験と学歴に基づいて決まります。
薪水是根據經驗與學歷來決定。

B やはり学歴は重要ですね。 果然學歷很重要呢。

Track 0793

| 常體 | **片假名 かたかな** ：片假名 | 反義字：**平仮名**（平假名）

A 戦後の外来語急増で外来語を片仮名で表記するようになったんだ。 戰後因為外來語的急速增加，開始用片假名來標示外來語。

B でも今の社会は外来語を使いすぎと思う。
不過現在的社會過度使用外來語。

Track 0794

| 常體 | **学校 がっこう** ：學校 | 同義字：**スクール**（學校）

A 学校が好き？ 喜歡學校嗎？

B 友達いっぱいで大好き。 喜歡，因為有好多朋友。

Track 0795

| 常體 | **可能性 かのうせい** ：可能性 | 同義字：**見込み**（未來可能性）

A 彼の昇進の可能性はゼロに近い。 他升遷的可能性近乎是零。

B あんな失敗したら、もう諦めるしかないね。
犯了那樣的失敗，也只能放棄升遷了。

Track 0796

| 口語 | **紙 かみ** ：紙

A 紙がほしいんだけど。 我想要紙。

B ごめん、最後の一枚を使っちゃった。 對不起，我用掉最後一張了。

Track 0797

| 常體 | **漢字 かんじ** ：漢字

A 今の若者は漢字をあまり読めない。 現在的年輕人不太看漢字。

B パソコンや携帯ばかり使うからでしょう。
因為都在使用電腦、手機吧。

Track 0798

｜敬體｜ 記憶 きおく ：記憶 ｜ 同義字：**メモリー**（記憶）

A 彼は事故で記憶をなくしたそうです。 聽說他因為意外喪失記憶了。

B うそ！何も覚えていないんですか？ 騙人！什麼都不記得嗎？

Track 0799

｜敬體｜ 基本 きほん ：基本、基礎 ｜ 同義字：**基礎**（基礎）

A 何でそのことを覚えないといけないんですか。 為什麼非得記住這個？

B これは基本です。 這是基本。

Track 0800

｜常體｜ 疑問 ぎもん ：疑問 ｜ 反義字：**理解**（理解）

A 疑問が解けた？ 疑問解開了嗎？

B まだ、誰も答えてくれなかった。 還沒，都沒有人回答我。

Track 0801

｜常體｜ 教育 きょういく ：教育 ｜ 同義字：**エジュケーション**（教育）

A 彼女は 教 育ママなんだよ。 她是過度著重教育的媽媽。

B わ、子供大変そう。 哇，小孩子很辛苦。

Track 0802

｜口語｜ 教室 きょうしつ ：教室 ｜ 同義字：**クラスルーム**（教室）

A ちょっと 教 室で待ってて。すぐ戻るから。
在教室等我一下。馬上回來。

B どこに行くの？ 你要去哪裡？

Track 0803

｜常體｜ 教科書 きょうかしょ ：課本

A 教 科書どうする？どこで買えばいいの？
課本怎麼辦？要去哪裡買？

B 買わなくてもいいの。学校は用意してくれたよ。
不買也沒關係，學校幫我們準備了。

Track 0804

|常體| **器用 きよう** ：靈巧

A 君(きみ)は手先(てさき)が器用(きよう)だね。 你的手很巧呢。

B うれしい。ありがとう。 好開心。謝謝。

Track 0805

|口語| **空白 くうはく** ：空白

A ホワイトボードには空白(くうはく)で何(なに)も書(か)いていない。
白板一片空白，什麼都沒寫。

B それってまずいの？ 這樣不好嗎？

Track 0806

|敬體| **寓話 ぐうわ** ：寓言 | 同義字：**寓言(ぐうげん)**（寓言）

A それで、結果(けっか)は？ 然後結果呢？

B さぁ、寓話(ぐうわ)は曖昧(あいまい)で、様々(さまざま)な意味(いみ)を持(も)つから、私(わたし)もよく分(わ)からないんです。 寓言很曖昧有很多不同的意思，所以我也不太懂。

Track 0807

|常體| **句点 くてん** ：句號

A 文(ぶん)の終(お)わりに句点(くてん)をつけるのを忘(わす)れないでね。
句子的結尾別忘了加句點。

B うん、これから注意(ちゅうい)する。 嗯，以後會注意。

Track 0808

|常體| **区別 くべつ** ：區別 | 同義字：**見分(みわ)け**（區別）

A 本物(ほんもの)と偽物(にせもの)を区別(くべつ)できない。 不會區別真品跟假貨。

B 今(いま)の偽物(にせもの)はすごくよく出来(でき)ているからね。
現在的假貨都做得很真。

Track 0809

|口語| **クラス** ：班級 | 同義字：**学級(がっきゅう)**（班級）

A 来年(らいねん)も同(おなじ)クラスだといいな。 明年也能同班就好了。

B 2組(ふたくみ)しかないから、違(ちが)っても隣(となり)じゃん。
只有2班而已，就算不同班，也是在隔壁。

Track 0810

|敬體| グラフ ：圖表

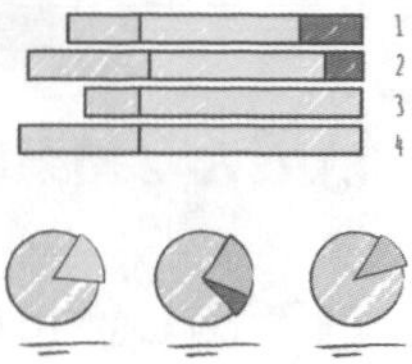

A このデータをグラフにしてください。
把這個數據做成圖表。

B はい、すぐやります。 是，馬上做。

Track 0811

|敬體| 訓練 くんれん ：訓練 ｜同義字：練習(れんしゅう)（練習）

A この店(みせ)のスタッフは専門的(せんもんてき)な訓練(くんれん)を受(う)けているんです。
這家店的員工都要受專門訓練。

B だから皆(みな)プロ並(なみ)なんですね。 所以每個人都跟專家一樣啊。

Track 0812

|敬體| 経済 けいざい ：經濟

A 毎日新聞(まいにちしんぶん)を読(よ)んで、今(いま)の経済状況(けいざいじょうきょう)を勉強(べんきょう)しているんです。 每天看報紙，研究現在的經濟情況。

B すごいですね。私(わたし)、経済(けいざい)についてまったく理解(りかい)できないんです。 真厲害。我完全對經濟無法理解。

Track 0813

|常體| 形容詞 けいようし ：形容詞

A 彼(かれ)は会話(かいわ)に形容詞(けいようし)を多用(たよう)するんだ。 他講話時用很多的形容詞。

B 分(わ)かりやすいわよ。 很淺顯易懂喔。

Track 0814

|敬體| 消しゴム けしゴム ：橡皮擦

A ちょっと消(け)しゴムを貸(か)してくれませんか。 可以借我橡皮擦嗎？

B あ、はい、どうぞ。 啊，好啊，請用。

Track 0815

|常體| 結果 けっか ：結果

A どんな結果になっても自業自得だからね。
不管是什麼結果，都是你自找的。

B 手厳しいわね。 真嚴厲啊。

Track 0816

|常體| 欠席 けっせき ：缺席 | 反義字：出席（出席）

A 彼の欠席はいろいろな噂の原因となったんだ。
很多謠言都是來自他的缺席。

B 欠席の理由とか全然説明しないからよ。
因為他都完全不説明缺席的理由。

Track 0817

|敬語| 見解 けんかい ：觀點 | 同義字：考え（想法）

A この件についてあなたの見解を聞かせていただけませんか。 可以告訴我關於這件事你的觀點嗎？

B 構いませんが、話長くなりますよ。 無所謂，但説來話長喔。

Track 0818

|敬語| 謙虚 けんきょ ：謙虛 | 同義字：謙遜（謙虛）

A 皆のお陰で、この企画が成功しました。ありがとうございます。 託大家的福，這個計畫才能成功。謝謝。

B またまた謙虚なこと言って、あなたも頑張りましたよ。
又説這種謙虛的話，你也很努力喔。

Track 0819

|敬體| 原稿 げんこう ：原稿

A 先生のところに行って、原稿をもらってきなさい。
去大師那領原稿回來。

B 私が行くんですか？たまには、ほかの人も行かせてくださいよ。 我去嗎？偶而也派別人去啦。

Track 0820

|常體| 広範 こうはん ：廣泛

A 将来のため、大学にいるうちに広範な知識を吸収して。
為了將來，在大學期間多攝取廣泛的知識。

B うん、たくさん知識を持っておくと有利になるね。
嗯，擁有大量的知識會比較有利呢。

Track 0821

|常體| 高校 こうこう ：高中

A 高校行かないで、就職したい。
我不想上高中，想去工作。

B 馬鹿なこと言うな。中卒で何ができるんだ？
別説蠢話。國中畢業能做什麼？

Track 0822

|敬語| 構造 こうぞう ：構造 | 同義字：仕組み（構造）

A 構造は簡単だけど、よく思いついたな。採用するよ。
構造雖然很簡單，你竟然可以想到呢。決定採用。

B ありがとうございます。 謝謝。

Track 0823

|敬體| 黒板 こくばん ：黑板

A 前に来て、黒板に書いてある算数を計算して。
來前面計算寫在黑板上的算術。

B はい。先生、全部計算しますか？ 好的。老師，要全部計算嗎？

Track 0824

|常體| 言葉 ことば ：語言 | 反義字：文字（文字）

A 優しい言葉に騙されるな。 別被溫柔的言語騙了。

B 彼はそんなことしないよ。 他才不會做這種事。

Track 0825

| 敬體 | **コンテスト** ：比賽

A このクラスの多くの学生がコンテストに参加しました。
這個班級很多學生都有參加比賽。

B 皆いい点を取れたらいいですね。 大家都能有好分數就好了。

Track 0826

| 敬語 | **座右の銘 ざゆうのめい** ：座右銘 | 同義字：**モットー**（座右銘）

A あなたは座右の銘をお持ちですか。 你有座右銘嗎？

B 「うそをつかないこと」というのは私の座右の銘です。
「不說謊」是我的座右銘。

Track 0827

| 敬體 | **参考書 さんこうしょ** ：參考書 | 同義字：**マニュアル**（參考書）

A 私は手もとにいい参考書がないんです。 我手邊沒有好的參考書。

B いくつか紹介しましょうか。 我介紹你一些吧。

Track 0828

| 常體 | **詩 し** ：詩 | 同義字：**ポエム**（詩）

A 彼はよく変な詩とか書いている。 他老是寫一些很奇怪的詩。

B 笑える内容ばかりだね。 都是些很好笑的內容。

Track 0829

| 常體 | **試験 しけん** ：考試 | 同義字：**テスト**（考試）

A 一緒に映画見に行かない？ 要不要一起去看電影？

B いいえ、あした試験あるから、勉強しないと。
不了，明天有考試，得念書。

Track 0830

| 常體 | **指示 しじ** ：指示

A 主任は何か言った？ 主任說了什麼？

B 別に。ただ仕事の指示だったわ。 沒什麼。只是工作的指示。

Track 0831

｜口語｜ **事実 じじつ** ：事實 ｜ 反義字：**嘘（うそ）**（謊言）

A うそはよくないよ。 説謊不太好喔。

B うそついてない。あれは事実（じじつ）よ。 我沒有說謊。那是事實。

Track 0832

｜敬語｜ **辞書 じしょ** ：字典 ｜ 同義字：**字引（じび）き**（字典）

A 辞書（じしょ）をお借（か）りできますか。 可以跟你借字典嗎？

B すぐそこにあります。 就在那裡。

Track 0833

｜口語｜ **下書き したがき** ：草稿

A 彼女（かのじょ）は下書（したが）きを書（か）いている。 她在畫草稿。

B 結構本格的（けっこうほんかくてき）ね。 還挺有模有樣的。

Track 0834

｜常體｜ **実験室 じっけんしつ** ：實驗室

A 彼（かれ）はずっと実験室（じっけんしつ）に籠（こも）って、研究（けんきゅう）に没頭（ぼっとう）しているね。
他一直待在實驗室裡埋頭在他的研究裡。

B ちょっとやりすぎじゃない？ 不會有點太超過了嗎？

Track 0835

｜敬體｜ **躾 しつけ** ：教養 ｜ 同義字：**礼儀（れいぎ）**（教養）

A お宅（たく）の犬（いぬ）はちゃんと躾（しつけ）していますね。 你們家的狗真有教養呢。

B ありがとう。この子（こ）本当（ほんとう）に賢（かしこ）いんですよ。
謝謝。他真的很聰明喔。

Track 0836

｜常體｜ **質問 しつもん** ：問題

A はい、質問（しつもん）ある人（ひと）、手（て）をあげて。 有問題的人請舉手。

B 先生（せんせい）、私（わたし）！ 老師，我！

Track 0837

| 敬體 | **自伝 じでん** ：自傳 | 同義字：**自叙伝**（自傳）

A 最近よく有名人の自伝を読むんですよ。 最近常常看名人的自傳。

B お薦めは誰の自伝ですか？ 有推薦誰的自傳嗎？

Track 0838

| 常體 | **志望 しぼう** ：抱負、志向 | 同義字：**抱負**（抱負）

A あの大学は私の第１志望だったんだ。 那間大學是我的第一志願。

B 受かったのもいい大学よ。 錄取的大學也很好啊。

Track 0839

| 常體 | **シャープペン** ：自動鉛筆

A 今の子供はほとんど皆キャラクターシャープペンを持っているんだね。 現在的小孩幾乎都有卡通人物的自動鉛筆。

B 子供だけではなく、私も持っているわ。 不只有小孩子，我也有。

Track 0840

| 口語 | **重要 じゅうよう** ：重要 | 同義字：**大切**（重要）

A ごめん、またやっちゃった。 對不起，我又搞砸了。

B いいのよ。重要なのはあなたが無事だってこと。
沒關係。重要的是你沒事。

Track 0841

| 常體 | **授業 じゅぎょう** ：課

A 先生、聞いて聞いて。 老師，聽我說聽我說。

B みんな、静かに。授業始まるわよ。
請大家安靜。要開始上課了。

Track 0842

| 敬體 | **主題 しゅだい** ：主題 | 同義字：**テーマ**（主題）

A ほら、主題から離れるな。 別跳脫主題。

B ちょっと調子に乗りすぎてすみません。 有點得意忘形了，抱歉。

Track 0843

|常體| 習慣 しゅうかん ：習慣

A 息子(むすこ)は靴下(くつした)脱(ぬ)いだら脱(ぬ)ぎっぱなしなのよ。本当(ほんとう)に困(こま)るわ。
我兒子脫了襪子後都亂丟。真是傷腦筋。

B 悪(わる)い習慣(しゅうかん)だな。 真是不好的習慣呢。

Track 0844

|常體| 修正液 しゅうせいえき ：修正液

A 僕(ぼく)の修正液(しゅうせいえき)見(み)た？見(み)つからないんだよ。
有看到我的修正液嗎？我找不到。

B 私(わたし)の使(つか)って。 用我的。

Track 0845

|口語| 主観 しゅかん ：主觀 | 反義字：客観(きゃくかん)（客觀）

A それはとても主観的(しゅかんてき)な見方(みかた)だよ。 這是非常主觀的看法。

B 私(わたし)が間違(まちが)ってるって言(い)いたいの？ 你想說我錯了嗎？

Track 0846

|口語| 宿題 しゅくだい ：家庭作業

A 宿題(しゅくだい)終(お)わってからじゃないとテレビ見(み)ちゃだめっていつも言(い)ってるだろう。 不是一直都告訴你要寫完作業才能看電視。

B もうちょっとだけだから。 就看一下下嘛。

Track 0847

|常體| 準備 じゅんび ：準備 | 同義字：備(そな)える（準備）

A 準備(じゅんび)できたか。そろそろ時間(じかん)だよ。 準備好了沒？時間差不多囉。

B 後(あと)3分(ぷん)。 再3分鐘。

Track 0848

|口語| 章 しょう ：章、章節 | 同義字：チャプター（章節）

A まだこの本(ほん)を書(か)いてるの？ 還在寫這本啊？

B 今最終章(いまさいしゅうしょう)を書(か)いてるところ。 正在寫最終章。

Track 0849

｜常體｜ 奨学金 しょうがくきん ：獎學金

A **彼女は幸いにも奨学金をもらえたね。** 她很幸運的得到了獎學金。

B **これで彼女も大学へ行けるんだ。** 這樣一來她也能上大學了。

Track 0850

｜常體｜ 小学校 しょうがっこう ：小學

A **君、何歳？今年小学校に入るんだよね。**
你幾歲？今年要念小學吧。

B **僕、7歳。** 我 7 歲。

Track 0851

｜常體｜ 正直 しょうじき ：誠實的 ｜ 反義字：不正直（不誠實的）

A **正直言うと、ちょっとやせたほうがいいと思うよ。**
說實話，覺得應該稍微瘦一點比較好。

B **わ、本当に正直だね。** 哇，真的很誠實。

Track 0852

｜敬體｜ 小説 しょうせつ ：小說

A **何の小説を読んでいるんですか。** 在看什麼小說？

B **推理小説です。** 推理小說。

Track 0853

｜敬語｜ 情報 じょうほう ：資訊 ｜ 同義字：インフォメーション（資訊）

A **情報を調べていただいてありがとうございました。**
謝謝你幫忙調查資訊。

B **いいえ、役に立ってよかったです。** 不會，能幫上忙就好。

Track 0854

｜常體｜ 植物 しょくぶつ ：植物

A **爺ちゃんは今鉢植えの植物をいじるのが大好きなんだ。**
爺爺現在很喜歡種植盆栽植物。

B **へぇ、昔はそんなこと全然やっていなかったのにね。**
嗯～以前明明從來沒做過。

Track 0855

｜口語｜ 初心者 しょしんしゃ ：初學者 ｜ 反義字：**ベテラン**（老手）

A 初心者(しょしんしゃ)なので、お手柔(てやわ)らかに。 我是初學者，請你手下留情。

B よく言(い)うね。結構強(けっこうつよ)いって聞(き)いてるよ。 真敢說。聽說你很強的喔。

Track 0856

｜敬體｜ 資料 しりょう ：資料

A 資料(しりょう)を読(よ)んで、会議(かいぎ)の準備(じゅんび)しておいて。 先讀資料準備一下會議。

B では、ちょっと資料(しりょう)を借(か)りますね。 那麼，跟你借一下資料喔。

Track 0857

｜敬語｜ 真相 しんそう ：真相 ｜ 同義字：**事実(じじつ)**（事實）

A 真相(しんそう)を教(おし)えていただけますか。 可以請你告訴我真相嗎？

B それは私(わたし)から言(い)えることではありません。 這不是我可以說的事。

Track 0858

｜敬體｜ 新入生 しんにゅうせい ：新生

A 新入生歓迎会(しんにゅうせいかんげいかい)は楽(たの)しかったですか？ 新生歡迎會好玩嗎？

B うん、いい人(ひと)ばかりでほっとしました。
嗯，大家人都很好，鬆了口氣。

Track 0859

｜口語｜ 信念 しんねん ：信念 ｜ 同義字：**信(しん)じる**（相信）

A 彼女(かのじょ)は信念(しんねん)を放棄(ほうき)したんだ。 她放棄了信念。

B もう傷(きず)だらけだもん。 都已經滿身傷痕了嘛。

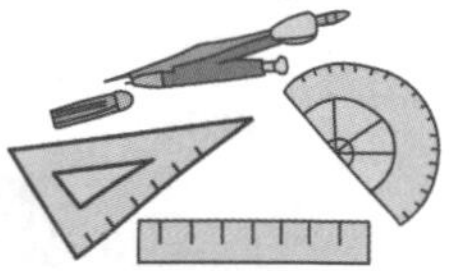

Track 0860

｜口語｜ 数学 すうがく ：數學

A おもちゃを利用(りよう)すると、子供(こども)に数学(すうがく)を教(おし)えやすくなりますよ。 利用玩具教導小孩子數學變簡單了。

B 知育(ちいく)おもちゃってやつ？ 所謂的智育玩具嗎？

Track 0861

|常體| 数式 すうしき ：算式

A 数式の意味を理解できたら、数学の本当のおもしろさが分かるよ。 理解算式的意思之後，就會懂數學真正的樂趣。

B それはあなた数学得意だから言えるのよ。
那是你很擅長數學才會這麼說。

Track 0862

|口語| スキル ：技能 | 同義字：技能（技能）

A 時間があれば、いろいろな講習会に参加するようにしてるんだ。 一有時間就去參加各種課程。

B スキルを持っていると就職に有利になるね。
有技能對就職比較有利呢。

Track 0863

|敬語| スタンプ ：印章

A 課長、この書類に許可のスタンプを押していただけますか？ 課長，這資料可以麻煩你蓋許可的章嗎？

B ああ、例の書類ですか。 啊，是那份資料嗎？

Track 0864

|敬語| 図表 ずひょう ：圖表 | 同義字：グラフ（圖表）

A 本文のところどころに説明用の図表を載せてみたんですが、いかがですか。 在本文的一些地方放了些說明用的圖表，可以嗎？

B よくできてるわね。 做得不錯。

Track 0865

|敬體| 性格 せいかく ：個性 | 同義字：人柄（人品）

A 後悔しても結果は変わらないから、あまり後悔しません。 就算後悔結果也不會改變，所以我不會後悔。

B 性格が明るいですね。 很開朗的性格呢。

Track 0866

|常體| 成語 せいご ：成語

A 成語(せいご)は大抵(たいてい)何(なに)がしかの出典(しゅってん)があって、結構面白(けっこうおもしろ)い。
成語大多都有個典故，還挺有趣的。

B あなたは成語(せいご)を使(つか)うのが好(す)きね。 你很喜歡用成語呢。

Track 0867

|常體| 成長 せいちょう ：成長

A 一年(いちねん)ぶりに会(あ)ったのだけど、もう別人(べつじん)みたいだったわ。
一年不見，就變了個人。

B 子供(こども)の成長(せいちょう)は本当(ほんとう)に早(はや)いね。 小孩子的成長真的很快。

Track 0868

|常體| 生物 せいぶつ ：生物

A 野生生物(やせいせいぶつ)の世界(せかい)にもルールがあるんだね。
野生生物的世界也有規則呢。

B そうよ。例(たと)えば、ルールに従(したが)えなかった猿(さる)は群(む)れから追(お)い出(だ)されるのよ。 對呀。例如不守規定的猴子就會被趕出族群。

Track 0869

|敬體| ゼミ ：研討會

A 当社(とうしゃ)は定期的(ていきてき)にゼミを行(おこな)っています。 我們公司定期的舉辦研討會。

B 全員強制的(ぜんいんきょうせいてき)に参加(さんか)させますか？ 是強制性的要全員參加嗎？

Track 0870

|口語| 先生 せんせい ：老師 ｜ 反義字：学生(がくせい)（學生）

A 森田先生(もりたせんせい)今年引退(ことしいんたい)するんだって。 聽說森田老師今年退休。

B じゃ、歓送会(かんそうかい)やろう。 那來辦歡送會吧。

Track 0871

｜敬體｜ 選択肢 せんたくし ：選項

A 選択肢(せんたくし)がいくつありますか。 有幾個選項？

B 五(いつ)つの選択肢(せんたくし)から選(えら)べます。 可以從五個選項中選擇。

Track 0872

｜常體｜ 想像 そうぞう ：想像

A 子供(こども)に絵(え)を描(か)かせて、想像力(そうぞうりょく)を育(そだ)てるんだ。
讓小孩子畫畫培養想像力。

B 絵(え)を描(か)けばいいの？ 畫畫就可以了嗎？

Track 0873

｜常體｜ 俗語 ぞくご ：俚語 ｜ 反義字：**雅語(がご)**（雅語）

A 彼(かれ)らの演説(えんぜつ)は俗語的表現(ぞくごてきひょうげん)がいっぱいだった。
他們的演講用了很多俚語。

B それはちょっとね。俗語(ぞくご)は使(つか)わないほうがいいのに。
這就糟了。不要用俚語比較好的。

Track 0874

｜常體｜ 卒業 そつぎょう ：畢業 ｜ 反義字：**入学(にゅうがく)**（入學）

A 卒業式(そつぎょうしき)は二(に)ヶ月先(げつさき)だね。 再兩個月就是畢業典禮了呢。

B 就職先(しゅうしょくさき)もう決(き)めたの？ 工作已經找好了嗎？

Track 0875

｜口語｜ 卒業証書 そつぎょうしょうしょ
：畢業證書 ｜ 同義字：**ディプロマ**（畢業證書）

A 学生(がくせい)が卒業証書(そつぎょうしょうしょ)を受(う)け取(と)ったのを見(み)るとうれしいよ。
很開心看到學生領取畢業證書。

B 毎年卒業式(まいとしそつぎょうしき)に出(で)るけど、毎回泣(まいかいな)けちゃうな。
每年都出席畢業典禮，每次都還是賺人熱淚呢。

Track 0876

|常體| **卒業生 そつぎょうせい** ：畢業生｜反義字：**新入生(しんにゅうせい)**（新生）

A 彼(かれ)らは誰(だれ)なんだ？ 他們是誰？

B この学校(がっこう)の卒業生(そつぎょうせい)よ。 這個學校的畢業生。

Track 0877

|口語| **体育 たいいく** ：體育

A きょう体育(たいいく)あったよね。 今天有體育課吧。

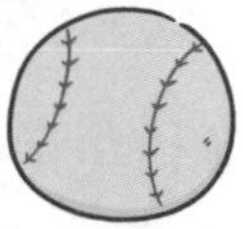

B うん、野球(やきゅう)やってたよ。 嗯，今天打棒球。

Track 0878

|常體| **大学 だいがく** ：大學｜同義字：**ユニバーシティー**（大學）

A 後悔(こうかい)しないように大学生活(だいがくせいかつ)を楽(たの)しもうよ。
好好的享受大學生活，別留下遺憾。

B 人生(じんせい)の中(なか)で、時間(じかん)を自由(じゆう)に利用(りよう)できるのはこの時期(じき)だけだね。 人生唯一可以自由的利用時間也只有這個時期了呢。

Track 0879

|敬體| **大学院 だいがくいん** ：研究所

A 大学(だいがく)を卒業(そつぎょう)してから、なにをするつもりですか。
大學畢業後，打算做什麼？

B 私(わたし)は大学院(だいがくいん)に進学(しんがく)するつもりです。 我打算繼續念研究所。

Track 0880

|口語| **対義語 たいぎご** ：反義字｜反義字：**同義語(どうぎご)**（同義詞）

A 対義語(たいぎご)ってどういう意味(いみ)ですか？ 反意字是什麼意思？

B 意味(いみ)が反対(はんたい)になっている言葉(ことば)です。 意思相反的言語。

Track 0881

|常體| **態度 たいど** ：態度｜同義字：**心構(こころがま)え**（態度）

A 彼(かれ)は人前(ひとまえ)だと態度(たいど)が変(か)わってしまう。 他在人前態度就變了。

B わ、最悪(さいあく)ね。 哇，真糟糕。

Track 0882

｜常體｜ **タイトル** ：標題 ｜ 同義字：**表題**(ひょうだい)（標題）

A **僕(ぼく)はその歌(うた)のタイトルをどうしても思(おも)い出(だ)せないんだ。**
我怎麼都想不起這首歌的歌名。

B **突然(とつぜん)思(おも)い出(だ)すこともよくあるよ。** 常常會突然想起來喔。

Track 0883

｜常體｜ **例え たとえ** ：例子 ｜ 同義字：**例(れ)い**（例子）

A **日(ひ)がくれてから彼女(かのじょ)が外出(がいしゅつ)することは例(たと)えあるにしても極(きわ)めてまれですよ。** 就算她有天黑後外出的例子那也很少。

B **なんでだろう。** 為什麼呢。

Track 0884

｜常體｜ **単語 たんご** ：單字 ｜ 同義字：**語彙**(ごい)（單字）

A **英語(えいご)の単語(たんご)を暗記(あんき)しないと。** 得背英文單字。

B **英語(えいご)か。私(わたし)苦手(にがて)だわ。頑張(がんば)ってね。**
英文啊。我很不擅長。你加油呢。

Track 0885

｜敬體｜ **知恵 ちえ** ：智慧 ｜ 同義字：**賢明**(けんめい)（聰敏）

A **君(きみ)の知恵(ちえ)をかしてほしいんです。** 我想借用你的智慧。

B **何(なに)を聞(き)きたいんですか？** 你想問什麼？

Track 0886

｜口語｜ **知識 ちしき** ：知識 ｜ 同義字：**ナレッジ**（知識）

A **あんた、役(やく)に立(た)たない知識(ちしき)ばかり持(も)ってるね。**
你的知識都派不上用場。

B **いいえ、そんなことありません。** 沒這回事。

Track 0887

|口語| 知能 ちのう 智力 | 同義字：知力（智力）

A 知能テストやったんですよね。結果はどうでしたか？
做了智力測驗吧。結果如何？

B この子の知能は平均以上だって結果が出ました。
這孩子的智商在平均以上。

Track 0888

|敬體| 注意 ちゅうい ：注意、警告

A 新しい注意事項が出ましたよ。見ましたか？
新的注意事項出來了。你看了嗎？

B 見ましたが、どこが違うのか全然分かりません。
我看過了，但完全不知道哪裡不一樣。

Track 0889

|常體| 中学 ちゅうがく ：中學

A なかなかサッカーがうまいね。 足球踢得不錯嘛。

B 中学のときはサッカー部員だったんです。
中學的時候是足球社的成員。

Track 0890

|口語| 中国語 ちゅうごくご ：中文

A 最近たくさんの人が中国語学んでるね。 最近很多人在學中文呢。

B あなたも学びたいの？ 你也想學嗎？

Track 0891

|敬體| 注釈 ちゅうしゃく ：注釋 | 同義字：説明（注釋説明）

A この文書に注釈を入れて。 這文件要加注釋。

B 末尾に入れていいですか？ 加在結尾處可以嗎？

Track 0892

｜敬體｜ **チョーク** ：粉筆 ｜ 同義字：**白墨**(はくぼく)（粉筆）

A **チョークを二本**(にほん)**持**(も)**ってきてください。** 拿兩支粉筆來。

B **白**(しろ)**いのがいいですか？** 白色的可以嗎？

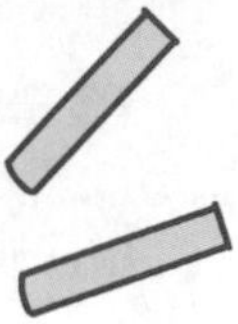

Track 0893

｜常體｜ **地理 ちり** ：地理

A **私**(わたし)**は地理**(ちり)**が弱**(よわ)**いんです。** 我地理很弱。

B **私**(わたし)**は結構**(けっこう)**好**(す)**きだけど。** 不過我還蠻喜歡的。

Track 0894

｜口語｜ **デザイン** ：設計

A **彼女**(かのじょ)**は様々**(さまざま)**な花束**(はなたば)**をデザインしてて、結構有名**(けっこうゆうめい)**なんです。** 她設計各式各樣的花束，挺有名的。

B **いいセンス持**(も)**ってると思**(おも)**います。** 我覺得她品味不錯。

Track 0895

｜常體｜ **伝記 でんき** ：傳記 ｜ 同義字：**バイオグラフィー**（傳記）

A **彼**(かれ)**は記者**(きしゃ)**をやめて、今伝記作者**(いまでんきさくしゃ)**しているんだ。**
他辭掉記者，現在是傳記作家。

B **全然**(ぜんぜん)**知**(し)**らなかった。** 我完全不知道。

Track 0896

｜口語｜ **天才 てんさい** ：天才 ｜ 反義字：**ばか**（笨蛋）

A **彼**(かれ)**はなんでもあっさりできちゃうんだ。** 無論什麼他都輕鬆完成。

B **彼**(かれ)**は天才**(てんさい)**かもしれないわね。** 他可能是天才。

Track 0897

｜敬體｜ **展示会 てんじかい** ：展覽 ｜ 同義字：**催**(もよお)**し物**(もの)（展覽）

A **展示会**(てんじかい)**を見**(み)**てきました。** 去看了展覽。

B **大変印象的**(たいへんいんしょうてき)**でしたね。** 印象很深刻呢。

Track 0898

| 敬體 | **伝説 でんせつ** ：傳說 | 同義字：**うわさ**（傳聞）

A その地名(ちめい)は伝説(でんせつ)に由来(ゆらい)しています。 這地名來自於傳說。

B そんなですか？どんな伝説(でんせつ)ですか？ 是喔？是什麼樣的傳說呢？

Track 0899

| 常體 | **読点 とうてん** ：逗號 | 同義字：**カンマ**（逗號）

A 文中(ぶんちゅう)で読(よ)みを区切(くぎ)ったほうがよいところに読点(とうてん)をうったほうがいいね。 在句子裡分隔的地方加上逗號比較好。

B うん、そのほうがわかりやすい文章(ぶんしょう)になるね。
這樣一來就會變成較容易閱讀的文章呢。

Track 0900

| 敬體 | **得点 とくてん** ：分數 | 反義字：**失点(しってん)**（失分）

A 彼(かれ)が得点(とくてん)を挙(あ)げると群集(ぐんしゅう)は大声(おおごえ)を上(あ)げました。
他一得分觀眾就大聲歡呼。

B すごい人気(にんき)ですね。 很受歡迎呢。

Track 0901

| 敬體 | **図書室 としょしつ** ：圖書館 | 同義字：**図書館(としょかん)**（圖書館）

A すみませんが、図書室(としょしつ)はどこにありますか。
不好意思，請問圖書館在哪裡？

B 四階(よんかい)にあります。 在四樓。

Track 0902

| 敬體 | **同義語 どうぎご** ：同義字 | 反義字：**反義字(はんぎじ)**（反義字）

A 同義語(どうぎご)でも多少(たしょう)のニュアンスが違(ちが)うこともあるんです。
即使是同義字，語感上也可能有些微的差別。

B どうやって判断(はんだん)するんですか？ 那要怎麼判斷呢？

Track 0903

| 敬體 | **動詞 どうし** ：動詞 | 反義字：**名詞**（名詞）

A **この動詞の変化を言えますか？** 說得出這個動詞的變化嗎？

B **もちろんです。** 當然。

Track 0904

| 常體 | **謎 なぞ** 謎題 | 同義字：**クイズ**（謎題）

A **なぜ彼が妻を殺したのかは謎だと思う。** 他為什麼殺了太太是個謎。

B **多分一生分からないと思う。** 或許一輩子都不會知道了。

Track 0905

| 常體 | **ノート** ：筆記、筆記本

A **講義のノートをとらないと、試験の準備できないよ。**
上課不抄筆記，就沒辦法準備考試喔。

B **え？ 教科書を読めばいいんじゃないの？**
耶？不是只要看課本就好喔？

Track 0906

| 敬體 | **能力 のうりょく** ：能力、才能 | 同義字：**才能**（才能）

A **能力不足で役に立たなくてすみません。**
能力不足沒幫上忙真是抱歉。

B **いいえ、そんなことありません。いろいろ助けてもらいましたよ。** 別這麼說，你已經幫了很大的忙了。

Track 0907

| 口語 | **馬鹿 ばか** ：笨、笨蛋

A **君、馬鹿か？** 你是笨蛋嗎？

B **馬鹿馬鹿言わないで。本当に馬鹿になっちゃったらどうしてくれるの？** 別一直說我是笨蛋。真的變成笨蛋的話，你要怎麼負責？

Track 0908

｜敬體｜ 博学 はくがく ：博學的 ｜ 同義字：物知り（博學的）

A 教授の博学ぶりは周知の事実です。 教授的博學是眾所皆知的。

B だから皆は教授の講義が好きなんですね。
所以大家都很喜歡教授的課。

Track 0909

｜敬語｜ 発音 はつおん ：發音 ｜ 同義字：アクセント（重音）

A 君の発音は非常にいいですね。 你的發音非常的好。

B 先生にほめていただいてうれしいです。 能被老師稱讚真是高興。

Track 0910

｜常體｜ 版 はん ：版本 ｜ 同義字：バージョン（版本）

A どんなに取締まりを強化していても、いまだに海賊版があふれている。 不管如何加強取締，盜版還是到處都是。

B 消費者の意識が変わらないと完全に撲滅するのは難しいわ。 消費者的觀念不改變，要完全消滅盜版是很困難的。

Track 0911

｜常體｜ 判断 はんだん ：判斷 ｜ 同義字：決め込む（判斷）

A この件、どうする？ 這件事要怎麼做？

B あなたの判断に任せます。 交給你判斷了。

Track 0912

｜常體｜ 悲観 ひかん ：悲觀 ｜ 反義字：楽観（樂觀）

A 僕の人生はもう終わりだ。 我的人生已經完了。

B そんなに悲観的にならないでよ。 別這麼悲觀。

Track 0913

｜口語｜ 秘密 ひみつ ：秘密

A 彼女と部長は恋人だって。 聽説她跟部長是情侶。

B それは公然の秘密よ。知らないのはあなたぐらいよ。
那是公開的秘密喔。不知道的大概就只有你了吧。

Track 0914

|敬體| **百科全書 ひゃっかぜんしょ**：百科全書

同義字：**エンサイクロペディア**（百科全書）

A **子供(こども)の頃(ころ)、百科全書(ひゃっかぜんしょ)を買(か)わされたことがあるんです。**
小時候，有被強迫買過百科全書。

B **私(わたし)も。一度(いちど)も読(よ)まなかったけど。** 我也有。雖然從來沒看過。

Track 0915

|敬體| **表 ひょう**：表格 | 同義字：**目録(もくろく)**（表格目錄）

A **予約(よやく)したいんですが。** 我想要預約。

B **はい。では、この予約表(よやくひょう)に記入(きにゅう)してください。**
好的。請填寫這張預約表。

Track 0916

|敬體| **表現 ひょうげん**：描述 | 同義字：**描(えが)く**（描述）

A **なんか曖昧(あいまい)な表現(ひょうげん)でよく分(わ)かりません。**
描述的很模棱兩可，不太懂。

B **それは日本語(にほんご)の特徴(とくちょう)です。** 那是日文的特徵。

Track 0917

|敬體| **平仮名 ひらがな**：平假名 | 反義字：**片仮名(かたかな)**（片假名）

A **日本語(にほんご)を学(まな)びたいんですけど、何(なに)かアドバイスしてくれませんか。** 我想學日文，可以給我一些建議嗎？

B **まずは平仮名(ひらがな)を覚(おぼ)えることです。** 首先先記住平假名。

Track 0918

|敬體| **ヒント** 提示

A **答(こた)えが分(わ)かりませんよ。ヒント出(だ)してください。**
我不知道答案。給我提示。

B **ヒントは電球(でんきゅう)です。** 提示是燈泡。

Track 0919

|敬體| フィクション：虛構

A この映画(えいが)はフィクションです。 這部電影是虛構的。

B 一部(いちぶ)は真実(しんじつ)だと聞(き)いていますが。 不過聽說一部分是真實事件。

Track 0920

|常體| 不合格 ふごうかく：不及格｜反義字：合格(ごうかく)（合格）

A 彼(かれ)が不合格(ふごうかく)だったのには驚(おどろ)いた。 很訝異他竟然不及格。

B 一生懸命勉強(いっしょけんめいべんきょう)したのに、残念(ざんねん)だったね。
那麼努力念書的說，真是可惜。

Track 0921

|敬體| 副詞 ふくし：副詞

A 日本人(にほんじん)はかなりたくさんの副詞(ふくし)を使(つか)っていますね。
日本人使用很多副詞呢。

B 副詞(ふくし)を使(つか)うことによって、感情(かんじょう)や程度(ていど)などが分(わ)かりやすくなるのよ。 藉由使用副詞，可以更容易理解感情、程度等等。

Track 0922

|常體| 不正直 ふしょうじき：不誠實｜反義字：正直(しょうじき)（誠實）

A 彼女(かのじょ)は彼(かれ)が不正直(ふしょうじき)だと断言(だんげん)したよ。 她斷言說他不誠實。

B なんで？私(わたし)の知(し)らないことでも知(し)っているのかしら？
為什麼？她知道些我不知道的事嗎？

Track 0923

|敬體| 物理 ぶつり：物理

A 羅針盤(らしんばん)の発明(はつめい)は物理学応用(ぶつりがくおうよう)のひとつなんですよ。
指南針的發明是物理學應用的其一。

B 物理(ぶつり)は退屈(たいくつ)だと思(おも)ったんですけど、そういう話(はなし)聞(き)くとなんか面白(おもしろ)そうですね。
本來覺得物理很無聊，不過聽到這種故事，就覺得好像挺有趣的。

Track 0924

｜常體｜ 部分 ぶぶん ：部分

A 皆（みんな）それぞれの部分（ぶぶん）を描（か）いている。 大家各自畫著部分的畫。

B できるのが楽（たの）しみだね。 很期待完成呢。

Track 0925

｜敬體｜ プリント ：講義

A 中居（なかい）くんは欠席（けっせき）だが、誰（だれ）かプリントを彼（かれ）に届（とど）けに行（い）ってあげて？ 中居今天缺席，有誰要送講義去給他？

B 私（わたし）！隣（となり）に住（す）んでるので、私（わたし）が届（とど）けに行（い）きます。
我！就住隔壁，我送過去。

Track 0926

｜敬體｜ 文 ぶん ：句子 ｜ 同義字：**センテンス**（句子）

A いろいろな例文（れいぶん）の情報（じょうほう）のサイトがあって、便利（べんり）ですね。
有很多例句資料的網站，很便利呢。

B ビジネス文書（ぶんしょ）とかの書（か）き方（かた）もあって、本当（ほんとう）に仕事（しごと）に役立（やくだ）つんです。 也有商業書信等等的寫作方法，真的對工作很有幫助。

Track 0927

｜敬體｜ 文章 ぶんしょう ：文章 ｜ 同義字：**テキスト**（文章）

A この文章（ぶんしょう）はどういう意味（いみ）ですか。 這文章是什麼意思？

B 自分（じぶん）で辞書（じしょ）で調（しら）べなさい。 自己查字典。

Track 0928

｜常體｜ 文法 ぶんぽう ：文法 ｜ 同義字：**グラマー**（文法）

A 日本語（にほんご）と英語（えいご）、どっちが学（まな）びやすいの？
日文跟英文，哪個比較容易學？

B 私的（わたしてき）には、日本語（にほんご）。英語（えいご）の文法（ぶんぽう）がややこしい。
對我而言是日文。英文的文法很麻煩。

Track 0929

|常體| 文化 ぶんか ：文化

A 文化祭(ぶんかさい)、何(なに)やるの？ 文化祭，要表演什麼？

B ハワイダンス踊(おど)るの。 要跳夏威夷舞。

Track 0930

|口語| 文学 ぶんがく ：文學

A 彼(かれ)は文學界新人賞(ぶんがくかいしんじんしょう)を受賞(じゅしょう)したんだよ。 他得了文學界新人獎喔。

B すごい！この日(ひ)が来(く)るって分(わ)かってたわよ。
厲害！我早知道這天會來。

Track 0931

|敬體| 文書 ぶんしょ ：文件

A 文書(ぶんしょ)は人数分(にんずうぶん)を用意(ようい)して。 準備人數份的文件。

B 分(わ)かりました。ダブルクリップで留(と)めればいいですね。
知道了。用長尾夾裝訂就可以吧。

Track 0932

|敬體| 文房具 ぶんぼうぐ ：文具

A いつもどこで文房具(ぶんぼうぐ)を買(か)いますか？ 都是在哪買文具的？

B 近所(きんじょ)の文房具店(ぶんぼうぐてん)です。 附近的文具店喔。

Track 0933

|口語| ペン ：筆

A ペンをいっぱい持(も)ってるね。収集(しゅうしゅう)でもしてるの？
你有很多筆呢。有在收集嗎？

B うん、ついつい買(か)っちゃうの。 嗯，不自覺的買了很多。

Track 0934

|敬體| 弁論 べんろん ：辯論 | 同義字：ディベート（辯論）

A 私(わたし)はこの英語弁論大会(えいごべんろんたいかい)に参加(さんか)することを決(き)めました。
我決定參加這個英文辯論大會。

B 優勝(ゆうしょう)する自信(じしん)ありますか？ 有自信會贏嗎？

Track 0935

|敬體| 保育園 ほいくえん ：托兒所

A しげみちゃんを保育園に迎えに行ってもらえます？
可以幫我去托兒所接繁美嗎？

B いいよ。今ですか？ 好啊。現在嗎？

Track 0936

|常體| 方程式 ほうていしき ：方程式

A この方程式が解けないんだ。 解不開這個方程式。

B 兄さんに教えてもらって。 叫你哥哥教你。

Track 0937

|常體| 方法 ほうほう ：方法 | 同義字：手段（手段）

A もうほかの方法がないんだ。 已經沒有的別的方法了。

B 早まらないで！皆で一緒に考えよう。
別操之過急。大家一起想辦法吧。

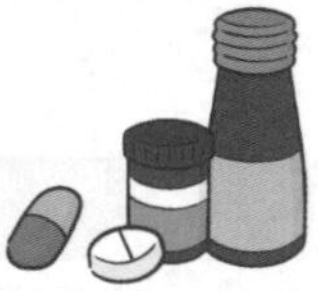

Track 0938

|口語| 保健 ほけん ：保健

A いろいろな保健用品ありますね。 有很多保健用品呢。

B そりゃ、ここは保健室ですよ。 這裡可是保健室耶。

Track 0939

|常體| 保守 ほしゅ ：保守 | 反義字：革新（革新）

A 日本人は保守的だとよく耳にするなぁ。
常常聽到人家說日本人很保守。

B 本当のことだし。 是真的啊。

Track 0940

|口語| 本 ほん ：書

A 本を大量 に買っちゃって、読みきれないよ。
買了大量的書，根本看不完。

B しばらく買わないようにしないとね。 你暫時不要再買了。

Track 0941

｜敬體｜ **翻訳 ほんやく** ：翻譯 ｜ 同義字：**訳す(やく)**（翻譯）

A 会議(かいぎ)の即席翻訳(そくせきほんやく)を頼(たの)みたいんですけど。
想要拜託你會議的即時翻譯。

B いいですよ。資料(しりょう)とかありますか？ 好啊。有資料嗎？

Track 0942

｜敬體｜ **マーク** ：標記

A 重要(じゅうよう)なところ、マークしてあります。 標記了重要的地方。

B 確認(かくにん)させてもらいますね。 我來確認。

Track 0943

｜常體｜ **真面目 まじめ** ：認真的

A 真面目(まじめ)に絵本(えほん)を読(よ)んでいるね。 很認真的在讀繪本。

B すごい集中力(しゅうちゅうりょく)だね。 集中力很強呢。

Track 0944

｜敬體｜ **間違い まちがい** ：錯誤

A 間違(まちが)いがありましたよ。 有錯喔。

B 間違(まちが)いなんかありませんよ。 才沒有錯。

Track 0945

｜敬語｜ **ミス** ：錯誤、過失 ｜ 反義字：**正確(せいかく)**（正確）

A 私(わたし)のミスです。申(もう)し訳(わけ)ありませんでした。 是我的過失。對不起。

B これで何回目(なんかいめ)だと思(おも)っているんですか。 這已經是第幾次了。

Track 0946

｜口語｜ **見出し みだし** ：標題 ｜ 同義字：**タイトル**（標題）

A 彼(かれ)、今朝(けさ)の見出(みだ)しを苦(にが)い顔(かお)で見(み)つめてたよ。
他苦著一張臉看今天早上的標題。

B 何(なに)が起(お)こったの？ 發生什麼事了？

Track 0947

｜常體｜ **見事 みごと** ：出色的

A 東大に合格した。自分でも信じられないわ。
東京大學合格了。自己都無法置信。

B お見事！よくやったな！ 太出色了！做得好！

Track 0948

｜常體｜ **無知 むち** ：無知 ｜ 反義字：**知恵**（聰惠）

A 君の無知には感心するよ。 真是欽佩你的無知。

B 自分でも恥ずかしいと思う。 自己也覺得很丟臉。

Track 0949

｜敬體｜ **名詞 めいし** ：名詞

A フランス語の名詞は、全て男性、女性どちらかの性を持っています。 法文的名詞全部都有性別之分。

B 区別をするのは難しそうですね。 好像很難區別呢。

Track 0950

｜常體｜ **目標 もくひょう** ：目標

A 一緒に走ろう。 一起跑吧。

B お！目標に向かって走ろうぜ。 喔！朝著目標跑吧。

Track 0951

｜口語｜ **物語 ものがたり** ：故事

A どこに行ってたの？じっとしていられないね。
跑去哪了？就是待不住呢。

B 堤防でお兄ちゃんがね、物語を話してくれたよ。
大哥哥在堤防講故事給我們聽。

Track 0952

|常體| 文字 もじ ：字

A 彼女(かのじょ)は寒(さむ)さのため文字(もじ)どおり顔面蒼白(がんめんそうはく)だったよ。
因為寒冷，她如同字面上意思的臉色蒼白。

B 風邪(かぜ)引(ひ)かなければ、いいですけど。 希望她沒感冒。

Track 0953

|敬體| 問題 もんだい ：問題

A 問題(もんだい)でもありますか。 有什麼問題嗎？

B いいえ、大丈夫(だいじょうぶ)です。 不，沒問題。

Track 0954

|敬體| 幼稚園 ようちえん ：幼稚園

A 毎日幼稚園(まいにちようちえん)へ連(つ)れて行(い)くと泣(な)き出(だ)すんですよ。
每天帶去幼稚園就開始大哭。

B 困(こま)るなぁ。 真是傷腦筋呢。

Track 0955

|口語| 要約 ようやく ：摘要 | 同義字：あらすじ（摘要）

A 彼(かれ)の演説(えんぜつ)の要約(ようやく)が新聞(しんぶん)に載(の)せられてたよ。
新聞登出了他的演講摘要。

B すばらしい演説(えんぜつ)だった。 很棒的演講。

Track 0956

|敬體| 楽観 らっかん ：樂觀 | 反義字：悲観(ひかん)（悲觀）

A 私(わたし)は心配性(しんぱいしょう)ですが楽観的(らっかんてき)です。 我雖然愛操心，但很樂觀。

B あれ？矛盾(むじゅん)しません？ 耶？沒有矛盾嗎？

Track 0957

|敬體| 理解 りかい ：理解 | 同義字：分(わ)かる（理解）

A あなたの言(い)いたいことはまったく理解(りかい)できません。
完全無法理解你想說的事情。

B あなたちゃんと聞(き)いていますか？ 你有仔細在聽嗎？

Track 0958

| 常體 | **領域 りょういき** ：領域 ｜ 同義字：**範囲**(はんい)（範圍）

A **勝手(かって)に人(ひと)の領域(りょういき)に踏(ふ)み込(こ)むな。** 不要隨便侵犯別人的領域。

B **傷(きず)ついたらごめんなさい。** 若是傷害到你，對不起。

Track 0959

| 常體 | **理論 りろん** ：理論 ｜ 反義字：**実践**(じっせん)（實踐）

A **私(わたし)は君(きみ)の理論(りろん)についていけない。** 我跟不上你的理論。

B **事実(じじつ)に基(もと)づいた理論(りろん)だけど。** 這理論可是根據事實來的。

Track 0960

| 常體 | **倫理 りんり** ：倫理

A **これは倫理的(りんりてき)に容認(ようにん)できないな。** 這違背倫理無法接受。

B **どうして？他人(たにん)には関係(かんけい)ないでしょう。** 為什麼？跟別人又沒關係。

Track 0961

| 敬體 | **礼儀 れいぎ** ：禮儀

A **名刺(めいし)をだす時(とき)は、礼儀(れいぎ)に注意(ちゅうい)するように。** 遞名片時要注意禮貌。

B **はい、ちゃんと注意(ちゅうい)します。** 好，會注意。

Track 0962

| 敬體 | **歴史 れきし** ：歷史

A **このノートはわざと歴史的(れきしてき)な感(かん)じで設計(せっけい)しました。**
這筆記本是故意設計成有歷史感。

B **おもしろいですね。使(つか)いたいです。** 真有趣。好想用喔。

Track 0963

| 敬體 | **レポート** ：報告 ｜ 同義字：**報告**(ほうこく)（報告）

A **レポートもう提出(ていしゅつ)しましたか？** 交報告了嗎？

B **まだですが、提出(ていしゅつ)の期限(きげん)はいつですか？**
還沒，繳交的期限是什麼時候？

Track 0964

| 敬體 | **レベル**：水準、程度 | 同義字：**水準**（すいじゅん）（水準）

A **今年**（ことし）**のレベルは低**（ひく）**いですね。** 今年的水準很低呢。

B **ここまで落**（お）**ちているとはね。** 竟然落到這種程度。

Track 0965

| 敬體 | **ロジカル**：邏輯 | 同義字：**論理**（ろんり）（理論）

A **ロジカルな理論**（りろん）**ですが、間違**（まちが）**っていますよ。**
很有邏輯的理論，但是是錯的。

B **どこが間違**（まちが）**っていますか？** 哪裡錯了呢？

Track 0966

| 口語 | **論文 ろんぶん**：論文 | 同義字：**エッセー**（論文）

A **論文提出**（ろんぶんていしゅつ）**しないと卒業**（そつぎょう）**できないよ。** 不交出論文畢不了業喔。

B **分**（わ）**かってるって。** 我知道。

Track 0967

| 常體 | **話題 わだい**：話題

A **彼女**（かのじょ）**の妊娠**（にんしん）**は結構話題**（けっこうわだい）**になっているね。** 她的懷孕成為了話題。

B **結婚**（けっこん）**して５年目**（ねんめ）**、やっと妊娠**（にんしん）**したからね。**
因為結婚第五年好不容易懷孕了嘛。

動詞

Track 0968

｜口語｜ 集める あつめる ：收集、使聚集

A 結構集めてるね。何枚あるの？ 收集蠻多的呢。有幾張？

B 約11000枚集めた。 大概收集了11000張。

Track 0969

｜口語｜ 甘やかす あまやかす ：寵壞

A あんたが甘やかすから、そんな我侭いう子になっちゃったのよ。 都是你寵壞才會變成這麼任性的孩子。

B よくいうよ。君もかなりの過保護だよ。 真敢說。你才過度保護吧。

Track 0970

｜口語｜ 暗記 あんき ：默背 ｜ 同義字：**そら覚え**（死背）

A この内容暗記しとけ。 把這些內容背起來。

B わ！長いよ。 哇！好長喔。

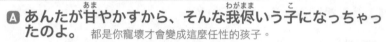

Track 0971

｜敬體｜ 引用 いんよう ：引用

A 意味よく分からないなら、引用しないほうがいいよ。
如果意思不是很懂，最好不用引用喔。

B すみません。これから気をつけます。 對不起。以後會注意。

Track 0972

｜常體｜ 選ぶ えらぶ ：選擇

A 私 にも選ぶ権利があると思う。 我也有選擇的權利。

B いちいちうるさいぞ。 你很囉嗦喔。

Track 0973

｜常體｜ **得る える** ：得到 ｜ 同義字：**入手**（得到）

A そんなことして、何を得るの？ 做這種事可以得到什麼？

B そういう問題ではない。 不是這個問題。

Track 0974

｜常體｜ **教え導く おしえみちびく** ：啟發 ｜ 同義字：**啓蒙**（啟發）

A 教師になって、はじめて生徒を教え導く難しさ分かるよ。 當了老師才知道要啟發學生有多難。

B 何もできないけど、愚痴ぐらい聞いてあげるよ。
雖然什麼忙都幫不上，至少可以聽你抱怨喔。

Track 0975

｜敬體｜ **教える おしえる** ：教導

A 教えるのに慣れましたか。 已經習慣教學了嗎？

B いいえ、大いに忍耐力が要ると痛感します。
沒有，深感需要很大的忍耐力。

Track 0976

｜口語｜ **覚える おぼえる** ：記得 ｜ 反義字：**忘れる**（忘記）

A 偶然だね。私のこと覚えてる？ 真巧。還記得我嗎？

B あ！近所のチビッ子だろ。大きくなったね。
啊！鄰居的小矮子。你長大了呢。

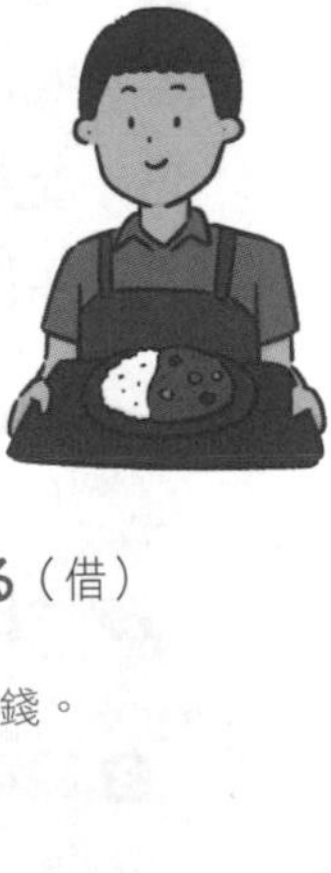

Track 0977

｜敬語｜ **思う おもう** ：想 ｜ 反義字：**行う**（行動）

A 思う存分食べて。 想吃多少儘量吃。

B では、遠慮なくいただきます。 那麼就不客氣了。

Track 0978

｜常體｜ **返す かえす** ：歸還、送回 ｜ 反義字：**借りる**（借）

A ありがとう。お金あした返すから。 謝謝。明天就還你錢。

B いいわよ。困った時はお互いさま。
沒關係。困難的時候就是要互相幫助。

Track 0979

|口語| 書く かく ：書寫

A 何(なに)書(か)いているの？ 在寫什麼？

B 母(かあ)さんへのお手紙(てがみ)。母(かあ)さん、ありがとうって。
給媽媽的信。跟媽媽說謝謝。

Track 0980

|常體| 掛ける かける ：乘 ｜ 反義字：割(わ)る（除）

A 算数(さんすう)はどこまで学(まな)んだ？ 算數學到哪裡了？

B 乗法(じょうほう)。2位数(いすう)に2位数(いすう)をかける。 乘法。2位數乘2位數。

Track 0981

|口語| 語る かたる ：講述

A 課長(かちょう)はまた新米(しんまい)に昔話(むかしばなし)を語(かた)ってる。
課長又在跟新人講述過去的事蹟。

B かわいそうに。 真可憐。

Track 0982

|常體| 借りる かりる ：借來 ｜ 反義字：貸(か)す（借出）

A 家(いえ)買(か)わないの？ 不買房子嗎？

B いいえ、借(か)りるほうが安(やす)いですから。 不了，租房子比較便宜。

Track 0983

|口語| 考える かんがえる ：考慮、思考

A なんか難(むずか)しい顔(かお)してますね。 一臉嚴肅的樣子呢。

B 仕事(しごと)とか考(かんが)えてるみたいですね。 好像是在思考工作的事吧。

Track 0984

|敬體| 観察 かんさつ ：觀察

A 今日(きょう)は植物(しょくぶつ)の組織(そしき)を顕微鏡(けんびきょう)で観察(かんさつ)してみました。
今天用顯微鏡觀察植物的組織。

B 観察(かんさつ)は成功(せいこう)しましたか？ 觀察成功了嗎？

Track 0985

|常體| **関連 かんれん** ：關聯 | 同義字：**関係**（かんけい）（關聯）

Ⓐ **彼（かれ）とはどんな関係（かんけい）？** 跟他是什麼關係？

Ⓑ **母方（ははかた）に関連（かんれん）した親戚（しんせき）なんです。** 母親這邊有點關連。

Track 0986

|常體| **決まる きまる** ：決定 | 同義字：**決定**（けってい）（決定）

Ⓐ **旅行（りょこう）の日程（にってい）が決（き）まったよ。** 旅行的日期決定了。

Ⓑ **で、いつ行（い）くの？** 什麼時候去？

Track 0987

|敬體| **配る くばる** ：分配 | 同義字：**分（わ）ける**（分配）

Ⓐ **アンケート用紙（ようし）を配（くば）ってください。** 請發問券調查表。

Ⓑ **全員（ぜんいん）ですか。** 所有人嗎？

Track 0988

|常體| **消す けす** ：消去

Ⓐ **蝋燭（ろうそく）吹（ふ）き消（け）して。** 吹蠟燭。

Ⓑ **あれ？消（き）えない！なんで？** 咦？吹不熄！為什麼？

Track 0989

|敬語| **行動 こうどう** ：行動、舉止 | 同義字：**行為**（こうい）（行動）

Ⓐ **よく考（かんが）えてから行動（こうどう）するように。** 請仔細想過再行動。

Ⓑ **はい、ご指摘（してき）いただいてありがとうございました。**
是的，謝謝指教。

Track 0990

|口語| **答え こたえ** ：答案 | 反義字：**問（と）い**（問）

Ⓐ **君（きみ）の答（こた）えは間違（まちが）っているよ。** 你的答案錯了。

Ⓑ **うそ！間違（まちが）ってるの？自信（じしん）あったのに。**
騙人！錯了嗎？我很有自信的說。

Track 0991

|口語| 答える こたえる ：回答

A 彼女(かのじょ)はあっさりと答(こた)えちゃた。 她輕輕鬆鬆就回答出來了。

B この問題(もんだい)は彼女(かのじょ)には簡単(かんたん)すぎるわね。 這種問題對她而言太簡單了。

Track 0992

|常體| サボる ：偷懶 | 同義字：怠(なま)ける（偷懶）

A 掃除(そうじ)をサボるな！ 掃除別偷懶！

B 部活(ぶかつ)に間(ま)に合(あ)わないよ。頼(たの)む、ランチ奢(おご)るから。
社團活動要來不及了啦。拜託，我請你吃午餐。

Track 0993

|口語| 探す さがす ：搜尋 | 同義字：見(み)つける（找尋）

A 何(なに)を探(さが)してるの？ 在找什麼？

B 携帯(けいたい)。どこに忘(わす)れちゃったんだろう。 手機。不知道忘在哪了。

Track 0994

|常體| 避ける さける ：避開、避免

A パンチを避(さ)けろ。 避開拳頭。

B いちいち口出(くちだ)さないで。黙(だま)って見(み)てて。 別插嘴。安靜點看。

Track 0995

|常體| 失敗 しっぱい ：失敗 | 反義字：成功(せいこう)（成功）

A 完全(かんぜん)に失敗(しっぱい)した。 完全地失敗了。

B もう一回(いっかい)やり直(なお)そう！ 再重來一次。

Track 0996

|常體| 主張 しゅちょう ：主張 | 同義字：断言(だんげん)（主張）

A 私(わたし)は彼(かれ)に主張(しゅちょう)したんだ。 我向他提出主張。

B それで、彼(かれ)の返事(へんじ)は？ 然後他的回應呢？

Track 0997

|口語| 出席 しゅっせき ：出席 | 反義字：欠席(けっせき)（缺席）

A 彼(かれ)がパーティーに出席(しゅっせき)するって。 聽說他要出席宴會。

B あら、珍(めずら)しいわね。 真是難得。

Track 0998

|口語| 趣味 しゅみ ：興趣、嗜好

A コンピューターゲームが趣味(しゅみ)だって。
她們說電腦遊戲是興趣。

B 女(おんな)の子(こ)でゲーム好(す)きな子(こ)ってあまりいないのにね。
喜歡遊戲的女孩子不多見呢。

Track 0999

|常體| 主要 しゅよう ：主要的 | 同義字：メイン（主要的）

A あの子(こ)お金(かね)がなくて、パンを盗(ぬす)んだんだよ。
那孩子因為沒有錢偷了麵包。

B 貧困(ひんこん)は依然(いぜん)として犯罪(はんざい)の主要原因(しゅようげんいん)なんですね。
貧窮依然是犯罪的主要原因。

Track 1000

|常體| 省略 しょうりゃく ：省略

A 君(きみ)、話長(はなしなが)すぎ。 你話太長。

B じゃ、ちょっと省略(しょうりゃく)して重点(じゅうてん)だけ言(い)うね。 那我省略一些講重點。

Track 1001

|敬體| 知る しる ：知道、認識

A あなたが知(し)らなくて、私(わたし)が知(し)っているはずないでしょう！
你不知道，我怎麼可能會知道！

B そうですか。ごめんなさい。悪(わる)いこと言(い)ってしまいました。 也是。對不起。說了不該說的話。

Track 1002

｜口語｜ 信じる しんじる ：相信 ｜ 反義字：疑う（懷疑）

A 君、本当にやってないよね。 你真的沒做吧。

B 私を信じなくてどうするのよ。 你怎麼能不相信我。

Track 1003

｜口語｜ 推測 すいそく ：推測 ｜ 同義字：予想（推測）

A 部長が不倫てるって。 聽説部長有婚外情。

B それは推測にすぎないでしょう。 那只是推測吧。

Track 1004

｜敬體｜ 推理 すいり ：推理

A 彼は何で怒っているんでしょうか？ 他為什麼生氣呢？

B ちょっと推理してみませんか？ 要不要來推理看看？

Track 1005

｜敬體｜ 勧める すすめる ：推薦

A 彼女は勧めるのが上手ですね。 她很會推薦。

B 本当、いつも思わず買ってしまいますわ。
真的，每次都不自覺的買下去。

Track 1006

｜敬語｜ 節録 せつろく ：摘錄

A その資料から要点を節録させていただきました。
從這份資料摘錄了重點。

B それで、会議の書類もう全部準備できたの？
那會議的文件全部準備好了嗎？

Track 1007

|敬體| 説明 せつめい ：説明、解釋 ｜ 同義字：解説（解釋）

A 一体どういうことなんだ？ちゃんと説明しなさい。
到底是怎麼回事？好好給我説明清楚。

B 主任、すみません。実は私たちもよく分かりません。今調べていますが。 主任，對不起。其實我們也不清楚。現在正在調查中。

Track 1008

|常體| 足す たす ：加 ｜ 反義字：引く（減）

A 味つけはどうする？ 怎麼調味？

B みりんを足して。 加味醂。

Track 1009

|常體| 騙す だます ：欺騙 ｜ 同義字：詐欺（詐欺）

A 彼女は抜け目のない人だから、騙すことはできなかったんだ。 她是個很精明的人，騙不了她。

B 騙すつもりだったの？ 你原本打算騙她嗎？

Track 1010

|敬體| 違い ちがい ：差異

A この二人の違いが分かりますか？ 知道這兩個人哪裡不一樣嗎？

B えーと、あ、ハートが違います。 嗯～啊，愛心不一樣。

Track 1011

|敬體| 作り出す つくりだす ：創造

A 何を作り出すのか楽しみですね。 很期待會做出什麼呢。

B 子供はよく予想外なものを作りますからね。
小孩子常常會做出預料外的東西。

Track 1012

|敬語| **伝える つたえる** ：傳達

A **木村(きむら)さんがいらっしゃいますか？** 木村先生在嗎？

B **木村(きむら)は席(せき)を離(はず)しておりますが、メッセージをお伝(つた)えましょうか？** 木村現在不在位子上，幫您傳達留言吧？

Track 1013

|敬體| **定義 ていぎ** ：定義 | 同義字：**デフィニション**（定義）

A **彼女(かのじょ)は彼(かれ)の仕事(しごと)を再定義(さいていぎ)しました。** 她再次定義了他的工作。

B **え？なんで？何(なに)かあったのですか？** 咦？為什麼？發生什麼事了嗎？

Track 1014

|敬體| **適する てきする** ：適任 | 反義字：**不適任(ふてきにん)**（不適任）

A **これは子供(こども)に適(てき)した映画(えいが)です。** 這是很適合小孩的電影。

B **面白(おもしろ)そうですね。** 好像很有趣。

Track 1015

|常體| **討論 とうろん** ：討論

A **皆(みんな)でどうすればいいか討論(とうろん)しよう。**
大家一起討論該怎麼做吧。

B **結論(けつろん)が出(で)たらいいね。**
如果能討論出結論就好了。

Track 1016

|敬體| **努力 どりょく** ：努力

A **この企画(きかく)は君(きみ)に任(まか)せる。できるか。** 這企劃就交給你了。辦得到吧？

B **はい、精一杯努力(せいいっぱいどりょく)します。** 我會盡全力努力。

Track 1017

|常體| **述べる のべる** ：表達、敘述 | 同義字：**話(はな)す**（敘述）

A **彼女(かのじょ)は意見(いけん)をはっきり述(の)べているよ。** 她明確的在表達她的意見。

B **私(わたし)には出来(でき)ないわ。** 我做不到。

Track 1018

｜常體｜ 発見 はっけん ：發現

A パパ、昆虫(こんちゅう)を発見(はっけん)！ 爸爸，發現昆蟲。

B 早(はや)く捕(と)ろう。 快點捕捉。

Track 1019

｜常體｜ 引く ひく ：減、拉 ｜ 反義字：**足(た)す**（加）

A 無理(むり)な条件(じょうけん)ばかりで、受(う)けられるわけがないだろう。
盡是一些不合理的條件，怎麼可能會接受呢。

B 決(き)めた！契約(けいやく)から手(て)を引(ひ)くわよ。 決定了。我們從這份契約裡抽手。

Track 1020

｜口語｜ 非難 ひなん ：批評

A 被災者(ひさいしゃ)たちは政府(せいふ)を厳(きび)しく非難(ひなん)しているんだ。
災民強烈的批判政府。

B だって今回政府(こんかいせいふ)の対応(たいおう)は本当(ほんとう)に遅(おそ)かったもの。
因為政府這次的處置真的太慢了。

Track 1021

｜敬體｜ 復習 ふくしゅう ：複習

A 会議(かいぎ)のテーマが決(き)まりました。 會議的主題決定了。

B では、会議(かいぎ)の前(まえ)に復習(ふくしゅう)しておきます。 那麼，我在會議前先複習好。

Track 1022

｜常體｜ 含くむ ふくむ ：包含 ｜ 同義字：**帯(お)びる**（附）

A ココアがカフェインを含(ふく)んでいるなんてちょっと意外(いがい)だな。 有點意外可可竟然也含咖啡因。

B 実(じつ)はコーヒーよりも多(おお)く含(ふく)まれているのよ。 其實比咖啡含更多。

Track 1023

| 常體 | **勉強 べんきょう** ：學習 | 同義字：**学習**（學習）

A **勉強しなさい。** 去唸書。

B **なんでよ。勉強ばかりでつまらないよ。**
為什麼啦。老是唸書很無聊耶。

Track 1024

| 敬體 | **褒める ほめる** ：讚賞

A **うちの会社の方針は部下や同僚をよく褒めることなんです。** 我們公司的方針是要多讚賞部下、同事。

B **それでも、これほど褒めるのは異常だと思いますけど。**
但是我覺得讚賞到這種程度已經是異常了。

Track 1025

| 口語 | **学ぶ まなぶ** ：學習 | 同義字：**勉強**（學習）

A **また失敗しちゃった。** 又失敗了。

B **気にしないで。失敗から学ぶことができるのよ。**
別在意。可以從失敗中學習。

Track 1026

| 常體 | **見付ける みつける** ：找到 | 反義字：**落とす**（弄丟）

A **見付けたの？** 找到了嗎？

B **まだ。時間かかりそう。** 還沒。似乎還要花很多時間。

Track 1027

| 口語 | **認める みとめる** ：認同 | 同義字：**認可**（認可）

A **絶対あなたたちの結婚認めないわ！** 絕對不認同你們結婚！

B **認めるまで待ってるよ。** 會等到你認同的。

Track 1028

| 口語 | **見る みる** ：看

A **あそこ見て。** 看那邊。

B **何もないじゃん。** 什麼都沒有呀。

🎧 Track 1029

| 口語 | **求める もとめる** ：要求 | 同義字：**要求**（ようきゅう）（要求）

A **誰（だれ）もが幸福（こうふく）を求（もと）めてるんだよ。** 每個人都在尋求幸福。

B **幸福（こうふく）ってどんなものだろう。** 幸福到底是什麼呢。

🎧 Track 1030

| 敬體 | **役立つ やくだつ** ：有用的 | 反義字：**不用**（ふよう）（沒用的）

A **これはあなたに役立（やくだ）つでしょう。** 這對你有用吧。

B **ありがとう。本当（ほんとう）に助（たす）かります。** 謝謝。真的是幫了大忙。

🎧 Track 1031

| 常體 | **雄弁 ゆうべん** ：雄辯、口才 | 反義字：**訥弁**（とつべん）（結巴）

A **その小（ちい）さな男（おとこ）の子（こ）の雄弁（ゆうべん）さには驚（おどろ）いたよ。**
這個小男孩的口才真是令人驚訝。

B **今（いま）の子供（こども）は馬鹿（ばか）に出来（でき）ないわね。** 不能小看現在的小孩子。

🎧 Track 1032

| 敬體 | **予習 よしゅう** ：預習 | 反義字：**復習**（ふくしゅう）（複習）

A **毎日次（まいにちつぎ）の授業（じゅぎょう）を予習（よしゅう）しています。** 每天都會預習下次的上課內容。

B **真面目（まじめ）ですね。** 真認真呢。

🎧 Track 1033

| 口語 | **読む よむ** ：讀、看

A **何（なに）してるの？** 在做什麼？

B **雑誌読（ざっしよ）んでる。** 看雜誌。

🎧 Track 1034

| 口語 | **練習 れんしゅう** ：練習

A **彼女（かのじょ）たちがたて笛（ぶえ）を練習（れんしゅう）してるね。** 她們在練習直笛。

B **もうすぐテストだもん。** 就快考試了嘛。

Track 1035

|敬體| **論じる ろんじる** ：爭論 | 同義字：**弁じる**（爭論）

A **彼たち、何を論じているんですか？** 他們在爭論什麼？

B **馬鹿なことです。** 愚蠢的事。

Track 1036

|敬體| **分かる わかる** ：瞭解

A **分からない人は手をあげて。** 不明白的人舉手。

B **先生、私、よく分からないんですが。** 老師，我不太明白。

Track 1037

|口語| **割る わる** ：除、打破 | 反義字：**掛ける**（乘）

A **ガラスを割っちゃった。** 打破玻璃了。

B **危ないから気をつけて。** 很危險，小心點。

形容詞

Track 1038

｜口語｜ 愚か おろか ：愚笨的、愚蠢的 ｜ 反義字：賢(かしこ)い（聰明的）

A どうしよう？僕(ぼく)も彼(かれ)にお金(かね)を貸(か)しちゃったよ。
怎麼辦？我也把錢借給他了。

B なんて愚(おろ)かなことを。 怎麼這麼愚蠢。

Track 1039

｜常體｜ 賢い かしこい ：聰明的

A イルカは教(おし)えることすぐ覚(おぼ)えた。 海豚馬上就會記住人家教他的事。

B 本当(ほんとう)に賢(かしこ)いわね。 真的很聰明。

Track 1040

｜常體｜ 簡単 かんたん ：簡單的

A 妹(いもうと)に簡単(かんたん)な算数(さんすう)を教(おし)えました。 教妹妹簡單的算術。

B えらいね。 了不起呢。

Track 1041

｜敬體｜ 下品 げひん ：下流

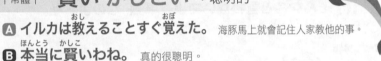

A 下品(げひん)な冗談(じょうだん)を言(い)わないでよ。不愉快(ふゆかい)よ。
不要說下流的玩笑話。不舒服。

B ごめんごめん、そんなつもりはありませんでした。
抱歉抱歉，我沒有這個意思。

Track 1042

｜口語｜ 巧妙 こうみょう ：巧妙的

A 結構(けっこう)レゴを巧妙(こうみょう)に組(く)み合(あ)わせてるね。 組合樂高還挺巧妙的。

B 毎日(まいにち)お父(とお)さんと一緒(いっしょ)に遊(あそ)んでるの。 每天都跟爸爸一起玩。

Track 1043

| 敬體 | **正しい ただしい** ：正確的

A 誰が正しいと思いますか。 你覺得誰才是正確的？

B 彼女の意見が正しいと思います。 我認為她的意見是正確的。

Track 1044

| 常體 | **単純 たんじゅん** ：單純的 | 同義字：純粋（單純的）

A 君は単純なんじゃなくて、ただの馬鹿だよ。
你不是單純，只是個笨蛋。

B そんなこと言わないでよ。単純なのよ、私。
別這麼説。我是單純啦。

Track 1045

| 敬體 | **特別 とくべつ** ：特別

A 何か特別なことやっていますか？ 在做什麼特別的事嗎？

B いや、別に。 沒什麼特別的。

Track 1046

| 常體 | **恥ずかしい はずかしい** ：羞恥的

A 臉隠さないで。おばちゃんに顔見せて。
別把臉遮住。給阿姨看看你的臉。

B この子は恥ずかしがっているんだよ。 這孩子在害羞。

Track 1047

| 敬體 | **有能 ゆうのう** ：有能力的

A 彼女は有能な秘書ですね。 她是個有能力的秘書。

B よくやってくれますよ。 做得很好喔。

パート6

輕鬆玩

パート6 輕鬆玩

輕鬆和日本人對話從最生活化的單字開始，搭配稀鬆平常的生活對話，馬上就知道日本人怎麼說！

【文體】敬體、常體、敬語、口語：注意場合選出最適合的用字！

名詞

Track 1048

｜口語｜ **アイドル** ：偶像 ｜ 同義字：**偶像（ぐうぞう）**（偶像）

A **すげえ集（あつ）まってるなぁ。** 聚集了好多人呢。

B **さすが人気（にんき）アイドルだね。** 真不愧是受歡迎的偶像。

Track 1049

｜口語｜ **アニメ ：卡通** ｜ 同義字：**動画（どうが）**（動畫）

A **いい大人（おとな）がアニメ見（み）るなんて恥（は）ずかしくないの？**
都是個大人了竟然還看卡通，不丟臉嗎？

B **別（べつ）にいいじゃん。現代（げんだい）のアニメは結構質（けっこうしつ）が高（たか）いのよ。**
有什麼關係。現代的卡通品質都很好呢。
註：じゃん＝じゃない

Track 1050

｜敬體｜ **アルバム** ：相簿、專輯 ｜ 同義字：**写真帖（しゃしんちょう）**（相簿）

A **ね、子供時代（こどもじだい）の写真（しゃしん）とかありますか？** 有小時候的照片嗎？

B **ありますよ。アルバム見（み）ますか？** 有啊，要不要看相簿。

Track 1051

｜口語｜ **囲碁 いご** ：圍棋

A **二人（ふたり）は囲碁（いご）に熱心（ねっしん）ですね。** 兩人很熱心的下圍棋呢。

B **ゲームな感（かん）じで遊（あそ）んでるだけですよ。** 只是玩玩而已。

Track 1052

｜敬體｜ **イメージ** ：影像、形象 ｜ 同義字：**印象（いんしょう）**（印象）

A **彼女（かのじょ）はイメージと違（ちが）いますね。** 她跟形象不一樣呢。

B **どんなイメージを想像（そうぞう）したんですか。**
你是想像了什麼樣子的形象啊？

Track 1053

|敬體| **イヤホン** ：耳機

A 電車(でんしゃ)の中(なか)ではイヤホンを付(つけ)て音楽(おんがく)聞(き)くのが礼儀(れいぎ)です。
在電車裡戴耳機聽音樂是種禮貌。

B でもイヤホンつけて周(まわ)りの音(おと)が聞(き)こえない状態(じょうたい)では危(あぶ)ないですよ。 但是戴耳機聽不到周圍的聲音是很危險的。

Track 1054

|口語| **印象 いんしょう** ：印象 | 同義字：**イメージ**（印象）

A さっきも会(あ)っただろう。二回(にかい)も挨拶(あいさつ)するな！僕(ぼく)ってそんなに印象(いんしょう)薄(うす)いの？
剛剛也碰過面了吧。別打兩次招呼。我的印象有那麼薄弱嗎？

B いやいや、ごめん。ちょっとぼんやりしてて。
沒有沒有，對不起。我有點恍神。

Track 1055

|敬體| **インタネット** ：網路

A インタネットでいろいろな情報(じょうほう)が検索(けんさく)できて便利(べんり)ですね。 網路可以查到很多資訊，很方便呢。

B サービスは日々進化(ひびしんか)していて、ついていけない時(とき)もありますけど。 各種服務一直進化，有時會跟不上。

Track 1056

|口語| **歌 うた** ：歌曲 | 同義字：**曲(きょく)**（曲子）

A この歌(うた)が大好(だいす)きなんです。 好喜歡這首歌。

B タイトルはなんだっけ？ 歌名是什麼？

Track 1057

|敬體| **噂 うわさ** ：謠言

A 噂好(うわさず)きな人(ひと)ばかりの職場(しょくば)で最悪(さいあく)ですわ。
職場都是喜歡謠言的人，糟糕透頂。

B 特(とく)に彼女(かのじょ)がね、口(くち)が軽(かる)いんです。 她特別大嘴巴。

Track 1058

|口語| **運動場 うんどうじょう** ：操場

A 運動場で何してたの？ 在操場做些什麼？

B 同級生と踊りの練習してたの。 跟同學練習跳舞。

Track 1059

|常體| **映画 えいが** ：電影 | 同義字：**ムービー**（電影）

A あの映画、最低！ 那部電影很難看。

B 本当！結構期待したのに、がっかりした。
真的！我原本很期待的，真是失望。

Track 1060

|常體| **映画館 えいがかん** ：電影院 | 同義字：**シネマ**（劇院）

A 駅の前に、新しい映画館できたよ。 車站前開了間新的電影院。

B 今度行ってみようか。 下次去看看吧。

Track 1061

|常體| **映像 えいぞう** ：影像 | 同義字：**ビデオ**（影像）

A なかなかいい映像できたね。 完成了很不錯的影像呢。

B ほんの数分間の映像だったけど、心に焼ついた。
雖然是只有幾分鐘的短片，但令人著迷。

Track 1062

|口語| **演歌 えんか** ：演歌

A 君、若いくせに演歌好きなんだね。 你那麼年輕卻喜歡演歌。

B 演歌って深いのよ。 演歌很深奧的。

註：「のに」和「くせに」都是「明明」的意思，但是「くせに」比較常使用在偏負面的情況。

Track 1063

|敬體| **演劇 えんげき** ：舞台劇 | 同義字：**舞台劇**（舞台劇）

A この演劇についての劇評はかなりひどいですね。
這齣舞台的劇戲評很糟呢。

B 私結構好きですけど。 但我挺喜歡的。

Track 1064

|常體| 演出 えんしゅつ：演出 | 同義字：上演（じょうえん）（上演）

A 素晴（すば）らしい演出（えんしゅつ）だったね。 太棒的演出了。

B ありがとう。また見（み）に来（き）てね。 謝謝。請再來觀賞。

Track 1065

|敬體| 遠足 えんそく：遠足

A 私（わたし）たちはあした遠足（えんそく）に行（い）きます。 我們明天要去遠足。

B 晴（はれ）たらいいですね。 天氣放晴就好了。

Track 1066

|常體| オーケストラ：管弦樂團

A 結局（けっきょく）音楽（おんがく）を諦（あきら）めるの？ 結果要放棄音樂嗎？

B いいえ、とりあえず学校（がっこう）のオーケストラに入（はい）って音楽（おんがく）を続（つづ）けるつもりです。 不，總之先加入學校的管弦樂團繼續學習音樂。

Track 1067

|常體| お喋り おしゃべり：聊天

A 私（わたし）たちはお喋（しゃべ）りをいつまでも続（つづ）けた。 我們一直聊天。

B 結構暇（けっこうひま）つぶしできたね。 打發了很多時間呢。

Track 1068

|敬體| 音 おと：聲響 | 同義字：サウンド（聲音）

A このバイオリン、いい音（おと）していますね。 這小提琴的音色很棒呢。

B うん、安（やす）い割（わり）に質（しつ）がいいですね。 嗯，很便宜但品質很好。

Track 1069

|常體| 思い出 おもいで：回憶

A 子供（こども）の時期（じき）はいい思（おも）い出（で）がたくさんあるなぁ。
有孩童時期的美好回憶呢。

B あのころが懐（なつ）かしいな。 真懷念那個時候。

Track 1070

｜敬體｜ 玩具 おもちゃ ：玩具

A 娘は本を読むのが好きなんです。 我女兒喜歡讀書。

B あら、玩具で遊んだりしないのですか？ 都不玩玩具的嗎？

Track 1071

｜口語｜ お笑い おわらい ：搞笑

A お笑い番組多いですね。 很多搞笑節目呢。

B お笑いブームだって。 因為現在的潮流是搞笑。

Track 1072

｜敬體｜ 音楽 おんがく ：音樂

A 音楽の道に進むのはすごく大変だそうです。
在音樂的道路上前進是很辛苦的。

B 才能があるだけでは、だめらしいですよ。
只有才能是成不了事的。

Track 1073

｜敬體｜ オンラインゲーム ：線上遊戲

A うちの子はオンラインゲームやりすぎなんです。どうしたらいいでしょうか？ 我家的小孩線上遊戲玩得太過火了，該怎麼辦好？

B 強引にやめさせたらまずいですし、困りますね。
又不能強迫禁止，真是傷腦筋。

Track 1074

｜敬體｜ ガーデニング ：園藝

A 綺麗な庭ですね。 真漂亮的庭院呢。

B ガーデニングは私たち夫婦の共同の趣味なんです。
園藝是我們夫婦共同的興趣。

Track 1075

｜敬體｜ 会員 かいいん ：會員 ｜ 同義字：メンバー（成員）

A 会員（かいいん）になれば、いろいろな特典（とくてん）があって、お得（とく）ですよ。
如果成為會員，有很多的優惠，很划算喔。

B 申（もう）し込（こ）みを書（か）いたら、すぐ会員（かいいん）になれますか？
寫了申請表就能立刻成為會員嗎？

Track 1076

｜敬體｜ 隠れん坊 かくれんぼう ：捉迷藏 ｜ 同義字：かくれご（捉迷藏）

A 健（けん）ちゃんは隠（かく）れん坊（ぼう）して遊（あそ）ぶのが大好（だいす）きですね。
健很喜歡玩捉迷藏呢。

B 困（こま）るのは、隠（かく）れるのがうますぎで全然見（ぜんぜんみ）つからないんですよ。 但躲得太好，常常找不到，很傷腦筋呢。

Track 1077

｜常體｜ 歌詞 かし ：歌詞

A 僕（ぼく）はこの歌（うた）を歌詞（かし）無（な）しで歌（うた）えるよ。 這首歌我可以不看歌詞就會唱。

B すごいね。私（わたし）はあまり思（おも）い出（だ）せないよ。
很厲害呢。我想不太起來歌詞呢。

Track 1078

｜敬體｜ 歌手 かしゅ ：歌手

A 彼（かれ）の夢（ゆめ）は歌手（かしゅ）になることなんです。 當歌手是他的夢想。

B いや、それは無理（むり）だと断言（だんげん）できます。
我可以斷言絕對不可能。

Track 1079

｜常體｜ 画像 がぞう ：圖片 ｜ 同義字：絵姿（えすがた）（畫像）

A 画像（がぞう）の解像度（かいぞうど）が低（ひく）いなぁ。 這圖片的解析度很低。

B 解像度（かいぞうど）をあげることが出来（でき）ないの？ 解析度不能調高嗎？

Track 1080

|敬體| 楽器 がっき ：樂器

A 楽器(がっき)できますか。 會樂器嗎？

B はい、タンバリンをやっています。 會，有在打鈴鼓。

Track 1081

|敬體| 喝采 かっさい ：喝采

A 僕(ぼく)が会社(かいしゃ)に戻(もど)ったとき、彼女(かのじょ)たちは拍手喝采(はくしゅかっさい)をしてくれました。 我回到公司時，她們替我拍手喝采。

B モテモテですね。 真是受歡迎呢。

Track 1082

|敬體| 華道 かどう ：插花 | 同義字：生花(いけばな)（插花）

A ご実家(じっか)は代々(だいだい)華道関係(かどうかんけい)の仕事(しごと)をしているそうですね。
聽說你家世世代代都是做插花相關的工作。

B はい、私(わたし)もいつかは家業(かぎょう)を継(つ)がないといけません。
是的，我也是總有一天要繼承家業。

Track 1083

|常體| 鐘 かね ：鐘

A 鐘(かね)の音(おと)を聞(き)くと新年(しんねん)だって気(き)がするんだ。 聽鐘聲會有過新年的感覺。

B テレビ見(み)ながら家(いえ)に居(い)るとよりそう感(かん)じるよね。 比在家裡看電視更有感覺呢。

Track 1084

|敬體| カメラ ：相機、攝影機

A WEB(ウェブ)カメラを使(つか)って、ビデオチャットで相手(あいて)の顔(かお)を見(み)ながら、話(はなし)ができますよ。 使用網路相機，可以視訊通話。

B 私(わたし)はあまりビデオチャットが好(す)きではありません。
我不是很喜歡視訊。

Track 1085

｜敬體｜ カラオケ ：卡拉OK

A うちはよく家族(かぞく)でカラオケ行(い)くんです。
我們家常常大家一起去卡拉ＯＫ。

B 定番曲(ていばんきょく)とかありますか？ 有什麼必唱的歌嗎？

Track 1086

｜口語｜ 空手 からて ：空手道

A 部活何(ぶかつなに)やってますか。 有參加什麼社團活動嗎？

B 僕(ぼく)は空手部(からてぶ)です。 我有參加空手道社。

Track 1087

｜口語｜ 観光 かんこう ：觀光 ｜ 同義字：見物(けんぶつ)（參觀）

A ゴルフばかりしないで、観光(かんこう)でもしようよ。
別光是打高爾夫，也去觀光啦。

B そうだね。せっかく日本(にほん)に来(き)てるんだし。 說的也是。都特地來日本了。

Track 1088

｜口語｜ 観光客 かんこうきゃく ：觀光客

A うわぁ、観光客(かんこうきゃく)だらけ。 哇，都是觀光客。

B ここは著名(ちょめい)な観光地(かんこうち)だもん。 因為這裡是著名的觀光景點。

Track 1089

｜常體｜ 喜劇 きげき ：喜劇 ｜ 反義字：悲劇(ひげき)（悲劇）

A あの人(ひと)、誰(だれ)？どこかで会(あ)ったような気(き)がするなぁ。
那個人是誰？好像在哪見過。

B 彼(かれ)は有名(ゆうめい)な喜劇俳優(きげきはいゆう)よ。 他是很有名的喜劇演員喔。

Track 1090

｜敬體｜ ギター ：吉他

A 彼(かれ)は僕(ぼく)にギターの弾(ひ)き方(かた)を説明(せつめい)してくれたんです。
他向我說明了吉他的演奏方法。

B 彼(かれ)はギターが大変上手(たいへんじょうず)ですね。 他吉他彈得超好。

Track 1091

| 常體 | **記念品 きねんひん** ：紀念品 | 同義字：**お土産**（土產）

A これらの古い記念品を捨ててください！ 把這些舊的紀念品丟了吧。

B いやよ。大切な記念品よ。 不要。都是很重要的紀念品。

Track 1092

| 常體 | **気晴らし きばらし** ：散心 | 同義字：**気散じ**（散心）

A あなたは少し気晴らしが必要ね。 你需要去散散心。

B いや、僕は大丈夫です。 不，我沒問題。

Track 1093

| 常體 | **ギャラリー** ：畫廊 | 同義字：**画廊**（畫廊）

A 彼女のギャラリーに２点出展することになったんだよ。
我即將在她的畫廊展出兩幅作品。

B おめでとう。見に行くからね。 恭喜。我會去看。

Track 1094

| 敬體 | **ギャンブル** ：賭博

A あの人さいころを振るのが上手ですね。 那個人骰骰子好厲害呢。

B あの人のギャンブルの技術は有名ですよ。 他的賭技很出名喔。

Track 1095

| 敬體 | **休日 きゅうじつ** ：假日 | 同義字：**休み**（休假）

A 今度の休日、どこかへ行きませんか？ 下個假日要不要去哪？

B そうですね。じゃ、映画をみて、買物でもしましょうか。
是呢。那麼看個電影，買買東西吧。

Track 1096

| 口語 | **弓道 きゅうどう** ：弓道

A すごい集中してるね。 你精神很集中呢。

B うん、弓道やってて、結構集中力が高められるようになったの。 嗯，學弓道提高了集中力。

Track 1097

| 常體 | **クラシック** ：古典樂

A へぇ、家でいつもクラシック聞いているのか？
咦，在家都是聽古典樂嗎？

B クラシックだけではなくジャズも聞いているよ。
不只是古典樂，也會聽爵士樂。

Track 1098

| 敬體 | **クラブ** ：社團 ｜ 同義字：**同好会**（同好會）

A クラブに入りませんか。 要不要參加社團？

B いや、あまり興味がありません。 不，我沒興趣。

Track 1099

| 敬體 | **グループ** ：團體

A 彼らはダンスグループを組んでいるそうです。
聽說他們組了一個舞蹈團體。

B 活動してますか。 有在活動嗎？

Track 1100

| 常體 | **稽古 けいこ** ：排練 ｜ 同義字：**リハーサル**（彩排）

A 彼女は風邪で稽古を休んだんだ。 她因為感冒所以排練請假。

B 彼女最近ずっと調子がよくないね。 她最近身體不是很好呢。

Track 1101

| 口語 | **芸術 げいじゅつ** ：藝術

A この絵は何の意味を表しているんだろう。 這幅畫有什麼涵義呢？

B 芸術ってよく分からない。 我不太懂藝術。

Track 1102

| 口語 | **携帯 けいたい** ：手機

A しまった！ウッカリして、携帯をお店に忘すれてきちゃった。 糟了，我把手機忘在店裡了。

B 早くお店に取りに戻って。 快回店裡去拿。

Track 1103

|敬體| 競馬 けいば ：賽馬

A 競馬(けいば)に賭(か)けたことがありますか？ 有賭過賽馬嗎？

B いいえ、ルールとかよくわかりませんので、一回(いっかい)もかけたことはありません。 不，不太了解規則，所以一次都沒賭過。

Track 1104

|常體| ゲーム ：遊戲

A 皆(みんな)でゲームしよう。 大家一起玩遊戲。

B いいね！何(なに)する？ 好！玩什麼？

Track 1105

|口語| 劇場 げきじょう ：劇場 | 同義字：シアター（電影院）

A 国立劇場(こくりつげきじょう)に出演(しゅつえん)することに決定(けってい)だって。おめでとう。
聽說決定了在國立劇場的演出呢。恭喜你。

B ありがとう。やっと夢(ゆめ)が叶(かな)った。 謝謝。終於實現夢想了。

Track 1106

|常體| 景色 けしき ：景色

A なんてすばらしい景色(けしき)なんだろう。 真是漂亮的景色啊。

B ここに来(き)てよかった。 有來這裡真是太好了。

Track 1107

|常體| 幻想 げんそう ：幻想 | 反義字：現実(げんじつ)（現實）

A お前(まえ)、幻想(げんそう)抱(い)だきすぎ。 你幻想過度了。

B どうして？結構(けっこう)可能性(かのうせい)があると思(おも)うけど。
為什麼？我覺得很有可能性啊。

Track 1108

|常體| 剣道 けんどう ：劍道

A ついに剣道(けんどう)の呼吸(こきゅう)をつかんだよ。 終於掌握了劍道的節奏。

B 練習(れんしゅう)した甲斐(かい)があったね。 練習得到了回報呢。

Track 1109

|敬體| 交響曲 こうきょうきょく ：交響曲

A この交響曲は真の傑作でした。 這交響曲真是傑作。

B ものすごくこころを打たれましたね。 超感動人心的。

Track 1110

|敬體| 声 こえ ：聲音 | 同義字：ボイス（聲音）

A すごく綺麗な声をしていますね。 很美的聲音呢。

B うっとりと聞き入っていますわ。 都聽得入迷了。

Track 1111

|常體| 骨董 こっとう ：古董

A これ、なかなかいいものだ。よく見つかったね。
這東西不錯呢。竟然能被你找到。

B 骨董品を見る目には自信があるの。 我對看古董品的能力很有自信喔。

Track 1112

|口語| ごっこ遊び ごっこあそび ：扮家家 | 同義字：ままごと遊び（扮家家）

A うちの子はいっぱいごっこ遊びのおもちゃを持っているんだ。 我家的小孩有很多扮家家的玩具。

B 子供はごっこ遊びが大好きだね。 小孩子很喜歡玩扮家家呢。

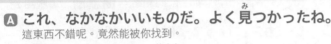

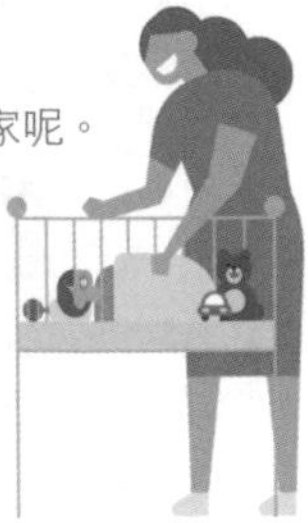

Track 1113

|口語| 子守歌 こもりうた ：搖籃曲

A 熟睡してるなぁ。 睡得很熟呢。

B この私が子守歌を歌ってあげたのよ。 是我唱搖籃曲給他聽的嘛。

Track 1114

|敬體| 娯楽 ごらく ：娛樂 | 同義字：バラエティ（綜藝）

A あなたのお好きな娯楽は何ですか？ 你喜歡的娛樂是什麼？

B 碁を打つのが私の唯一の娯楽です。 圍棋是我唯一的娛樂。

Track 1115

|敬體| **ゴルフ**：高爾夫球

A **彼（かれ）はゴルフに夢中（むちゅう）なんです。** 他很沉迷高爾夫球。

B **へたくそですけどね。** 不過打得很爛。

Track 1116

|口語| **コンサート**：音樂會 | 同義字：**演奏会（えんそうかい）**（演奏會）

A **コンサートのチケット、なかなか手（て）に入（はい）らないなぁ。**
演唱會的票很難買呢。

B **すごく人気（にんき）あるだもん。** 因為非常受歡迎呢。

Track 1117

|口語| **サーカス**：馬戲團 | 同義字：**曲馬団（きょくばだん）**（馬戲團）

A **きのう、サーカスに行（い）って子供（こども）たちが喜（よろこ）んでた。**
昨天去看馬戲團，孩子們很開心。

B **私（わたし）一度（いちど）も見（み）たことないのよ。** 我一次都沒看過呢。

Track 1118

|常體| **サイクリング**：自行車健行

A **ママと一緒（いっしょ）にサイクリング行（い）かない？** 要不要跟媽媽去自行車健行？

B **行（い）く！** 我要去！

Track 1119

|口語| **サイト**：網站

A **あのサイトはもう閉鎖（へいさ）したって。** 那個網站已經關了。

B **なんで？残念（ざんねん）だね。** 為什麼？真是可惜。

Track 1120

|敬體| **サッカー**：足球

A **あなたはサッカーをしますか。** 你踢足球嗎？

B **ええ、毎日（まいにち）しますよ。** 每天踢喔。

Track 1121

｜常體｜ 雑誌 ざっし ：雑誌 ｜ 同義字：マガジン（雑誌）

A どんな雑誌(ざっし)でもいいから、貸(か)して。 什麼雜誌都好，借我。

B 女性雑誌(じょせいざっし)でもいいの？ 女性雜誌也可以嗎？

Track 1122

｜常體｜ 茶道 さどう ：茶道

A 茶道(さどう)の道具一式(どうぐいっしき)買(か)ったの？ 買了一整套的茶道工具？

B 退職(たいしょく)を契機(けいき)に茶道(さどう)を始(はじ)めたんだ。 以退休為契機，開始學茶道。

Track 1123

｜常體｜ シーソー ：翹翹板

A シーソーに乗(の)りたい！ 我想玩翹翹板。

B でも僕(ぼく)と乗(の)ると、君(きみ)はずっと下(した)だよ。
不過跟我玩，你會一直都在下面喔。

Track 1124

｜口語｜ ＣＤ シーディー ：ＣＤ

A 俺(おれ)のＣＤ(シーディー)じゃねえか。 這不是我的ＣＤ嗎？

B へへ、勝手(かって)に借(か)りた。 嘿嘿，我擅自借了。

註：俺(おれ)：男性用語

Track 1125

｜口語｜ シーン ：戲劇的一幕 ｜ 同義字：場面(ばめん)（場面）

A 学園(がくえん)の廊下(ろうか)で、濃厚(のうこう)なキスシーン……聞(き)いたぞ聞(き)いたぞ。 聽說你在學校走廊上演了熱吻秀。

B 濃厚(のうこう)じゃなーい！話(はなし)に尾(お)ひれついてるって。 才不濃烈呢！被誇大了。

Track 1126

｜常體｜ 視聴者 しちょうしゃ ：電視觀眾

A 視聴者(しちょうしゃ)の反応(はんのう)はどうだった？ 觀眾的反應如何？

B 結構(けっこう)いい感(かん)じ。 感覺還不錯。

Track 1127

|敬體|　写真 しゃしん：照片｜同義字：**フォト**（相片）

A すみません。写真とってもらえますか。
不好意思，可以幫我們拍照嗎？

B あ、はい、大丈夫ですよ。 啊，好，沒問題。

Track 1128

|常體|　ジャズ：爵士樂

A 彼はジャズに夢中で、最近サクソフォーンの練習を始めたんだ。 他很熱衷爵士樂，最近開始練行薩克斯風。

B だから、音楽教室に通っているのね。 所以在上音樂教室啊。

Track 1129

|口語|　冗談 じょうだん：笑話、玩笑｜同義字：**ジョーク**（笑話）

A 結婚するなんて冗談じゃないわよ。 說什麼結婚，別開玩笑了。

B もう成年なんだから、結婚だって出来るよ！
已經成年，可以結婚了！

Track 1130

|口語|　柔道 じゅうどう：柔道

A 体格がいいですね。何かやってますか？
體格不錯喔。有在練什麼嗎？

B 柔道をやっているんです。 有在練柔道。

Track 1131

|常體|　将棋 しょうぎ：將棋｜同義字：**本将棋**（將棋）

A 暇つぶしに将棋でもやるか。 要不要玩將棋打發時間？

B いや、私できないよ。 不了，我不會玩。

Track 1132

|敬體|　肖像 しょうぞう：肖像｜同義字：**似顔絵**（畫像）

A これはどなたの肖像画ですか。 這是誰的肖像畫？

B これは亡くなった父の肖像画です。 這是已經過世的父親的肖像畫。

Track 1133

|常體| 招待状 しょうたいじょう ：請帖

A 今日、結婚式の招待状をもらったんだ。 今天收到結婚請帖。

B 今年結婚する友達が多くない？ 今年結婚的朋友蠻多的喔？

Track 1134

|常體| ショッピング ：購物

A わたしはよくオンラインショッピングをします。
我常常網路購物。

B 家で買い物できるなんて便利だね。
在家裡就可以買東西很便利呢。

Track 1135

|敬體| 書道 しょどう ：書法

A 君の字はきれいですね。 你的字很漂亮呢。

B 子供時代、書道を学ばされたんです。 小時候有讓我去學書法。

Track 1136

|常體| シングル ：單曲 │ 反義字：アルバム（專輯）

A 来月コンサート行うから、今度はシングルじゃなく、アルバム発売するよ。
因為下個月要辦演唱會，所以這次不是發單曲，而是發專輯。

B コンサートか。私も行きたいなぁ。 演唱會啊。我也想去。

Track 1137

|敬體| 新聞 しんぶん ：報紙

A 毎朝、新聞を必ず読みますね。 每天早上一定會看報紙呢。

B はい、仕事柄。 嗯，因為工作需要的關係。

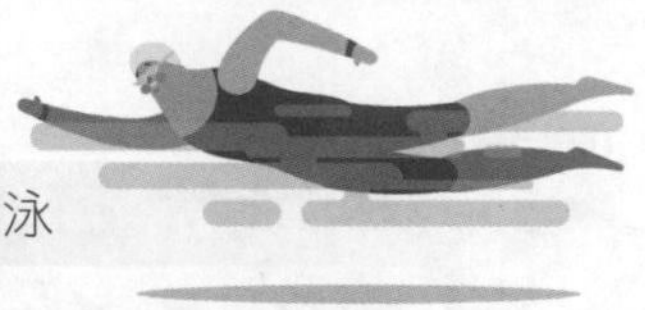

Track 1138

|敬體| **水泳 すいえい** ：游泳

A 姉(ねえ)さんは水泳(すいえい)が得意(とくい)なんです。 姐姐游泳很厲害。

B でも、あなたは水泳(すいえい)できないんですよね。お姉(ねえ)さんに教(おし)えてもらったら？ 不過你不會游泳呢。叫姐姐教你如何呢？

Track 1139

|敬體| **スキー** ：滑雪

A 彼(かれ)はスキーで足(あし)を折(お)ったそうですよ。 聽說他滑雪摔斷腿。

B わ、かわいそうですね。早(はや)く治(なお)るといいですね。
哇，真是可憐。希望他可以早日康復。

Track 1140

|敬體| **スケート** ：溜冰

A この間(あいだ)、初(はじ)めて 湖(みずうみ) の上(うえ)でスケートをしました。
前陣子，第一次在湖上溜冰。

B すごい！どんな感(かん)じですか？ 好厲害！那是什麼感覺？

Track 1141

|敬體| **ステレオ** ：立體音響

A ステレオの音(おと)が大(おお)きすぎますよ。 音響的聲音太大了。

B すみません。すぐ小(ちい)さくします。 不好意思，我馬上轉小聲。

Track 1142

|口語| **砂浜 すなはま** ：海灘

A 子供(こども)たちは砂浜(すなはま)で遊(あそ)んでいるよ。 小朋友們在海灘玩耍。

B 貝(かい)を拾(ひろ)ってて楽(たの)しそう。 撿貝殼好像很好玩。

Track 1143

|常體| **スピーカー** ：喇叭

A スピーカーから何(なに)も聞(き)こえてこないね。 喇叭沒有聲音喔。

B あら、故障(こしょう)したのかしら。 是故障了嗎？

Track 1144

|常體| 滑り台 すべりだい ：溜滑梯

A 昔(むかし)は、よく公園(こうえん)の滑(すべ)り台(だい)で遊(あそ)んでいたよ。
以前常常在公園玩溜滑梯。

B 私(わたし)はシーソーが好(す)きだった。 我喜歡翹翹板。

Track 1145

|常體| セリフ ：台詞

A 一晩(ひとばん)でセリフを全部(ぜんぶ)暗記(あんき)できたの？
一個晚上就把台詞全部記住了嗎？

B うん、すべて覚(おぼ)えているよ。 嗯，全部記得喔。

Track 1146

|常體| 騒音 そうおん ：噪音

A 彼(かれ)は騒音(そうおん)でイライラしている。 他因為噪音而感到焦躁。

B 今声(いまこえ)をかけないほうがよさそうね。 現在還是不要跟他講話比較好呢。

Track 1147

|敬體| 壮観 そうかん ：壯觀 | 同義字：大観(たいかん)（壯觀）

A わ！すごく壮観(そうかん)ですね。 哇！真是壯觀。

B 流石(さすが)世界一(せかいいち)の景色(けしき)ですね。 不愧是世界第一的風景呢。

Track 1148

|敬體| 台本 だいほん ：劇本 | 同義字：シナリオ（劇本）

A あしたリハーサルありますよね。 明天有彩排吧。

B はい、だから台本(だいほん)に目(め)を通(とお)しておいてください。
是的，所以請先看過劇本。

Track 1149

|敬體| **ダウンロード**：下載　反義字：アップロード（上傳）

A **今ネットで音楽とかダウンロードできて便利ですね。**
現在可以從網路下載音樂，真是方便呢。

B **音楽だけではなく、映画も楽しめますよ。**
不只是音樂，也可以欣賞電影。

Track 1150

|口語| **ダンス**：舞蹈　同義字：踊り（舞蹈）

A **ダンスがうまいって。披露して。** 聽說你很會跳舞。表演一下。

B **ここで？いやよ。** 在這裡？才不要呢。

Track 1151

|口語| **チェス**：西洋棋

A **また負けちゃった。チェスがうまくなりたいなぁ。**
又輸了。西洋棋想下得更厲害呢。

B **私が教えてあげようか。** 我教你吧。

Track 1152

|敬體| **チェロ**：大提琴

A **彼はチェロを弾くのがかなり上手ですね。** 他大提琴演奏得真好。

B **ピアノもすごく上手ですよ。** 鋼琴也很厲害喔。

Track 1153

|口語| **彫刻 ちょうこく**：雕刻

A **この竜の彫刻って有名な作品ですよね。**
這個龍的雕刻，是很有名的作品呢。

B **はい、手に入れるのに結構苦労しました。**
嗯，下了很多工夫才弄到手。

Track 1154

｜常體｜ 月見 つきみ ：賞月

A 昨夜、月見の会があったよね。 昨晚有賞月大會吧。

B でも、空が曇っていて月見ができなかったの。
不過陰天沒辦法賞月。

Track 1155

｜敬體｜ ＤＶＤ ディーブイディー ：ＤＶＤ

A 資料はもうＤＶＤに保存しました。 我把資料存到ＤＶＤ裡了。

B ありがとう。家に戻って資料を読んでおきますね。
謝謝。回家會先看資料。

Track 1156

｜敬體｜ テニス ：網球

A 彼はテニスの選手になりたくて、毎日猛練習しているそうです。 他每天拼命的練習，就是想當網球選手。

B 元々うまいですね。絶対選手になれると思いますよ。
本來就很厲害了。我覺得他一定可以當上選手。

Track 1157

｜敬體｜ テレビ ：電視

A 家に帰ったら、すぐテレビをつけるんだ。
一回到家，馬上就打開電視。

B 寂しがり屋だね。 是個害怕寂寞的人呢。

Track 1158

｜敬體｜ 展示 てんじ ：展出 ｜ 同義字：公開（公開）

A 展示品に手を触れないでください。 不要觸碰展示品。

B ごめん。つい。 對不起。不是故意的。

Track 1159

| 敬體 | **トーン** ：風格、音調

A 場合(ばあい)によって、彼(かれ)はトーンをかえることができます。
他可以根據場合變化他的音調。

B すごい技(わざ)ですね。 很厲害的能力呢。

Track 1160

| 敬體 | **ドキュメンタリー** ：紀錄片 | 反義字：**フィクション**（虛構）

A 映画(えいが)が好(す)きですか？ 喜歡看電影嗎？

B あまり映画(えいが)は見(み)ないほうですが、ドキュメンタリーだけははずせません。 我不太看電影，但不會錯過紀錄片。

Track 1161

| 常體 | **登山 とざん** ：登山

A 私(わたし)たち、週末(しゅうまつ)はよく登山(とざん)に行(い)くんです。 我們週末常常去登山。

B 今度(こんど)はどこへ行(い)くの？ 下次要去哪裡？

Track 1162

| 常體 | **ドライブ** ：兜風

A 食事(しょくじ)のあと、ドライブにでかけようか？ 飯後要不要去兜風？

B いいね。横浜(よこはま)まで行(い)こうか。 好啊，我們開到橫濱去吧。

Track 1163

| 常體 | **ドラマ** ：戲劇 | 同義字：**演劇(えんげき)**（戲劇）

A 今度(こんど)のドラマはすごくおもしろいよ。 這次的戲劇很有趣。

B そうなの。期待(きたい)しているわ。 是嗎？真是期待。

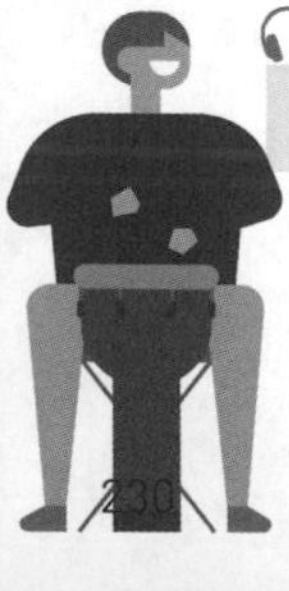

Track 1164

| 常體 | **ドラム** ：鼓

A 隣(となり)がよく夜(よる)にドラムを叩(たた)くんだよ。もううるさくて、眠(ねむ)れないよ。 鄰居常常在晚上打鼓。吵得睡不著。

B ちゃんと隣(となり)と話(はな)した？ 有跟鄰居談過嗎？

Track 1165

|常體| トランプ ：撲克牌

A みんなで一緒にトランプしない？ 要不要跟大家一起玩撲克牌？

B いや、トランプしてもちっとも楽しくないわ。
不，一點也不有趣。

Track 1166

|口語| トランペット ：喇叭

A トランペットの音すばらしいな。 喇叭的聲音很棒呢。

B 吹いてみる？ 要不要吹吹看？

Track 1167

|常體| 謎謎 なぞなぞ ：謎語 | 同義字：謎語（謎語）

A 謎謎遊びしよう。 來玩猜謎吧。

B じゃ、かけてみて。 那麼，出出看謎語。

Track 1168

|常體| 縄跳び なわとび ：跳繩

A 彼は縄跳びがなかなか出来ないんだ。どうすればいいだろう？ 他就是學不會跳繩。該怎麼辦好？

B やはり練習するしかないでしょう。 果然還是只能練習了。

Track 1169

|口語| ニュース ：新聞 | 同義字：報道（報導）

A ニュース見た？大地震が起こったんだって。
看新聞了嗎？聽説發生大地震。

B なんかすごいことになってるね。 好像發生了很慘的事。

Track 1170

|口語| 人気 にんき ：受歡迎 | 反義字：不人気（不受歡迎）

A コンサートのチケットが完売だってよ。 演唱會門票賣完了。

B さすが人気アイドルね。 果然是很受歡迎的偶像。

Track 1171

｜口語｜ 人形 にんぎょう：人偶 ｜同義字：**ドール**（人偶）

A 彼女(かのじょ)は可愛(かわい)くて人形(にんぎょう)みたいだね。 她長得很可愛跟娃娃一樣。

B すげえもてるんだよね。 很多人在追求喔。

Track 1172

｜常體｜ 粘土 ねんど：黏土

A 子供(こども)たちが粘土(ねんど)で動物(どうぶつ)を作(つく)っているね。 小朋友們用黏土做動物。

B 結構(けっこう)うまいね。 做得不錯呢。

Track 1173

｜敬體｜ ハーモニカ：口琴

A ハーモニカがうまいですね。 口琴吹得很好呢。

B ありがとう。高校(こうこう)のとき、ハーモニカ部(ぶ)に入(はい)っていました。 謝謝。高中的時候我有加入口琴社。

Track 1174

｜口語｜ バイオリン：小提琴

A バイオリンは、実(じつ)に値段(ねだん)の幅(はば)の広(ひろ)い商品(しょうひん)ですね。高(たか)いのは億単位(おくたんい)のものまでありますね。

小提琴其實是價格幅度很廣的商品。貴的有到上億元。

B 億(おく)ってすごい！ 上億元，太厲害了！

Track 1175

｜敬體｜ ハイキング：走路健行 ｜同義字：**ハイク**（健行）

A 今度(こんど)の日曜日(にちようび)、ハイキングに行(い)きませんか？
下個星期日，可以去健行嗎？

B 天気(てんき)がよければ行(い)きます。 如果天氣好的話就去。

Track 1176

|口語| **俳優 はいゆう**：演員 | 同義字：**役者**（演員）

Ⓐ **彼は俳優学校に通っているって知ってる？**
知道他在上演員學校嗎？

Ⓑ **知ってるよ。小さいころから、夢は俳優になることだったのよ。**
知道啊。從小他的夢想就是當演員。

Track 1177

|常體| **場所 ばしょ**：地點 | 同義字：**ところ**（地方）

Ⓐ **場所はわかるの？** 知道地點嗎？

Ⓑ **ううん、よくわからないんだ。地図とかあるの？**
不太清楚。有地圖嗎？

Track 1178

|常體| **パズル**：拼圖

Ⓐ **このパズルには降参だ。** 這個拼圖我投降了。

Ⓑ **あきらめないで、気長にやって。** 別放棄，要有耐心。

Track 1179

|常體| **パチンコ**：柏青哥、小鋼珠

Ⓐ **さっき、パチンコ屋さんで彼をみかけたよ。**
剛剛在小鋼珠店看到他。

Ⓑ **人違いでしょ。彼がパチンコをするなんて絶対にないから。** 認錯人了，他絕對不可能去玩小鋼珠。

Track 1180

|敬體| **パソコン**：電腦

Ⓐ **今はもうパソコンがなくては仕事ができません。**
現在如果沒有電腦都沒辦法工作。

Ⓑ **頼りすぎだよ。** 太依賴了。

Track 1181

|口語| バトミントン ：羽毛球

A 昔(むかし)、よくバトミントンをやってたけど、最近(さいきん)は時間(じかん)がなくて、あまりできないんです。

以前常常打羽毛球，但最近沒有時間可以打。

B ちょっと時間(じかん)を作(つく)って、一緒(いっしょ)にやりませんか。

找個時間一起打吧。

Track 1182

|常體| 花火 はなび ：煙火

A 今日(きょう)花火(はなび)大会(たいかい)があるんだ。 今天有煙火大會。

B 見(み)に行(い)かない？ 要不要去看？

Track 1183

|敬體| 花見 はなみ ：賞花

A 今年(ことし)、花見(はなみ)に行(い)きましたか。

今年去賞花了嗎？

B はい、ものすごくきれいでしたよ。

嗯，超漂亮的呢。

Track 1184

|常體| パレード ：遊行

A それはこの上(うえ)なくすばらしいパレードだった。

這真是最棒的遊行了。

B 見(み)てて楽(たの)しかったわ。 看得很開心呢。

Track 1185

|口語| 番組 ばんぐみ ：節目

A 今(いま)生(なま)番組(ばんぐみ)やってるんだ。見(み)る？ 現在有現場轉播節目。要看嗎？

B 見(み)たい！ 我想看！

Track 1186

｜常體｜ **バンド** ：樂團 ｜ 同義字：楽団(がくだん)（樂團）

A **このバンドの演奏(えんそう)を聞(き)いたことがあるの？結構(けっこう)うまいよ。** 有聽過這個樂團的演奏嗎？還不錯喔。

B **そう？じゃ、今度(こんど)聞(き)いてみるわ。** 是嗎？那下一次聽聽看。

Track 1187

｜常體｜ **ピアノ** ：鋼琴

A **もう何年(なんねん)ピアノ習(なら)っているの？** 鋼琴已經學了幾年？

B **もうすぐ２０年(ねん)よ。** 就快滿２０年了。

Track 1188

｜口語｜ **ピエロ** ：小丑、丑角

A **ピエロのマスク買(か)っちゃった。** 我買了小丑的面具。

B **なんで？お前(まえ)ピエロじゃないだろう。** 為什麼？你又不是小丑。

Track 1189

｜常體｜ **美人 びじん** ：美人 ｜ 反義字：ぶす（醜女）

A **君(きみ)のお姉(ねえ)さんは美人(びじん)だよね。** 你的姐姐是位美人呢。

B **家(いえ)では、結構我侭(けっこうわがまま)よ。** 在家裡是很任性的喔。

Track 1190

｜敬體｜ **ビデオテープ** ：錄影帶

A **主流(しゅりゅう)だったビデオテープは、ＤＶＤ(ディーブイディー)に取(と)って代(か)わられましたね。** 曾經是主流的錄影帶，已經被ＤＶＤ取代了。

B **うちのビデオテープはもう全部(ぜんぶ)ＤＶＤ(ディーブイディー)にダビングしましたよ。** 我家的錄影帶已經全部拷貝到ＤＶＤ裡了。

Track 1191

｜常體｜ 暇つぶし ひまつぶし ：消遣

A まだ時間(じかん)あるな。
暇(ひま)つぶしにコーヒーでも飲(の)みに行(い)かない？

還有點時間。要不要去喝個咖啡消遣一下？

B あ、近(ちか)くにいい店(みせ)があるよ。あそこに行(い)こう。
附近有間還不錯的店。去那邊吧。

Track 1192

｜常體｜ ビリヤード ：撞球

A 僕(ぼく)の父(ちち)はビリヤードの玉(たま)のように頭(あたま)がつるつるなんだ。
我爸爸的頭就像撞球一樣光滑。

B そんなこと言(い)っていいの？ 説這種話好嗎？

Track 1193

｜常體｜ ビンゴ ：賓果遊戲

A 暇(ひま)だな。なんかゲームでもしようか。 真無聊。來玩遊戲吧。

B ビンゴはどう？ 玩賓果如何？

Track 1194

｜常體｜ ファン ：迷、粉絲

A ファンの前(まえ)で、アイドルを悪(わる)く言(い)うな！
別在粉絲面前説偶像的壞話。

B あ、ファンなの？ごめん。 啊，你是粉絲嗎？真是抱歉。

Track 1195

｜口語｜ フィギュア ：公仔 ｜ 同義字：**模型(もけい)**（模型）

A 日本(にほん)のフィギュアって世界的(せかいてき)に有名(ゆうめい)なんですよ。
日本的公仔是世界有名的。

B 本当(ほんとう)にきれいに作(つく)ってあるね。 真的做得很漂亮。

Track 1196

|敬語| フィルム ：底片

A このフィルムを現像（げんぞう）してくださいますか。
可以麻煩幫我洗照片嗎？

B はい、3時間（じかん）ぐらいかかりますが、大丈夫（だいじょうぶ）でしょうか。
大約要3小時左右，沒問題嗎？

Track 1197

|口語| 風船 ふうせん ：氣球

A ママ！風船（ふうせん）が空（そら）へ飛（と）んで行（い）っちゃったよ。 媽媽！氣球飛走了啦。

B 泣（な）かないで。また買（か）ってあげるから。 別哭。再買一個給你。

Track 1198

|口語| フェンシング ：擊劍

A 彼（かれ）、フェンシングがすげえうまいね！ 他擊劍超厲害！

B 貴族（きぞく）みたいね。 像貴族一樣。

Track 1199

|常體| ブランコ ：鞦韆 ｜ 同義字：ふらここ（鞦韆）

A きょうは公園（こうえん）で何（なに）して遊（あそ）んだの？ 今天在公園玩了什麼？

B ブランコに乗（の）った。 盪鞦韆。

Track 1200

|口語| プリクラ ：拍貼

A 彼女（かのじょ）はいい年（とし）して、プリクラにはまっているんだ。
她都這把年紀了，還在迷拍貼。

B 結構撮（けっこうと）ってるみたいだね。手帳（てちょう）にいっぱいはってあるよ。 她拍得蠻多的。筆記本裡貼得滿滿都是。

Track 1201

| 敬體 | **訪問 ほうもん** ：拜訪 ｜ 同義字：**訪ねる**（拜訪）

A **来週は家庭訪問ですよ。ご両親に伝えておいてください。** 下星期是家庭訪問。先和父母說一聲。

B **はい、分かりました。** 我知道了。

Track 1202

| 常體 | **ボウリング** ：保齡球

A **僕はボウリングをやったことがないよ。** 我從來沒打過保齡球。

B **うそ！信じられない。** 騙人！不敢相信。

Track 1203

| 口語 | **ボール** ：球

A **ボールを投げるのが下手だね。** 投球投得很爛呢。

B **自分でも分かってる。** 我自己也知道。

Track 1204

| 敬體 | **ポスター** ：海報

A **弟の部屋は、壁一面にポスターがべたべた貼ってあります。** 弟弟的房間，有面牆壁貼滿了海報。

B **映画のポスターですか？** 是電影海報嗎？

Track 1205

| 常體 | **ポピュラー** ：流行的 ｜ 同義字：**人気**（受歡迎的）

A **僕はいつもポピュラー音楽を聴いているんです。**
我總是聽流行樂。

B **偶には、違うものを聞くほうがいいと思うよ。**
偶爾聽一些不同的東西比較好喔。

Track 1206

| 常體 | **ホラー** ：恐怖

A **そのホラー映画は見る気にならないな。** 一點都不想看這部恐怖片。

B **どうして？結構有名な映画なのに。** 為什麼？這是挺有名的電影耶。

Track 1207

|常體| ぼんやり ：發呆 | 同義字：ぼける（發呆）

A ぼんやりしないで。早(はや)く宿題(しゅくだい)をやりなさい。
不要發呆，快寫作業。

B もう宿題(しゅくだい)終(お)わったよ。 作業已經寫完了。

Track 1208

|常體| マイク ：麥克風

A 彼(かれ)はカラオケ好(ず)きで、マイクを持(も)ったら離(はな)さないよ。
他很喜歡唱卡拉ＯＫ，一拿到麥克風就不放了。

B わ、最悪(さいあく)。それじゃ、誰(だれ)も彼(かれ)と一緒(いっしょ)にカラオケ行(い)かないよ。 哇，真糟糕。這樣誰都不想跟他一起去卡拉ＯＫ。

Track 1209

|常體| マジック ：魔術 | 同義字：手品(てじな)（魔術）

A 彼(かれ)は面白(おもしろ)いマジックをたくさん知(し)っているよ。
他知道很多有趣的魔術。

B よく子供達(こどもたち)を面白(おもしろ)がらせるんだ。 常常逗小孩開心。

Track 1210

|常體| マスコミ ：媒體

A マスコミが報道(ほうどう)しなかったのはなぜ？ 為什麼媒體不報導？

B 裏(うら)あるようだね。 好像有內情。

Track 1211

|常體| 漫画 まんが ：漫畫 | 同義字：コミックス（漫畫）

A すごい！君(きみ)はもうこの漫画(まんが)を買(か)ったんだ。
厲害！你已經買了這本漫畫了啊。

B いいえ。これは姉(あね)から借(か)りたの。 不，這是跟姐姐借的。

Track 1212

|敬體| 水遊び みずあそび ：戲水

A 水遊び(みずあそ)が楽(たの)しい季節(きせつ)になりましたね。 到了快樂戲水的季節了呢。

B そうですね。週末海(しゅうまつうみ)に行(い)きませんか？ 對呀。週末要不要去海邊？

Track 1213

|常體| ミュージカル ：歌舞劇 | 同義字：オペラ（歌劇）

A この間(あいだ)ミュージカルを見(み)に行(い)ったんだけど、最高(さいこう)だったよ。 前陣子去看了歌舞劇，真是太棒了。

B どんな作品(さくひん)なの？ 是什麼樣的作品？

Track 1214

|口語| メロディー ：旋律 | 同義字：旋律(せんりつ)（旋律）

A このメロディー懐(なつ)かしい！何(なん)の曲(きょく)だっけ？
這旋律好懷念！是什麼曲子？

B 思(おも)い出(だ)せないなぁ。 想不起來呢。

Track 1215

|敬體| モデル ：模特兒

A 彼女(かのじょ)はスタイルがよくて、モデルみたいですね。
她身材很好，像模特兒。

B モデルですよ。 是模特兒喔。

Track 1216

|常體| 野球 やきゅう ：棒球

A 放課後(ほうかご)に野球(やきゅう)をしよう。 放學後來打棒球吧。

B いいわね。皆(みな)でしよう。 好啊。大家一起打。

Track 1217

|敬體| 役 やく ：角色 | 同義字：役割(やくわり)（角色）

A 僕(ぼく)にはその役(やく)は勤(つと)まらないんです。 我沒辦法擔當這個角色。

B そんなことないですよ。とりあえずやってみませんか。
沒這回事。總之先試試看吧？

Track 1218

|常體| **ユーモア**：幽默 ｜ 同義字：**諧謔**(かいぎゃく)（詼諧）

A **彼(かれ)はユーモアがないね。** 他沒有幽默感。

B **そうなのよ。話(はな)してもつまらないの。** 沒錯。跟他聊天很無趣。

Track 1219

|口語| **ラジオ**：廣播 ｜ 同義字：**放送**(ほうそう)（廣播、播送）

A **寝(ね)る前(まえ)にラジオを消(け)しなさい。** 睡覺前把廣播關了。

B **分(わ)かってるって。** 知道啦。

Track 1220

|敬體| **リスナー**：聽眾 ｜ 同義字：**聞(き)き手(て)**（聆聽的人）

A **ラジオ番組(ばんぐみ)はよくリスナーからのハガキやメールを受(う)け付(つ)けていますね。** 廣播節目常常會收聽眾的明信片或郵件。

B **私(わたし)はよくメールを番組(ばんぐみ)に送(おく)りますよ。** 我常常會寄郵件到節目去喔。

Track 1221

|敬體| **リズム**：節奏、韻律 ｜ 同義字：**テンポ**（節奏）

A **あの歌(うた)のゆっくりしたリズムが好(す)きです。**
我喜歡那首歌緩慢的旋律。

B **私(わたし)は強烈(きょうれつ)なリズムのほうが好(す)きです。** 我比較喜歡強烈的旋律。

Track 1222

|口語| **リゾート**：休閒勝地

A **ここは沖縄県(おきなわけん)で一番人気(いちばんにんき)のリゾートホテルです。**
這裡是沖繩縣最受歡迎的休閒飯店。

B **全室海(ぜんしつうみ)が見(み)えるバルコニー付(つ)きですって。すごいですね。**
全部的房間都有可欣賞海景的陽台。真是太棒了。

Track 1223

|敬體| リハーサル ：彩排 | 同義字：**予行**(よこう)（預演）

A **10分休憩**(ぶんきゅうけい)**してからまたリハーサルを続**(つづ)**けましょう。**
休息10分鐘後繼續彩排。

B **はい。では、休憩**(きゅうけい)**に入**(はい)**ります。** 好。那先去休息了。

Track 1224

|常體| レコード ：唱片、紀錄 | 同義字：**ディスク**（光碟）

A **レコードが見**(み)**つからない。** 找不到唱片。

B **きのう、聞**(き)**いたばかりじゃない？** 昨天還在聽不是？

Track 1225

|常體| 笑い声 わらいごえ ：笑聲

A **彼女**(かのじょ)**の笑**(わら)**い声**(ごえ)**は明**(あか)**るいわね。** 她的笑聲很開朗。

B **聞**(き)**くと心配事**(しんぱいごと)**も忘**(わす)**れ去**(さ)**る感**(かん)**じだね。** 感覺聽了就會忘記煩惱呢。

動詞

Track 1226

|敬體| 遊ぶ あそぶ ：玩耍

A よくこの公園来ますか？ 常常來這個公園嗎？

B はい、あの子はすべり台が好きで一日でも遊ばないと大騒ぎですよ。 是的，那孩子喜歡玩溜滑梯。只要一天沒玩到，就吵吵鬧鬧的。

Track 1227

|口語| アップロード ：上傳

A YouTubeってすごく人気なんです。 YouTube很受歡迎。

B 自分で撮った動画をアップロードして世界に公開するなんて昔では信じられないことです。
以前根本無法相信可以將自己拍攝影片上傳，向世界公開。

Track 1228

|常體| 唄う うたう ：唱

A カラオケに行こう。 我們去唱卡拉ＯＫ。

B いいね。久し振りに唄おうか。 好啊，好久沒唱歌了。

Track 1229

|敬體| 描く えがく ：畫、描繪

A あの二人は仲がよさそうですね。 那兩人感情似乎很好呢。

B よく一緒に遊んだり、絵を描いたりしていますわ。
常常一起玩一起畫畫。

Track 1230

|敬體| 聞く きく ：聽

A もう！人の 話 全然聞いていないんでしょう。
你都沒在聽人家說話對吧。

B 怒るなよ。ちゃんと聞いていますよ。 別生氣。我有在聽。

Track 1231

｜口語｜ 比べる くらべる：比較 ｜ 同義字：**比較（ひかく）**（比較）

A **私（わたし）の家（いえ）は彼（かれ）の家（いえ）と比（くら）べると小（ちい）さく見（み）えちゃうよ。**
我家跟他家相比，顯得好小。

B **人（ひと）と比（くら）べないで。** 別跟人比較。

Track 1232

｜常體｜ 撮影 さつえい：攝影

A **彼（かれ）らは実際（じっさい）の砂漠（さばく）で映画（えいが）を撮影（さつえい）したんだよ。**
他們在實際的砂漠裡拍攝電影。

B **だからあんなにリアルなのね。** 所以才那麼真實啊。

Track 1233

｜口語｜ 想像 そうぞう：想像 ｜ 同義字：**イマジネーション**（想像）

A **来（く）る前（まえ）に、いろいろな想像（そうぞう）してたけど、全然違（ぜんぜんちが）うなぁ。**
來之前，想像了很多，但完全不一樣呢。

B **一体何（いったいなに）を想像（そうぞう）してたの？** 到底是想像了些什麼？

Track 1234

｜常體｜ 取り消す とりけす：取消 ｜ 同義字：**キャンセル**（取消）

A **ちょっと言（い）いすぎだよ。** 有點說得太過火囉。

B **ごめん、取（と）り消（け）す。** 抱歉，我取消我的發言。

Track 1235

｜常體｜ 拍手 はくしゅ：拍手鼓掌

A **社長（しゃちょう）の演説（えんぜつ）が終（お）わると、皆拍手（みんなはくしゅ）した。**
社長的演講完畢後，大家拍手鼓掌。

B **しないわけにはいかないでしょう。** 不拍也不行吧。

Track 1236

｜口語｜ 放送 ほうそう ：播出

A **このドラマすごく人気で、全国ネットで再放送するんだって。** 這部戲劇受到大家的歡迎，已經決定再次全國播放。

B **やった！ずっともう一回見たいって思ってたんだ。**
太好了！我一直想再看一次。

Track 1237

｜口語｜ 満足 まんぞく ：滿足 ｜反義字：不満（不滿）

A **お父さんがあなたの進歩に満足しているんだって。**
爸爸很滿意你的進步。

B **よかった。すげえ緊張した。** 太好了。超緊張的。

Track 1238

｜常體｜ リラックス ：放鬆

A **プールサイドでリラックスすることにしたよ。一緒に行こうか。** 決定要去泳池邊好好放鬆。一起去吧。

B **わ！行く行く。** 哇！我要去我要去。

Track 1239

｜常體｜ 笑う わらう ：笑

A **彼はよく笑うなぁ。** 他常常笑呢。

B **彼は笑うとえくぼができるね。** 他一笑就會有酒窩。

形容詞

Track 1240

|常體| **新しい あたらしい**：新的 | 反義字：古(ふる)い（舊的）

A 新(あたら)しいゲームは今日(きょう)発売(はつばい)ですよ。 新的遊戲今天開賣。

B 本当(ほんとう)？早(はや)く買(か)いに行(い)こう。 真的？那趕快去買。

Track 1241

|常體| **煩い うるさい**：嘈雜的 | 同義字：やかましい（嘈雜的）

A あんた煩(うるさ)い！ちょっと黙(だま)って！ 你好吵！閉嘴！

B 酷(ひど)い！ 好過份！

Track 1242

|常體| **面白い おもしろい**：有趣的 | 反義字：詰(つ)まらない（無聊的）

A その本(ほん)はお薦(すす)めだよ。すごく面白(おもしろ)いんだ。
推薦這本書。很有趣。

B そこまで言(い)うなら、読(よ)んでみるわ。
都這麼說了，那我來讀讀看。

Track 1243

|敬語| **素晴らしい すばらしい**：極好的 | 同義字：素敵(すてき)（很棒的）

A 新年明(しんねんあ)けましておめでとう。 新年快樂。

B あけましておめでとうございます。この一年(いちねん)が素晴(すば)らしい年(とし)でありますように。 新年快樂。祝你有個美好的一年。

Track 1244

|敬體| **楽しい たのしい**：愉快的 | 反義字：厭(いと)わしい：不愉快的

A 今日(きょう)はすごく楽(たの)しかったです。ありがとう。
今天玩得很愉快。謝謝。

B 今度(こんど)また映画(えいが)を見(み)に行(い)きましょう。 下次再去看電影吧。

Track 1245

｜常體｜ **熱心 ねっしん** ：熱情 ｜ 反義字：**冷淡**（冷淡）

A たまに、夜遅くに営業の電話がかかってくるんだ。
偶爾晚上還會有業務推銷的電話打來。

B 必要以上に熱心な営業マンだね。 過度熱情的營業員呢。

Track 1246

｜常體｜ **低い ひくい** ：低的 ｜ 反義字：**高い**（高的）

A お前の成績は平均より低いぞ！ちゃんと勉強べんきょう}したのか！
你的成績比平均還要低！有沒有認真念書啊！

B これでも結構勉強けっこうべんきょう}したんですよ。 我已經有認真念書了。

パート7

好人緣

パート7 好人緣

輕鬆和日本人對話從最生活化的單字開始，搭配稀鬆平常的生活對話，馬上就知道日本人怎麼說！

【文體】敬體、常體、敬語、口語：注意場合選出最適合的用字！

名詞

Track 1247

｜口語｜ 愛情 あいじょう ：愛情 ｜ 同義字：恋心（愛情）

A あの大ヒット中の恋愛映画を見に行かない？
要不要去看那部很賣座的愛情片呀？

B えーやだよ。重い愛情を語る映画なんか見たくないよ。
我不要，我一點都不想看什麼沉重的愛情片啦。

Track 1248

｜敬體｜ 愛人 あいじん ：情婦

A 彼女はうわさの部長の愛人ですか？ 她是謠傳中部長的愛人嗎？

B しっ！聞かれたらやばいですよ！ 噓！被聽到就慘了！

Track 1249

｜敬體｜ 愛 あい ：愛 ｜ 反義字：憎む（恨）

A 男女が一目あったその瞬間に愛が芽生えると思いますか？ 你覺得男女有可能從看一眼的瞬間就產生愛情嗎？

B さあ？私は一目惚れしたことがないからわかりません。
不知道耶，我沒有一見鍾情的經驗所以不了解。

Track 1250

｜敬體｜ 相手 あいて ：對象 ｜ 同義字：対象（對象）

A 今回のお見合いの相手はどんな感じでしたか？
這次相親對象感覺如何呢？

B うん～まあまあですよ。 嗯～普普通通吧。

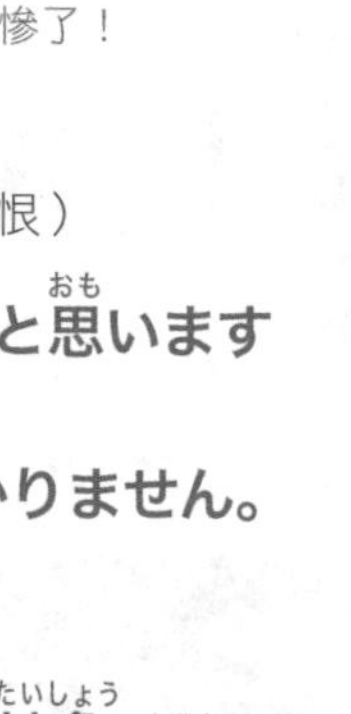

Track 1251

｜敬體｜ 赤ちゃん あかちゃん ：嬰兒

A 赤ちゃん、かわいいですね。 小嬰兒好可愛喔。

B そうですね！私も産みたくなりました！ 對呀，我也好想生一個！

Track 1252

|敬體| あだ名 あだな：綽號 | 同義字：ニックネーム（綽號）

A 君がつけられてイヤだったあだ名はある？
你有被取什麼不喜歡的綽號過嗎？

B 小学校のときにありました。思い出したくないですが
小學時有過喔，不過不願意回想了。

Track 1253

|常體| 貴方 あなた：你

A 人間関係って難しいものだなあ。 人際關係真是件困難的事呀。

B 本当の貴方を隠そうとしないで。友達には本心で接しなさい。 不能隱藏真正的自己，對朋友要真心對待喔。

Track 1254

|常體| 兄 あに：哥哥 | 同義字：お兄さん（哥哥）

A 見て見て。コレは兄の子供の写真なんだよ。
你看，這是我哥哥的小孩的照片。

B お兄さんの娘さんはかわいいわね。 你哥哥的女兒很可愛耶。

Track 1255

|常體| 姉 あね：姐姐 | 同義字：お姉さん（姐姐）

A ねえ、君のお姉さんは結婚したの？ 你姊姊結婚了嗎？

B まだなのよ。姉がわがままだから結婚できないんじゃないかしら。 還沒喔，姐姐太任性了，可能結不了婚吧。

Track 1256

|敬體| 安心 あんしん：安心 | 反義字：不安（不安）

A あなたの理想の結婚相手はどんな人ですか？
你理想的結婚對象是怎麼樣的人呢？

B 一緒にいて安心できる人が一番です。 能安心在一起的人最重要。

Track 1257

|敬體| **遺産 いさん** ：遺產 | 同義字：**遺財**（遺產）

A **あなたは清水寺に行ったことがありますか？** 你有去過清水寺嗎？

B **はい、あります。さすがに世界遺産に登録されている寺院ですね。すごく綺麗でしたよ。**
有呀。不愧是登錄在世界遺產內的寺院，非常漂亮喔。

Track 1258

|常體| **従兄弟 いとこ** ：堂、表兄弟姊妹

A **授業が終ったら、一緒にご飯を食べに行かない？**
下課後要不要一起去吃飯呢？

B **ごめん、従兄弟と約束があるので。** 抱歉，我跟表弟有約了。

Track 1259

|敬體| **妹 いもうと** ：妹妹

A **3歳なのに、妹さんはいい子でおとなしいですね。**
雖然才3歲，可是你妹妹很乖很安靜耶。

B **ちょっと人見知りなだけですよ。家では結構わがままです。** 她只是有點怕生，在家裡還滿任性的喔。

Track 1260

|常體| **嘘 うそ** ：謊言

A **嘘は罪悪だけど、いい結果を得る手段としては時には必要じゃない。**
謊言雖然會覺得罪惡，但是有時為了得到好結果，也是種必要手段不是嗎？

B **でも、やっぱり嘘は言いたくないなあ。** 不過，我還是不想說謊呀。

Track 1261

|常體| **家 うち** ：家 | 同義字：**家**（家）

A **ふ～やっと家に帰ってきた。** 呼，終於回到家啦。

B **やっぱり家が一番落ち着くね。** 果然還是家裡最舒服呀。

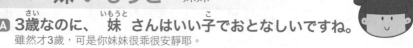

Track 1262

|常體| 運命 うんめい ：命運 | 同義字：定め（命運）

A **彼は絶対に私の運命の人に違いないと確信しているの！**
我相信他絕對是我命中注定的那個人。

B **君はドラマの見すぎだと思うけどね。** 我覺得你是看太多連續劇囉。

Track 1263

|常體| エゴ ：自私

A **暑いなぁ。年々暑くなると思わない？**
真是熱呀，你不覺得一年比一年熱嗎？

B **温室効果の影響よ。だから、エゴを捨てて温暖化を防ぎましょう。**
溫室效應的影響呀，所以我們要捨棄自私想法，一起來防範地球暖化吧。

Track 1264

|常體| 甥 おい ：姪子、外甥 | 反義字：姪（姪女、外甥女）

A **先週末に甥っ子を見に行ったんだろう？どうだった？かわいかった？** 上週末你不是去看你姪子嗎？如何呢？可愛嗎？

B **生まれたばかりでサルみたいだった。** 剛生出來像小猴子。

Track 1265

|敬體| 大家さん おおやさん ：房東

A **部屋探しの注意点を教えてくれますか？**
可以告訴我租房子的注意事項嗎？

B **部屋の条件や周りの環境のほかに、大家さんの人柄も注意するほうがいいと思いますよ。** 除了房子的條件與週遭環境之外，我覺得也要注意一下房東的人格比較好喔。

Track 1266

|常體| お母さん おかあさん ：別人的媽媽

A **君のお母さん、若くて綺麗だね。** 你媽媽年輕又漂亮耶。

B **ありがとう！聞いたら喜ぶと思うよ。**
謝謝，她聽到的話，她會很開心的喔。

Track 1267

|常體| **お金 おかね** ：錢

A **いくら頑張ってもお金が貯まらない気がするなあ。**
總覺得不管怎麼努力，還是存不了錢呀。

B **不況で、なんでも値段が上がるけど、給料だけは上がらないからね。** 因為不景氣，什麼都漲了，只有薪水沒漲呀。

Track 1268

|敬體| **お客さん おきゃくさん** ：客人 | 同義字：**ゲスト**（來賓）

A **どうですか？今日来店のお客さんは多いですか？**
如何呢？今天光顧的客人多嗎？

B **まあまあですね。でも、今日の営業目標額を達成しましたよ。** 普普通通，不過有達到今天的目標營業額。

Track 1269

|敬體| **奥さん おくさん** ：別人的太太 | 同義字：**奥様**（太太）

A **いいな、先輩の奥さんはかわいくて、優しいですね。**
真好，前輩的太太可愛又溫柔耶。

B **君も早くいい奥さんを見つけなさい。** 你也趕快找到一個好太太吧！

Track 1270

|敬體| **おじいさん ：祖父、外祖父** | 反義字：**祖母**（祖母）

A **今年の夏休みをどんなふうに過ごす予定ですか？**
今年的暑假你預定怎麼度過呢？

B **今年もいなかのおじいさんの家に帰る予定です。**
今年也預定要回鄉下的祖父家喔。

Track 1271

|敬體| **おじさん** ：叔、伯、姨父、舅

A **僕のおじさんはすごくおもしろくて、子供の頃からよく遊びに連れて行ってもらいました。**

我叔叔是個很有趣的人，從我小時候就常常帶我出去玩。

B **羨ましいですね。私のおじさんはすごく厳しい人ですよ。** 真羨慕你呀，我叔叔是個非常嚴格的人呢。

Track 1272

|敬體| 夫 おっと ：丈夫 | 同義字：旦那（丈夫）

A お宅の旦那さんは優しそうですね。 你家的主人看起來很溫柔呢。

B そんな事ないです。うちの夫は結構亭主関白ですよ。
沒這回事。我丈夫還滿大男人主義的呢。

Track 1273

|敬體| お父さん おとうさん ：別人的父親

A お父さんに背負ってもらってよかったね。
被你爸爸背著真是太好了呢。

B うん、お父さん大好き！ 嗯，我最喜歡爸爸了！

Track 1274

|口語| 弟 おとうと ：弟弟

A 二人はすごく 弟 を可愛がってるね。 兩人很疼愛弟弟呢。

B いつも手を繋いで歩いてるね。 總是牽著手走路呢。

Track 1275

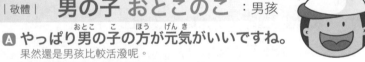

|敬體| 男の子 おとこのこ ：男孩

A やっぱり男の子の方が元気がいいですね。
果然還是男孩比較活潑呢。

B でも、家でも走り回って、うるさいんですよ。
但是在家也跑來跑去，很吵鬧呢。

Track 1276

|常體| 大人 おとな ：大人

A 子供がよく大人になりたいと言うけど、実は大人のほうが子供時代に戻りたいんじゃないかな？
小孩常說希望早點長大，但其實是大人想回到兒童時光吧。

B 無邪気な子供時代が懐かしいですけど、今は今で楽しくて、私なら戻りたくないな。 天真的兒童時代雖然令人懷念，但現在也有現在的樂趣，我是不想回去呢。

Track 1277

| 常體 | **おとり**：誘餌 ｜ 同義字：罠（陷阱）

A この不況の中、どうすれば売り上げが上がるのかな？
在這不景氣中，要如何提升銷售量呢？

B 格安品をおとりに客を集めるのも商売方法の一つよ。
用特價品當誘餌來吸引客人也是一種銷售手法喔。

Track 1278

| 常體 | **同じ おなじ**：相同的

A 両手の手袋が同じ柄じゃないんだよ！ 兩手手套的花色不一樣耶！

B それはデザインよ。 那是設計啦。

Track 1279

| 敬語 | **おはよう**：早安

A おはようございます。お出かけですか？ 早安，你要出門嗎？

B はい、今日はいい天気だから、散歩でもしようかと思っています。 對呀，今天天氣很好，想說去散散步。

Track 1280

| 常體 | **おばあさん**：祖母、外祖母

A ね、ママ、公園行きたいよ。 媽媽，我想去公園。

B おばあさんに連れて行ってもらって。 讓外婆帶你們去。

Track 1281

| 敬體 | **おばさん**：伯母、姑、嬸、姨

A 夏になると、おばさんがよく自家栽培のスイカを送ってくれますよ。 每到夏天，伯母常常會寄自己種的西瓜給我。

B いいですね。私は農家の親戚とかいなくて、経験がありません。 好好喔，我沒有務農的親戚，從沒有這種經驗。

Track 1282

|常體| 親 おや ：雙親

A 子供(こども)を愛(あい)していない親(おや)なんていないよ。 沒有不愛小孩的雙親。

B 当(あ)たり前(まえ)よ。 這是理所當然的事。

Track 1283

|敬體| お休み おやすみ ：晚安、睡前

A お休(やす)みの前(まえ)に何(なに)をしていますか？ 你睡前會做什麼呢？

B 私(わたし)は小(ちい)さい頃(ころ)から寝(ね)る前(まえ)に必(かなら)ず本(ほん)を読(よ)みます。
我從小開始，睡前就一定要看點書。

Track 1284

|常體| 女 おんな ：女人

A あの女(おんな)は誰(だれ)？ 那女人是誰呀？

B 知(し)らない。兄(にい)さんの新(あたら)しい彼女(かのじょ)じゃない？
不知道。是哥哥新女友吧？

Track 1285

|常體| 女の子 おんなのこ ：女孩

A あの女(おんな)の子(こ)、明(あか)るいね。 那個女孩很開朗呢。

B うん、あまり心配(しんぱい)をかけない、いい子(こ)なのよ。
嗯，不需要人家擔心，是個好孩子喔。

Track 1286

|敬體| 家族 かぞく ：家人

A 何人(なんにん)家族(かぞく)ですか。 你們家有多少人？

B うちは３人(にん)家族(かぞく)です。 我們家有３人。

Track 1287

|常體| 価値 かち ：價值

A 黄金(おうごん)の価値(かち)がどんどん上(あ)がっている。 黃金的價值不斷地在升高。

B 今(いま)はもう高(たか)すぎて買(か)えないよ。 現在已經貴得買不起。

Track 1288

｜常體｜ **家庭 かてい** ：家庭 ｜ 同義字：**ファミリー**（家庭）

A ご結婚おめでとう。君なら明るい家庭を作りそうだね。
恭喜你結婚，是你的話應該可以建立一個開朗的家庭吧。

B ありがとう。頑張る！ 謝謝，我會加油的！

Track 1289

｜敬體｜ **彼女 かのじょ** ：她 ｜ 反義字：**彼**（他）

A あれ？彼女はまだ来ていないんですか？ 她還沒來嗎？

B ええ、電車が事故で止まってしまって、ちょっと遅れるそうです。 說是電車因為事故而停開，所以會稍微遲到。

Track 1290

｜常體｜ **彼 かれ** ：他 ｜ 反義字：**彼女**（她）

A あれ？見たことがない顔だな。彼は誰？ 嗯？生面孔耶，他是誰呀？

B 隣 のクラスの転 入 生よ。 隔壁班的轉學生喔。

Track 1291

｜常體｜ **頑固 がんこ** ：頑固 ｜ 同義字：**意地っ張り**（頑固）

A 君が何度言っても、俺の考えは変わらないから。
無論你說幾次，我的想法都不會改變的。

B もう一この頑固者！ 這個頑固的傢伙！

Track 1292

｜常體｜ **関係 かんけい** ：關係

A 飛行機に乗るといつも耳鳴りになるんです。
我每次搭飛機時都會耳鳴。

B それは気圧変化の関係で、唾を飲み込んだり、ガムを噛んだりするとよくなるわよ。
那是因為氣壓的關係，吞吞口水或是嚼口香糖就會改善喔。

Track 1293

｜常體｜ 感謝 かんしゃ ：感謝 ｜ 同義字：**有(あ)り難(がた)い**（感謝）

A ねえねえ、「謝謝台湾(シェシェタイワン)」という感謝企画(かんしゃきかく)を聞(き)いたことがある？ 你有聽說過「謝謝台灣」的感謝計畫嗎？

B あるよ。この前新聞広告(まえしんぶんこうこく)をみたよ。 有呀，我之前看到報紙廣告了。

Track 1294

｜常體｜ 寛容 かんよう ：寛容

A なんか人間関係(にんげんかんけい)に疲(つか)れてしまったな……。
對人際關係似乎感到有點疲倦了……。

B 他人(たにん)の多少(たしょう)の欠点(けってん)には寛容(かんよう)にならないと、自分(じぶん)にも友達(ともだち)にもストレスになるよ。

對他人多多少少的缺點如果不多加包容，對自己或是朋友都會造成壓力喔。

Track 1295

｜常體｜ 儀式 ぎしき ：儀式 ｜ 同義字：**セレモニー**（儀式）

A ネクタイを選(えら)ぶのは、彼(かれ)にとっては毎朝(まいあさ)の儀式(ぎしき)のようなものなんだ。 選條領帶，對他來說是每早的儀式。

B だからあんなにネクタイに凝(こ)っているのね。
難怪他那麼講究領帶。

Track 1296

｜敬體｜ 希望 きぼう ：希望 ｜ 反義字：**失望(しつぼう)**（失望）

A 親(おや)を安心(あんしん)させるため、私(わたし)は俳優(はいゆう)になる希望(きぼう)を捨(す)てたんです。 為了讓父母安心，我捨棄了當演員的希望。

B ちょっと残念(ざんねん)でしたが。今(いま)の生活(せいかつ)もいいじゃないですか。 雖然有點可惜，但現在的生活也不錯呀。

Track 1297

｜敬體｜ 強制 きょうせい ：強制 ｜ 同義字：**押(お)し通(とお)す**（強制）

A 今年(ことし)の社員旅行(しゃいんりょこう)は正社員全員(せいしゃいんぜんいん)が強制参加(きょうせいさんか)みたいですよ。
今年的員工旅行，正式員工全體好像強制參加喔。

B えー、強制参加(きょうせいさんか)ですか？ひどいですね。 強制參加嗎？真過分耶。

Track 1298

| 常體 | **兄弟 きょうだい** ：兄弟

A **二人(ふたり)はお友達(ともだち)なの？ 兄弟(きょうだい)なの？**
兩個人是朋友？兄弟？

B **僕(ぼく)はお兄(にい)ちゃん。** 我是哥哥。

Track 1299

| 常體 | **区別 くべつ** ：區分 | 同義字：**分(わ)ける**（區分）

A **旅館(りょかん)とホテルにはどう区別(くべつ)するの？** 旅館跟飯店有什麼區別呀？

B **え？そんなこと私(わたし)も分(わ)からない。** 那種事我也不知道。

Track 1300

| 常體 | **結婚式 けっこんしき** ：婚禮 | 同義字：**ウエディング**（婚禮）

A **来週(らいしゅう) 中学(ちゅうがく)の同級生(どうきゅうせい)の結婚式(けっこんしき)に出(で)るために、ちょっと実家(じっか)に帰(かえ)ってくるよ。** 下週要參加中學同學的婚禮，因此要回老家一趟。

B **実家(じっか)遠(とお)いんじゃない？大変(たいへん)だね。** 你老家不是很遠？真是辛苦耶。

Track 1301

| 常體 | **喧嘩 けんか** ：爭吵

A **喧嘩(けんか)に勝(か)っても、結局(けっきょく)は友情(ゆうじょう)を失(うしな)っただろう。**
就算你吵架贏了，結果也失去了友情不是嗎。

B **うん。だから、今(いま)すごく後悔(こうかい)してる……。**
嗯，所以我現在很後悔……。

Track 1302

| 口語 | **恋人 こいびと** ：情侶

A **彼(かれ)らは恋人(こいびと)なんだよ。** 他們是情侶喔。

B **あ、やっぱり。ラブラブに見(み)えるもん。**
啊，果然。看起來就在熱戀。

Track 1303

|敬體| 光栄 こうえい ：光榮 | 反義字：名誉（名譽）

A **今回の新しいプロジェクトに参加してみませんか？**
要不要參加這次的新企劃看看呢？

B **はい、光栄です。ぜひ参加させてください。**
這是我的光榮，請務必讓我參加。

Track 1304

|口語| 交換 こうかん ：交換

A **名刺交換の作法はすごく重要ですね。** 交換名片的方法非常重要呢。

B **そりゃ、社会人に欠かせないビジネスマナーだからね。**
那是社會人不可或缺的商業禮儀。

Track 1305

|常體| 好奇心 こうきしん ：好奇心

A **子供には無限の好奇心があるね。** 小孩子有無限的好奇心。

B **うるさいと感じるぐらい質問ばかり。** 一直問問題，問到覺得很煩。

Track 1306

|敬體| 後継者 こうけいしゃ ：繼承人 | 同義字：取（繼承人）

A **最近、いろいろな技術の後継者育成が大きな問題になっているみたいです。** 近來，許多技術的繼承人培育，似乎是個很大的問題。

B **そうですね。今つらい仕事に耐えられない若者が多いですからね。** 是呀，現在的年輕人大多無法忍受辛苦的工作呀。

Track 1307

|常體| 後輩 こうはい ：後輩、學弟妹

A **あのかわいい子は君の後輩だろう。紹介してくれよ。**
那個可愛的女生是你的後輩對吧，介紹給我吧。

B **残念。彼女はもう彼氏がいるよ。** 可惜，她已經有男友囉。

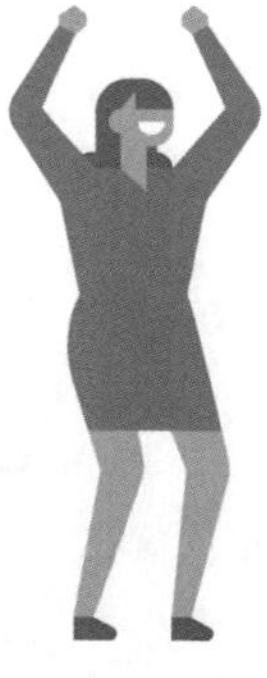

Track 1308

|常體| 子供 こども ：小孩

A すごいね。きみは子供(こども)の扱(あつか)いが上手(じょうず)だね。
真厲害，你很會跟小孩子相處呢。

B 私(わたし)は子供(こども)が大好(だいす)きで、昔(むかし)の夢(ゆめ)は幼稚園(ようちえん)の先生(せんせい)だから。
因為我很喜歡小孩，以前的夢想是成為幼稚園的老師。

Track 1309

|敬體| こんにちは ：午安

A こんにちは。今(いま)から昼(ひる)ごはんですか？ちょっと遅(おそ)いですね。 午安，現在才要吃午餐嗎？有點晚呢。

B 仕方(しかた)がないんです。さっきの会議(かいぎ)がなかなか終(お)わらなかったんです。 沒有辦法，剛剛的會議遲遲無法結束。

Track 1310

|敬體| こんばんは ：晚安

A こんばんは。帰(かえ)ってきたばかりですか？今日(きょう)も遅(おそ)いですね。 晚安，你剛回來嗎？今天也很晚耶。

B そうなんです。連休前(れんきゅうまえ)なので今日(きょう)も残業(ざんぎょう)だったんです。
是呀，因為連休前比較忙，所以今天也加班了。

Track 1311

|口語| 婚約者 こんやくしゃ ：未婚夫、未婚妻

A 彼(かれ)、少年(しょうねん)のように婚約者(こんやくしゃ)に微笑(ほほえ)んでたね。
他像少年一樣的對未婚妻微笑。

B 照(て)れ照(て)れだったね。 真是害羞呢。

Track 1312

|常體| 差別 さべつ ：歧視

A 会社(かいしゃ)でひどい差別待遇(さべつたいぐう)を受(う)けた。超(ちょう)むかつく！
在公司受到很過分的差別待遇，真是令人生氣。

B この時代(じだい)でも頭(あたま)の固(かた)い経営者(けいえいしゃ)が多(おお)いのね。
在這時代，仍然有很多頭腦僵硬的經營者呀。

Track 1313

｜敬體｜ 刺激 しげき ：刺激

A 私(わたし)は刺激物(しげきぶつ)が苦手(にがて)なんです。 我無法接受太過刺激的食物。

B 私(わたし)は辛(から)いものとか大好(だいす)きです。新陳代謝(しんちんたいしゃ)にいいと思(おも)いますよ。 我最喜歡辛辣的食物，對新陳代謝很好呢。

Track 1314

｜敬體｜ 自信 じしん ：信心

A 自信(じしん)があるのはいいことですが、彼女(かのじょ)はちょっと自信(じしん)が過(す)ぎるかもしれません。 有自信是件好事，但是她好像有點過度自信囉。

B もうナルシストと言(い)えますよ。 簡直可說是自戀了。

Track 1315

｜敬體｜ 自分 じぶん ：自己 ｜ 反義字：他人(たにん)（別人）

A 今日(きょう)は失敗(しっぱい)しましたね。 今天失敗了耶。

B すごくへこんでいます。どうしてあんなことをしたのか自分(じぶん)ながら分(わ)からないんです。

我很沮喪，我自己也不了解為什麼會做出那種事。

Track 1316

｜常體｜ 姉妹 しまい ：姐妹

A 妹(いもうと)さんはいつもお姉(ねえ)さんの真似(まね)ばかりしますね。
妹妹老是在模仿姐姐。

B 仲(なか)がいい姉妹(しまい)ですね。 感情很好的姊妹呢。

Track 1317

｜常體｜ 社会 しゃかい ：社會

A 近年(きんねん)は不景気(ふけいき)が原因(げんいん)で、若年失業(じゃくねんしつぎょう)が大(おお)きな社会問題(しゃかいもんだい)となっているよ。
近年來因為不景氣的關係，年輕人的失業已經變成一個很大的社會問題。

B そうですね。今(いま)の若者(わかもの)もいろいろ大変(たいへん)そうですね。
是呀，現在的年輕人在各方面也都很辛苦呢。

Track 1318

｜敬體｜ 社交 しゃこう ：社交 ｜ 同義字：付(つ)き合(あ)い（陪、交往）

A 私(わたし)はしゃべるのが下手(へた)なので、社交的(しゃこうてき)な人(ひと)がうらやましいです。 我不太會説話，所以很羨慕很會社交的人。

B 分(わ)かります。私(わたし)も人見知(ひとみし)りなので、全然社交的(ぜんぜんしゃこうてき)じゃないんです。 我能理解，我很怕生，也完全不是個社交性的人。

Track 1319

｜口語｜ 集会 しゅうかい ：集會

A ねえ、キミはうわさの猫(ねこ)の集会(しゅうかい)を聞いたことがある？
你有聽過傳説的貓集會嗎？

B 聞(き)いたことはないけど、猫(ねこ)の集会(しゅうかい)ってかわいい響(ひび)きだね。 雖然沒聽過，不過貓集會聽起來真可愛！

Track 1320

｜敬體｜ 姑 しゅうとめ ：婆婆、岳母

A 私(わたし)は嫁姑問題(よめしゅうとめもんだい)ですごく困(こま)っているんですが、どうしたらいいですか？ 我因為婆媳問題而感到十分困擾，該怎麼辦才好呢？

B まずはお姑(しゅうとめ)さんのことをよく理解(りかい)するように努力(どりょく)してみることが大切(たいせつ)だと思(おも)いますよ。

我認為首先先努力試著了解婆婆的事情，是很重要的。

Track 1321

｜常體｜ 主人 しゅじん ：主人、丈夫 ｜ 同義字：主(あるじ)（主人）

A 主人(しゅじん)が今度単身赴任(こんどたんしんふにん)になったんです。 我先生決定單身赴任了。

B え？ついて行(い)かないの？ 咦？你不跟著去嗎？

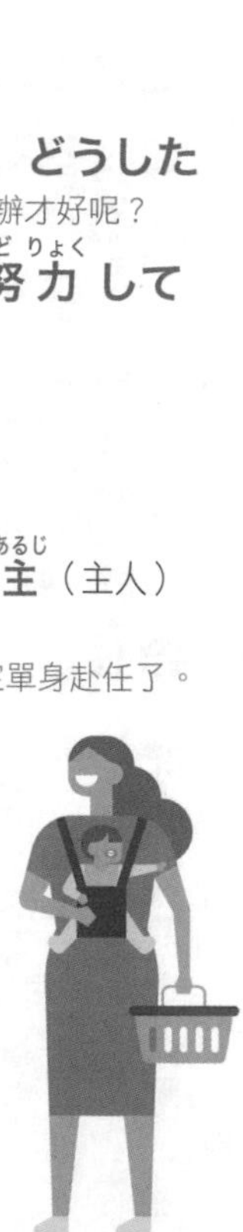

Track 1322

｜口語｜ 主婦 しゅふ ：家庭主婦

A 彼女今(かのじょいま)は専業主婦(せんぎょうしゅふ)なんだ。 她現在是專職家庭主婦。

B 結婚(けっこん)しても仕事(しごと)すると思(おも)ってた。
我以為她就算結婚也會工作。

Track 1323

|口語| 証拠 しょうこ ：證據 | 同義字：証（證據）

A 私はすでに確かな証拠を握っているんだから、正直に言いなさい！ 我已經掌握了所有證據，你就老實說了吧！

B 本当にわたしじゃないって。もう勘弁してよ。
真的不是我。饒了我吧。

Track 1324

|常體| 上司 じょうし ：上司

A どうしたの？浮かない顔して。
怎麼了呢？看起來沒什麼精神。

B ちょっと上司と喧嘩してしまって。
跟上司起了點爭執。

Track 1325

|敬體| 少女 しょうじょ ：少女 | 反義字：少年（少年）

A 少女時代の友達と、今まだ付き合っています。
現在都還有在跟少女時代的朋友來往。

B 友達を大切にするのはいいことですね。 珍惜朋友是好事。

Track 1326

|敬體| 少年 しょうねん ：少年 | 反義字：少女（少女）

A これは少年向けの漫画ですが、読んでいる大人もたくさんいますよ。 這雖然是為了少年所畫的漫畫，但是也有很多大人看呢。

B 私も読んだことがありますよ。すごくおもしろかったです。 我也有看過喔，非常有趣呢。

Track 1327

|口語| 女子 じょし ：女人

A 女子の笑顔って癒されるね。 女人的笑容，真療癒呢。

B あんた親父か。 你是老頭啊。

Track 1328

|敬語| **知り合い しりあい** ：熟人

A 皆さんとお知り合いになれてうれしいです。
可以跟大家認識真開心。

B こちらこそ。これからもよろしくお願いします。
彼此彼此。以後也多多指教喔。

Track 1329

|敬體| **素人 しろうと** ：門外漢 | 反義字：**専門家**（專家）

A 私 はバレエに関しては素人です。 我對芭蕾完全是個門外漢。

B 大丈夫ですよ。私もあまり分からないんです。
沒關係，我也不是很了解。

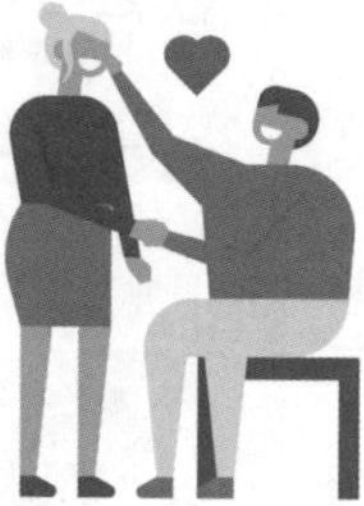

Track 1330

|敬體| **新婚 しんこん** ：新婚

A 新婚生活はどうですか？ラブラブでしょう。
新婚生活如何呢？很恩愛吧。

B 普通ですよ。でも、とても楽しいです。 普通喔，不過很快樂。

Track 1331

|敬體| **新婚旅行 しんこんりょこう** ：蜜月 | 同義字：**ハネムーン**（蜜月）

A 新婚旅行はどこに行く予定ですか？ 蜜月旅行預定要去哪裡呢？

B フランスに行く予定です。 預定要去法國。

Track 1332

|敬體| **親戚 しんせき** ：親戚

A うちの新年の慣例は親戚が集まって、カラオケ大会をやります。 我家新年的慣例是親戚聚集起來，舉行歌唱大賽。

B なんか楽しそうですね。 聽起來很有趣耶。

Track 1333

|敬體| **心配 しんぱい** ：擔心 | 同義字：**心配り**（關心）

A 君は心配性の人なんですか？ 你是很會擔心的人嗎？

B うん～ちょっと神経質かもしれませんね。 嗯～也許有點神經質吧。

Track 1334

｜敬體｜ 親友 しんゆう ：知己

A 彼らは親友みたいですね。 他們好像是知己呢。

B みたいではなくて、親友ですよ。 不是好像，就是知己呦。

Track 1335

｜敬體｜ 信頼 しんらい ：信任 ｜ 同義字：**信用**（信用）

A うちの犬がなかなか指示に従ってくれないんですよ。
我家的小狗都不太聽從我的指示。

B それはたぶんまだ犬から信頼されていないと思いますよ。 我認為那應該是因為尚未得到小狗的信賴的關係喔。

Track 1336

｜敬體｜ 人類 じんるい ：人類 ｜ 同義字：**人間**（人類）

A 人類と他の動物を区別するものって何でしょうか？
人類與其他動物的區別是什麼呢？

B 言葉を使うことだと思いますよ。 我認為是語言的使用。

Track 1337

｜敬體｜ 新郎 しんろう ：新郎 ｜ 反義字：**新婦**（新娘）

A 結婚式前に、新婦がウェディングドレス姿で新郎に会うと縁起が悪いという話を聞いたことがありますか？
你有聽過婚禮前，新娘穿著禮服跟新郎見面的話，不太吉利的說法嗎？

B はい、聞いたことがありますね。でも、何故でしょう？
我有聽過喔，不過為什麼呢？

Track 1338

｜敬體｜ 推薦 すいせん ：推薦 ｜ 同義字：**薦める**（推薦）

A この近くにご推薦のレストランはありませんか？
這附近有推薦的餐廳嗎？

B パスタなら、おいしい店を知っていますよ。
義大利麵的話，我知道有間好吃的店。

Track 1339

|常體|　好き すき　：喜歡

A 彼女(かのじょ)は苺(いちご)が好(す)きだそうです。 聽說她喜歡草莓。

B じゃ、差(さ)し入(い)れに苺(いちご)を持(も)っていこうか。 那帶草莓去探班吧。

Track 1340

|常體|　捨て子 すてご　：孤兒 ｜ 同義字：孤児(こじ)（孤兒）

A その犬(いぬ)はどうしたの？ 那隻狗怎麼了呢？

B この子(こ)は捨(す)て子(ご)みたい。かわいそうなので、拾(ひろ)ってきたの。 牠好像是孤兒，因為很可憐，所以把牠帶回來了。

Track 1341

|常體|　青年 せいねん　：青年 ｜ 同義字：若者(わかもの)（年輕人）

A さっき、街(まち)でその話題(わだい)の青年実業家(せいねんじつぎょうか)に会(あ)ったよ。
我剛剛在路上遇到那個話題中的青年實業家喔。

B 本当(ほんとう)？本人(ほんにん)はどんな人(ひと)だった？ 真的嗎？本人如何呢？

Track 1342

|敬體|　性別 せいべつ　：性別

A 登録(とうろく)カードには性別(せいべつ)も記入(きにゅう)してください。
登記卡上也請填入性別。

B あ、はい。分(わ)かりました。 啊，好，我知道了。

Track 1343

|常體|　責任 せきにん　：責任 ｜ 同義字：務(つと)め（責任）

A 彼(かれ)はよく仕事(しごと)で失敗(しっぱい)した責任(せきにん)を同僚(どうりょう)に転嫁(てんか)しようとするよ。 他常將工作失敗的責任轉嫁給同事。

B えーそれは卑怯(ひきょう)じゃない。 這樣不是很卑鄙嗎。

Track 1344

|常體| **先祖 せんぞ** ：祖先 | 反義字：**子孫**(しそん)（孫子）

A **彼(かれ)の先祖(せんぞ)は有名(ゆうめい)な貴族(きぞく)だったんだ。** 他的祖先是很有名的貴族。

B **カッコイイ響(ひび)きね。うちは代々庶民(だいだいしょみん)だから、羨(うらや)ましい！**
聽起來真帥氣，我家代代都是平民，真令人羨慕。

Track 1345

|常體| **先輩 せんぱい** ：前輩、學長姐 | 反義字：**後輩**(こうはい)（後輩）

A **新(あたら)しい仕事(しごと)はどうだった？** 新工作如何呢？

B **先輩(せんぱい)が優(やさ)しいから、うまくやれる気(き)がする。**
前輩人很好，似乎能順利進行。

Track 1346

|敬體| **葬式 そうしき** ：喪禮

A **きのうなんで会社(かいしゃ)に来(こ)なかったの？** 昨天怎麼沒來公司呢？

B **知(し)り合(あ)いのお葬式(そうしき)に行(い)ったからです。** 因為我去參加友人的喪禮。

Track 1347

|敬體| **尊厳 そんげん** ：尊嚴 | 同義字：**威厳**(いげん)（威嚴）

A **私(わたし)は人間(にんげん)は尊厳死(そんげんし)する権利(けんり)があると思(おも)います。**
我認為人有尊嚴死的權利。

B **これは高齢社会(こうれいしゃかい)での重要(じゅうよう)な課題(かだい)ですね。**
這是高齡社會的重要課題呢。

Track 1348

|常體| **他人 たにん** ：他人、外人

A **このままやっていても大丈夫(だいじょうぶ)かな。** 這樣繼續下去真的沒關係嗎？

B **他人(たにん)のことは気(き)にしないで！自分(じぶん)の人生(じんせい)でしょう！**
不要在意他人！這是你自己的人生吧！

Track 1349

|常體| **男子 だんし** ：男人 | 反義字：女子(じょし)（女子）

A 外国語学科(がいこくごがっか)の男子(だんし)の人数(にんずう)が少(すく)ないと聞(き)いたけど、本当(ほんとう)なの？ 我聽說外文系的男生人數很少，是真的嗎？

B 本当(ほんとう)よ。私(わたし)の学科(がっか)は男子(だんし)が3割(わり)しかいないのよ。
是真的喔，我們系上的男生只有3成呢。

Track 1350

|敬體| **父 ちち** ：自己的爸爸 | 同義字：パパ（爸爸）

A お父(とう)さんのご職業(しょくぎょう)は何(なん)ですか？ 你父親的職業是什麼呢？

B 父(ちち)は化粧品会社(けしょうひんがいしゃ)で働(はたら)いています。 我父親在化妝品公司上班。

Track 1351

|敬體| **長所 ちょうしょ** ：優點 | 反義字：短所(たんしょ)（缺點）

A 結構彼(けっこうかれ)の正直(しょうじき)なところが好(す)きです。 挺喜歡他老實的地方。

B それは彼(かれ)の長所(ちょうしょ)なんです。 那是他的優點。

Track 1352

|口語| **妻 つま** ：妻子

A 彼(かれ)は彼(かれ)の妻(つま)の料理作(りょうりづく)りに邪魔(じゃま)してるんだ。 他在妨礙他妻子做菜。

B あれはラブラブでしょ。あなた嫉妬(しっと)してるの。
那是恩愛吧。你是嫉妒吧。

Track 1353

|常體| **連れ子 つれこ** ：前夫、妻所生的孩子

A あの子(こ)は彼(かれ)の奥(おく)さんの連(つ)れ子(こ)らしいよ。
那小孩好像是他太太跟前夫所生的小孩的樣子耶。

B そうなの。でも、彼(かれ)にちょっと似(に)ていると思(おも)うけど。
真的嗎？可是我覺得跟他有點像耶。

Track 1354

|常體| **弟子 でし** ：門徒 ｜ 同義字：**師匠**(ししょう)（師父）

A 魔法使い(まほうつかい)はいいな。魔法使い(まほうつかい)の弟子(でし)になりたいな。
魔法師真好呀，真想成為魔法師的門徒呀。

B 魔法使い(まほうつかい)はいないと思(おも)うけど。私(わたし)も一度(いちど)だけ魔法(まほう)を使(つか)ってみたいな。 雖然我覺得魔法師不存在，不過我也想使用一次魔法看看呢。

Track 1355

|敬體| **同級生 どうきゅうせい** ：同學 ｜ 同義字：**クラスメート**（同學）

A 今週(こんしゅう)の土曜日(どようび)あいていますか？ 你這週六有空嘛？

B あ、すみません。土曜日(どようび)に高校(こうこう)の同級生(どうきゅうせい)の結婚式(けっこんしき)に出席(しゅっせき)するんです。 抱歉，週六我要去高中同學的婚禮。

Track 1356

|敬體| **同情 どうじょう** ：同情 ｜ 同義字：**哀れみ**(あわれみ)（同情）

A ほんの少(すこ)しの失敗(しっぱい)で、同情(どうじょう)なんかいりません！
不過只是失敗，我不需要什麼同情。

B 同情(どうじょう)ではなく、私(わたし)はあなたのことを心配(しんぱい)しているんです。
不是同情，我只是擔心你。

Track 1357

|敬體| **匿名 とくめい** ：匿名 ｜ 反義字：**本名**(ほんみょう)（本名）

A 彼(かれ)はいつも匿名(とくめい)で児童施設(じどうしせつ)へ寄付(きふ)しているんです。
他總是匿名捐款給兒童福利機構。

B 優(やさ)しい人(ひと)ですね。 真是個溫柔的人呀。

Track 1358

|常體| **年上 としうえ** ：較年長 ｜ 反義字：**年下**(としした)（較年少）

A 年上(としうえ)の彼女(かのじょ)はいいよ。おとなしくて優(やさ)しいんだ。
年長的女友很不錯耶。成熟又溫柔。

B でも、オレはやっぱり若(わか)い子(こ)が好(す)きだ。
不過我還是比較年輕一點的。

Track 1359

| 敬體 | **年下 としした** ：較年少 | 反義字：**年上(としうえ)**（較年長）

A **彼(かれ)は私(わたし)より3歳年下(さいとしした)なのに、とてもしっかりしています。**
他比我小3歲，卻很可靠。

B **私(わたし)も彼(かれ)を見習(みなら)わなければならないですね。** 我也得向他看齊。

Track 1360

| 敬體 | **年寄り としより** ：老人 | 同義字：**老人(ろうじん)**（老人）

A **うちのおばあちゃんは夜行(やこう)バスに乗(の)ってみたいと言(い)ったけど、年寄(としより)にとってきついことでしょうか？**
我奶奶說想搭夜間巴士看看，夜間巴士對老人來說，會很辛苦嗎？

B **距離(きょり)と時間(じかん)を考(かんが)えると、つらいと思(おも)います。**
以距離與時間來考慮，我覺得會滿辛苦的。

Track 1361

| 敬體 | **特権 とっけん** ：特權 | 同義字：**権利(けんり)**（權利）

A **彼(かれ)は特権(とっけん)を乱用(らんよう)して、一番(いちばん)いい席(せき)を選(えら)びました。**
他濫用職權，自己選擇了最好的座位。

B **彼(かれ)はそういう人(ひと)ですから。でも、先輩(せんぱい)なので、仕方(しかた)がないんです。** 他就是那樣的人，但是因為是前輩，所以也沒辦法。

Track 1362

| 口語 | **友達 ともだち** ：朋友

A **二人(ふたり)は年(とし)が違(ちが)うのに、よく友達(ともだち)になれたね。**
兩個人年齡不同，竟然能當朋友呢。

B **友達(ともだち)というより、姉妹(しまい)って感(かん)じかなぁ。**
比起朋友，比較像姐妹的感覺吧。

Track 1363

| 敬體 | **名前 なまえ** ：名字 | 同義字：**ネーム**（名字）

A **赤(あか)ちゃんの名前(なまえ)もう決(き)めましたか？** 小孩的名字已經決定了嗎？

B **まだなんです。なかなか決(き)まらなくて。** 還沒呢，遲遲無法決定呀。

Track 1364

｜常體｜ 願い ねがい ：願望 ｜ 同義字：望(のぞ)み（希望）

A ねえねえ、かまってよ。 喂喂，陪我啦！

B 今(いま)忙(いそが)しいの！お願(ねが)いだからあっちへ行(い)ってよ！
我現在很忙，拜託你去那邊啦！

Track 1365

｜常體｜ 呪い のろい ：詛咒 ｜ 反義字：祈(いの)り（祈禱）

A これは伝説(でんせつ)の呪(のろ)いの人形(にんぎょう)だよ。 這就是傳說中的詛咒人偶喔。

B やだ。怖(こわ)い。聞(き)きたくない！ 不要，好可怕，我不想聽！

Track 1366

｜常體｜ 墓 はか ：墳墓 ｜ 同義字：墳墓(ふんぼ)（墳墓）

A お金持(かねも)ちの墓(はか)はやっぱり立派(りっぱ)だね。 有錢人的墳墓果然很豪華呀。

B 私(わたし)は10年(ねん)かけても、こんな立派(りっぱ)な墓(はか)は買(か)えないでしょう。
我就算花10年也買不起這種墳墓吧。

Track 1367

｜敬體｜ 墓参り はかまいり ：掃墓 ｜ 同義字：墓詣(はかもうで)（掃墓）

A いつ墓参(はかまい)りに行(い)く予定(よてい)ですか？ 你預計何時要去掃墓呢？

B 来週(らいしゅう)いなかに帰(かえ)ったときです。 下週回鄉下時。

Track 1368

｜敬體｜ 花嫁 はなよめ ：新娘 ｜ 反義字：花婿(はなむこ)（新郎）

A 花嫁(はなよめ)の衣装(いしょう)は綺麗(きれい)ですね。私(わたし)もいつか着(き)たいです。
新娘禮服真漂亮，我總有一天也要穿上。

B 大丈夫(だいじょうぶ)ですよ。いつか着(き)れますから。
沒問題吧，總有一天會穿到的。

Track 1369

｜敬體｜ 母 はは ：自己的媽媽

A お母(かあ)さんも仕事(しごと)をしていますか？ 你母親也有在工作嗎？

B いいえ、していません。母(はは)は専業主婦(せんぎょうしゅふ)です。
沒有喔，我媽媽是專業家庭主婦。

Track 1370

|常體| 腹立つ はらだつ ：憤怒

A 話(はなし)はこれでおしまいだ。本当(ほんとう)に腹立(はらだ)つな！
談話到此結束了。真是令人憤怒。

B え？私(わたし)なんか悪(わる)いこと言(い)った？ 耶？我說了什麼不好的話嗎？

Track 1371

|敬體| 反抗 はんこう ：反抗 │ 同義字：抵抗(ていこう)（抵抗）

A 弟(おとうと)は反抗期(はんこうき)みたいなので、親(おや)の言(い)うことが全然(ぜんぜん)聞(き)かないんです。 我弟弟現在好像是叛逆期，完全不聽父母的話。

B 大丈夫(だいじょうぶ)ですよ。ずっと続(つづ)くわけではないと信(しん)じて乗(の)り切(き)ってください。 放心，相信不會一直持續下去，總有一天會克服的。

Track 1372

|常體| 反応 はんのう ：反應

A この実験(じっけん)は動物(どうぶつ)を使(つか)って痛(いた)みや不快感(ふかいかん)に対(たい)する反応(はんのう)を研究(けんきゅう)しているんです。 這個實驗是用動物對痛、不適感的反應來做研究。

B なんて恐(おそ)ろしい実験(じっけん)なの。 真是恐怖的實驗。

Track 1373

|常體| 夫婦 ふうふ ：夫妻

A お隣(となり)の夫婦(ふうふ)はラブラブだね。 隔壁夫妻真是恩愛呢。

B 本当(ほんとう)にうらやましいわ。 真是令人羨慕。

Track 1374

|敬體| 夫人 ふじん ：夫人

A 私(わたし)はいつか社長(しゃちょう)夫人(ふじん)になりたいです。
我總有一天想變成社長夫人。

B 私(わたし)は社長(しゃちょう)のほうになりたいです！ 我比較想成為社長！

Track 1375

｜敬體｜ 双子 ふたご ：雙胞胎

A さっき、街でハーフの双子ちゃんを見かけたけど、すごくかわいかったな。 剛剛在路上看到混血兒的雙胞胎，非常可愛喔。

B 本当ですか？私も見てみたいです！ 真的嗎？我也好好看看唷！

Track 1376

｜口語｜ 不満 ふまん ：不滿

A 一体何が不満なの？ 到底在不滿什麼？

B あのおもちゃほしかったんだもん。 人家想要那個玩具。

Track 1377

｜敬體｜ プライバシー ：隱私 ｜ 同義字：私生活（私生活）

A 今のネットはすごく便利だから、プライバシー保護もとても重要になりますね。 現在網路十分便利，隱私保護也變成非常重要。

B そうですね。個人情報流出問題もニュースでよく聞きますね。 對呀，個人情報的流出問題也常在新聞看到呢。

Track 1378

｜口語｜ 暴力 ぼうりょく ：暴力

A 意見が合わないだけで、暴力振るうなんて馬鹿か。
只是意見不合，就使用暴力，是笨蛋啊。

B 馬鹿じゃないもん。 才不是笨蛋。

Track 1379

｜常體｜ 本当 ほんとう ：真的

A 彼は考えてないように見えるけど、本当はすごく賢い人なんだ。 他看起來好像什麼都沒在想，其實是個非常聰明的人。

B へ～上手に隠しているね。全然見えないけど。
藏得真好耶，完全看不出來呢。

Track 1380

｜口語｜ 孫 まご ：孫子

A 婆ちゃんがいつも孫と一緒に遊んだりしてるね。
奶奶常常跟孫子一起玩呢。

B 婆ちゃん、すげえ甘やかすんだよ。奶奶超溺愛的。

Track 1381

｜常體｜ 孫息子 まごむすこ ：孫子、外孫 ｜ 反義字：孫娘（まごむすめ）（孫女）

A きょう何かすごく嬉しそうだね。你今天看起來很開心呢。

B １年ぶりに孫息子がもうすぐ帰ってくるからね。
因為一年不見的孫子快要回來啦。

Track 1382

｜敬體｜ 孫娘 まごむすめ ：孫女、外孫女

A 敬老の日に孫娘からプレゼントをもらいました。
敬老日時，孫女送了禮物給我。

B 優しい孫がいて、よかったですね。
有這麼溫柔的孫子，真是太好了。

Track 1383

｜常體｜ 身分 みぶん ：身份 ｜ 同義字：地位（地位）

A 学生の身分でブランドは贅沢すぎるんじゃないか。
名牌商品對學生身分來說不會太奢侈嗎。

B 子供を甘やかす親が増えているから、子供に贅沢させる事もよくあるね。現在寵愛小孩的家長增加很多，常讓孩子過得很奢侈呢。

Track 1384

｜敬體｜ 見舞い みまい ：探望

A 彼は車の事故で入院してしまいました。他因為車禍而入院了。

B えっ、大丈夫ですか。お見舞いはいつ頃なら大丈夫ですか？還好嗎？何時方便去探望他呢？

Track 1385

｜口語｜ 息子 むすこ ：兒子

A 主人が息子に対してすごく厳しく接してますから、主人には懐かないんです。

我丈夫對待兒子很嚴格，因此兒子跟丈夫不太親密。

B お父さんとしてはとても寂しいでしょう。

對爸爸來說應該覺得很寂寞吧。

Track 1386

｜常體｜ 娘 むすめ ：女兒

A 彼は息子に厳しいね。 他對兒子很嚴厲呢。

B でも娘には結構優しいのよ。 不過對女兒很溫柔喔。

Track 1387

｜口語｜ 姪 めい ：姪女、外甥女 ｜ 反義字：甥（姪子、外甥）

A 姪っ子がもうすぐ結婚するって、俺も年取ったな。

我姪女都要結婚了，我真的老了呢。

B 私 たちは確かにもう若いとは言えないわね。

我們確實無法說年輕囉。

Track 1388

｜敬體｜ 約束 やくそく ：約定

A 夏休みはどうやって過ごしたいですか。 你暑假要怎麼度過呢？

B 友達と旅行に行く約束をしています。 我跟朋友約好要去旅行。

Track 1389

｜口語｜ やもめ ：寡婦、鰥夫 ｜ 同義字：後家（寡婦）

A おばあちゃんが若いときは、戦争のために、大勢の女がやもめになったんだって。

外婆說年輕時，因為戰爭的關係，導致很多女人變成寡婦。

B 戦争は本当に怖いね。世界 中 ずっと平和であって欲しいな。 戰爭真是可怕呀，真希望世界能永遠和平。

Track 1390

｜敬體｜ 友情 ゆうじょう ：友情

A 男女に友情は成立すると思いますか？
你認為男女的友情有可能成立嗎？

B 成立すると思いますよ。私も何人かの 男 友達がいますから。 我認為會成立喔，我也有幾位男性朋友呀。

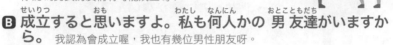

Track 1391

｜常體｜ 有名人 ゆうめいじん ：名人

A プライベートでも他人の目を意識しなければいけなくて、有名人も大変ですね。 私底下也必須在意他人眼光，名人還真是辛苦呀。

B だから、僕は穏やかな生活が一番だと思います。
所以我認為平穩的生活最好。

Track 1392

｜常體｜ 余裕 よゆう ：餘力 ｜ 同義字：余り（餘力）

A 時間の余裕がないから、早くしなさい。 沒有時間了，你快一點啦。

B 今行くから！ 我現在馬上去。

Track 1393

｜敬體｜ 離婚 りこん ：離婚

A 現代社会で離婚はよくあることですが、子供が一番かわいそうです。
現代社會中，離婚雖然是很常有的事，但是最可憐的還是小孩呀。

B 平気そうに見えますが、子供も大きな精神的なショックを受けていますね。
雖然看起來無所謂，但是小孩也會受到很大的精神打擊呢。

Track 1394

｜常體｜ レディー ：淑女 ｜ 反義字：ジェントルマン（紳士）

A どうぞ、レディーファースト。 請，女士優先。

B あれ？どうしたの？きょう優しいね。熱でもあるの？
怎麼了？今天很溫柔耶，你發燒了嗎？

Track 1395

|敬體| **恋愛 れんあい** ：戀愛

A 彼(かれ)らは今恋愛中(いまれんあいちゅう)なんです。 他們正在戀愛中。

B でも人前(ひとまえ)ではもう少(すこ)しふたりの行動(こうどう)を慎(つつし)んでほしいですね。

希望他們可以克制他們的親密行為。

Track 1396

|敬體| **ロマンス** ：羅曼史 | 同義字：恋物語(こいものがたり)（戀愛故事）

A 部長(ぶちょう)は若(わか)いころ、いろいろなロマンスがあったことを自慢(じまん)するんです。 部長以年輕時有很多羅曼史為豪。

B そうですね。私(わたし)も何回(なんかい)も聞(き)かされたことがあります。
對呀，我也被迫聽了好幾次。

Track 1397

|敬語| **私 わたくし** ：我 正式場合 | 同義字：僕(ぼく)（我（男子自稱））

A 私(わたくし)は新入社員(しんにゅうしゃいん)の田中(たなか)と申(もう)します。今後(こんご)ともどうぞ宜(よろ)しくお願(ねが)いします。 我是剛進公司的田中，往後請多多指教。

B こちらこそ、宜(よろ)しくお願(ねが)いします。 也請多多指教。

Track 1398

|敬體| **私 わたし** ：我 | 反義字：貴方(あなた)（你）

A ここに置(お)いてある傘(かさ)は誰(だれ)のですか。 放在這裡的雨傘是誰的呢？

B あ、すみません。それは私(わたし)のです。 啊，抱歉，那是我的。

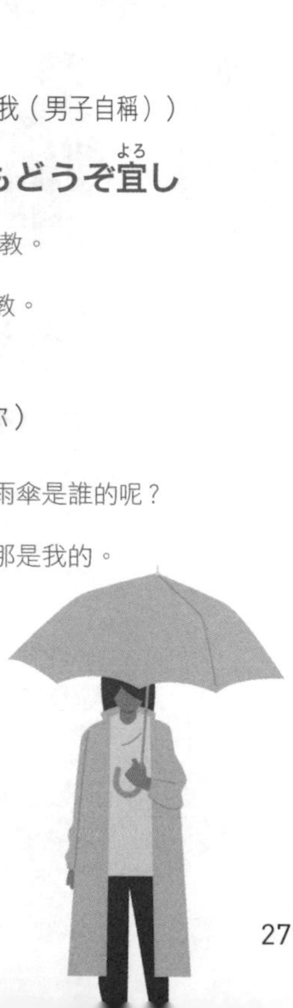

動詞

Track 1399

|敬體| 挨拶 あいさつ ：打招呼

A 部長(ぶちょう)に挨拶(あいさつ)しましたか？ 你跟部長打過招呼了嗎？

B あ、まだです。今(いま)すぐ行(い)きます！ 啊，還沒有。我馬上現在去！

Track 1400

|常體| 会う あう ：見面

A これから会(あ)わない？ 等一下要不要見面？

B ごめん。先約(せんやく)あるから。 對不起。已經有約了。

Track 1401

|常體| 握手 あくしゅ ：握手

A ねぇねぇ、あそこにいるのはあの有名(ゆうめい)な芸能人(げいのうじん)じゃない？ 喂，在那裡的不是那個有名的藝人嗎？

B 本当(ほんとう)だ！握手(あくしゅ)してもらえないかな？
真的耶！不知道能不能跟他握手？

Track 1402

|敬體| あげる ：給

A このバラをあげます。 這玫瑰花給你。

B わあ、きれいですね。ありがとうございます！
哇啊，這好漂亮，謝謝！

Track 1403

|常體| 嘲る あざける ：罵、奚落 | 同義字：蔑(さげす)む（奚落）

A 人(ひと)の失敗(しっぱい)を嘲(あざけ)るなんて！あいつは本当(ほんとう)に性格悪(せいかくわる)い！
居然奚落別人的失敗，那傢伙真是性格惡劣！

B まあまあ、とりあえず落(お)ち着(つ)きましょう。
好好，總之你先冷靜下來吧。

Track 1404

|常體| **圧制 あっせい** ：壓迫、壓制 | 同義字：**強制**（強制）

A 小さい国はよく大国に圧制されるよね。ちいさい くに たいこく あっせい

小國家常常受到大國的壓迫耶。

B そうね！はやく世界平和が実現しないかな？せかいへいわ じつげん

對呀！不能早點實現世界和平嗎？

Track 1405

|敬語| **誤り導く あやまりみちびく** ：誤導 | 同義字：**ミスリード**（誤導）

A 中途半端な知識で人を誤り導くことはやめてください！ちゅうとはんぱ ちしき ひと あやま みちび

不要再用一知半解的知識誤導他人了！

B 申し訳ございません。今後気をつけます！もう わけ こんごき

真是非常抱歉，我以後會注意的。

Track 1406

|常體| **謝る あやまる** ：道歉 | 同義字：**謝罪**（道歉）

A 今回はあなたが悪いと思うよ。素直に謝りなさいよ。こんかい わる おも すなお あやま

我覺得這次是你不對喔，率直的道歉吧。

B 何も知らないくせに、口を出さないで！なに し くち だ

你並不了解，所以不要插嘴啦！

Track 1407

|常體| **言い切る いいきる** ：斷言 | 同義字：**断言**（斷言）

A 犯人は絶対この人だと僕は言い切れるな！はんにん ぜったい ひと ぼく いき

我可以斷言犯人絕對是這個人！

B うるさいな！黙ってみててよ！だま 不要吵！你安靜的看啦！

Track 1408

|敬體| **苛める いじめる** ：欺負

A 最近学校での苛め問題はひどいですね。さいきんがっこう いじ もんだい

近來學校裡的霸凌問題很嚴重耶。

B 小学校でもあるらしいですよ、怖いですよね。しょうがっこう こわ

連小學都有的樣子，真可怕呀。

Track 1409

| 常體 | **悪戯 いたずら** ：惡作劇

A 君は子供のころはどんな子だったの？ 你小時候是怎樣的小孩呢？

B やんちゃで、悪戯好きな子でしたよ。 頑皮愛惡作劇的小孩。

Track 1410

| 敬語 | **頂く いただく** ：收下

A きれいなバラを頂いて感謝しています。 謝謝你給我漂亮的玫瑰花。

B どう致しまして。 不客氣。

Track 1411

| 敬體 | **祈る いのる** ：祈禱

A 地震の報道をみると多くの方が亡くなられたようで、心が痛みます。
看到地震報導後，這次地震似乎造成很多人死亡，看得心好痛呀。

B 被災地の一日も早い復 旧 復興をお祈りします！
祈禱受災地能盡快的復興！

Track 1412

| 敬體 | **受け入れる うけいれる** ：接受

A この契約の 条 件が厳しすぎて、うちの会社では受け入れられません！ 這契約的條件太過嚴苛了，我們公司無法接受！

B 明確に受け入れられないところを教えてください。またゆっくり相談しましょう。
請明確告訴我無法接受地方，我們再好好討論吧。

Track 1413

| 敬體 | **疑う うたがう** ：懷疑

A ニュースをみると、被災地の悲惨な光景が画面に映し出されて、自分の目を疑うほどですね。
看到新聞報導受災地悲慘的畫面，我都懷疑起自己的眼睛了。

B 私 もう目にするのも辛くて、ニュースとか見たくないです。
我已經難過的看不下去，已經不想再看新聞了。

🎧 Track 1414

｜常體｜ 訴える うったえる ：控告、控訴

A その冗談（じょうだん）はあまり言（い）わないほうがいいよ。不快（ふかい）に感（かん）じられたら訴（うった）えられて大変（たいへん）だよ。 那個玩笑還是少說比較好，如果讓人覺得不愉快，被控告的話會很慘喔。

B えっ！悪意（あくい）はないんだけど、そんなにダメ。
我沒有惡意耶，有那麼糟糕嗎？

🎧 Track 1415

｜敬體｜ 売る うる ：賣 ｜ 反義字：**買（か）う**（買）

A 後々（のちのち）のためにここで彼（かれ）に恩（おん）を売（う）りましょうよ。
為了將來，我們就賣他一點小恩情吧。

B そんなせこい考（かんが）えは止（や）めましょうよ！正々堂々（せいせいどうどう）とやりましょう。 不要總是有這種狡猾的想法，我們還是堂堂正正地做吧。

🎧 Track 1416

｜口語｜ 追いかける おいかける ：口語、追逐

A あの二人（ふたり）、一体何（いったいなに）を追（お）いかけてるの？ 那兩個人到底在追逐什麼？

B わからない。気（き）になったら、彼女（かのじょ）たちにきいてみたら？
不知道。在意的話去問問她們如何？

🎧 Track 1417

｜敬體｜ 送る おくる ：贈送、送

A 新（あたら）しいカバン？彼氏（かれし）からのですか？ 新包包喔，男朋友送的嗎？

B 違（ちが）いますよ。誕生日（たんじょうび）に友達（ともだち）から送（おく）ってもらったプレゼントです。 不是，是生日時朋友送的禮物啦。

🎧 Track 1418

｜敬體｜ 起こす おこす ：喚醒

A 今朝（けさ）どうして遅刻（ちこく）したんですか。
今天早上為什麼遲到了呢？

B お母（かあ）さんが出（で）かけていて、起（お）こしてくれなかったんです。
因為媽媽外出，沒有叫醒我。

Track 1419

| 常體 | **思い出す おもいだす** ：想起 | 同義字：蘇(よみがえ)らせる（想起）

A やばい！急用(きゅうよう)を思(おも)い出(だ)した！ちょっと寄(よ)り道(みち)するから、先(さき)に帰(かえ)ってね。 糟糕！我突然想起有急事，我會繞點路，你先回去吧。

B いいよ。気(き)を付(つ)けてね！ 好呀，路上小心喔。

Track 1420

| 常體 | **解放 かいほう** ：解放 | 反義字：束縛(そくばく)（束縛）

A やっと束縛(そくばく)から解放(かいほう)されたよ。 終於從束縛中被解放了。

B でも、やっぱり失恋(しつれん)は辛(つら)くない？ 但是失戀不會很痛苦嗎？

Track 1421

| 口語 | **会話 かいわ** ：談話

A なんか熱(あつ)い会話(かいわ)してるみたいですよ。 好像談得很熱烈。

B あの二人(ふたり)気(き)が合(あ)いますね。 那兩個人很合得來呢。

Track 1422

| 口語 | **買う かう** ：買

A 特売(とくばい)ですごく安(やす)くなったね。
特賣變的好便宜。

B 思(おも)わずいっぱい買(か)っちゃった。
不知不覺買了好多。

Track 1423

| 敬體 | **かかる** ：花費 時間、金錢

A リフォームは時間(じかん)もお金(かね)もすごくかかりますよ。
房屋翻修會花費很多時間與金錢喔。

B それは分(わ)かりますが、今(いま)の家(いえ)はやっぱり古(ふる)すぎるので、どうしてもリフォームしたいんです。
我知道，不過現在的房子實在太老舊了，無論如何都想翻修呀。

Track 1424

|敬體| 覚悟 かくご ：覺悟 | 同義字：覚醒（覺悟）

A 彼女はすごくモテますよ。告白する前に、心の準備をしたほうがいいですよ。 她非常的受歡迎，告白前你最好先做好心理準備喔。

B 大丈夫、断られるのはもう覚悟しています。 沒關係，我已經有被拒絕的覺悟了。

Track 1425

|常體| 勝つ かつ ：贏

A まだジャンケンに勝ったことない。悔しい！ 猜拳還沒贏過。真是不甘心。

B 俺に勝つのはまだ早いよ。 想贏我還早的呢。

Track 1426

|口語| 悲しむ かなしむ ：悲傷

A 赤ちゃんが悲しんでるよ。 小嬰兒好悲傷。

B この子、お母さんがちょっと離れたら、すぐ泣いちゃうのよ。 這小孩，媽媽稍微一離開，馬上就哭了。

Track 1427

|敬體| 我慢 がまん ：忍耐 | 同義字：耐える（忍耐）

A 僕は注射が苦手で、想像するだけでイヤなんです。 我很怕打針，光只是想像就覺得討厭。

B ほんの数秒を我慢すればいいんですよ。 只要忍耐幾秒就好啦。

Track 1428

|口語| 可愛がる かわいがる ：疼愛

A 婆ちゃんすげえ健君を可愛がってるね。 外婆好疼愛健喔。

B 初孫だもん。 第一個孫子嘛。

Track 1429

｜敬體｜ 代わる かわる ：代替

A 小さい頃、両親がもういなかったので、おばあちゃんが両親の代わりとなって育ててくれました。
我從小雙親就不在了，是外婆代替雙親扶養我長大的。

B 偉いおばあさんですね！ 你外婆真偉大啊！

Track 1430

｜常體｜ 変わる かわる ：變化

A 研究にかかわると、彼の目付きがすぐ変わるんだ。
一扯上研究，他的眼神馬上就變了。

B すごく真剣なんだ、彼は。 他非常的認真。

Track 1431

｜常體｜ 頑張る がんばる ：努力

A 今日も頑張るぞ。 今天也要努力喔。

B 元気がいいね。 真有活力呢。

Track 1432

｜敬體｜ 期待 きたい ：期待

A あげたいものがあるんですが。 有東西要給你。

B 何ですか？期待してしまいます。 是什麼呢？好期待喔。

Track 1433

｜敬體｜ 気に入る きにいる ：中意

A 先月に入社したばかりの新人はどうですか？
上個月剛進公司的新人如何呢？

B 頭の回転が速くて、とても優秀なので、みんな気に入りました。 頭腦反應快又優秀大家都很賞識。

Track 1434

| 口語 | **寄付 きふ** ：捐贈 | 同義字：寄贈(きぞう)（捐贈）

A 今回(こんかい)の地震(じしん)で、SMAPのメンバーが4億円以上(おくえんいじょう)も寄付(きふ)したらいしよ。 這次的地震，SMAP的成員好像捐贈了4億日圓以上喔。

B マジで？ちょー金持(かねも)ちじゃん！ 真的假的？超有錢的！

Track 1435

| 口語 | **決める きめる** ：決定 | 同義字：決定(けってい)（決定）

A 次回(じかい)のテストの日程(にってい)を決(き)めた？ 下次測驗的日期決定了嗎？

B えっ？聞(き)いてないよ。まだじゃない？ 我沒聽説耶，大概還沒吧？

Track 1436

| 口語 | **結婚 けっこん** ：結婚

A 幼(おさな)なじみがついに結婚(けっこん)！おめでたい話(はなし)だけど、ちょっと寂(さび)しい。 青梅竹馬終於結婚了！是喜事，但有點寂寞。

B なんかとられちゃったって感(かん)じだね。 有被搶走的感覺呢。

Track 1437

| 敬體 | **決定 けってい** ：決定 | 同義字：決意(けつい)（決意）

A 会議(かいぎ)の日取(ひど)りを決定(けってい)したので、早(はや)めに部長(ぶちょう)に報告(ほうこく)してください。 會議的日期已經決定了，請儘早跟部長報告。

B はい、了解(りょうかい)です。今(いま)すぐ行(い)きます。
是的，我了解了，我現在馬上去。

Track 1438

| 敬體 | **誤魔化す ごまかす** ：蒙蔽、蒙混 | 同義字：欺(あざむ)く（欺騙）

A 彼女(かのじょ)は実年齢(じつねんれい)を誤魔化(ごまか)したそうですよ。
她好像蒙蔽了真實年齡的樣子耶。

B そんなんですか？でも、確(たし)かに若(わか)く見(み)えますね。
真的嗎？可是確實看起來很年輕呢。

Track 1439

|口語| 殺す ころす ：殺害

A 昨日(きのう)のニュースを見(み)た？ 你有看昨天的新聞嗎？

B 見(み)た見(み)た。スーパーの店長(てんちょう)が銃(じゅう)で殺(ころ)されたって、こわいね。
看了看了，超市的店長被槍殺，真是可怕呀。

Track 1440

|敬體| 再会 さいかい ：重聚

A 昨日(きのう)元彼(もとかれ)と街(まち)で再会(さいかい)してしまいました……。
昨天我在路上遇到前男友……。

B そうですか。気(き)まずかったですね。 真的嗎？那還真是尷尬啊。

Track 1441

|敬體| 支える ささえる ：支持 | 同義字：支持(しじ)（支持）

A 母(はは)は様々(さまざま)な節約術(せつやくじゅつ)を使(つか)って、一家(いっか)の生活(せいかつ)を支(ささ)えているんです。 媽媽利用各式各樣的節約方法，來支持一家人的生活。

B お母(かあ)さんはすごいですね。主婦(しゅふ)の鏡(かがみ)と言(い)えますね。
你母親真偉大，真可說是主婦的借鏡。

Track 1442

|敬體| 参加 さんか ：參加

A 来週(らいしゅう)の飲(の)み会(かい)に参加(さんか)しますか？ 你要參加下週的聚會嗎？

B 残業(ざんぎょう)がなければ、行(い)けると思(おも)います。
如果沒有加班的話，我想我可以參加。

Track 1443

|口語| 賛成 さんせい ：同意、贊成

A 皆(みんな)君(きみ)の企画(きかく)に賛成(さんせい)してるよ。 大家都贊成你的企劃喔。

B ありがとう。心強(こころづよ)いわ。 謝謝。真是令人安心。

Track 1444

｜敬語｜ 指導 しどう ：指導

A この資料（しりょう）について、ちょっと指導（しどう）してもらえませんでしょうか。 關於這份文件，可以請你指導我嗎？

B いいですよ。何（なに）が分（わ）からないんですか。 可以啊。什麼地方不懂？

Track 1445

｜敬語｜ 支払う しはらう ：支付

A お支払（しはら）いはどうなさいますか？ 要怎麼付款呢？

B 現金（げんきん）で払（はら）います。 用現金支付。

Track 1446

｜敬語｜ 祝福 しゅくふく ：祝福 ｜ 反義字：呪（まじな）う（詛咒）

A ご結婚（けっこん）おめでとうございます！ 恭喜你結婚！

B ありがとうございます。私（わたし）は皆（みな）さんに祝福（しゅくふく）されて結婚（けっこん）できて本当（ほんとう）に幸（しあわ）せです。 謝謝。我能在大家的祝福中結婚，真的是很幸福呀。

Track 1447

｜常體｜ 切望 せつぼう ：渴望 ｜ 同義字：熱望（ねつぼう）（渴望）

A 彼女（かのじょ）は小（ちい）さい頃（ころ）からイギリス留学（りゅうがく）を切望（せつぼう）していたんだ。
她從小就渴望到英國留學。

B 今（いま）実現（じつげん）できて、よかったね。 現在能實現，真是太好啦。

Track 1448

｜口語｜ 責める せめる ：責備

A おれを責（せ）めるのは違（ちが）ってるよ。 責備我根本就是不對的。

B だって、あなたのせいで怒（おこ）られたんだもん。
但都是你害我被罵。

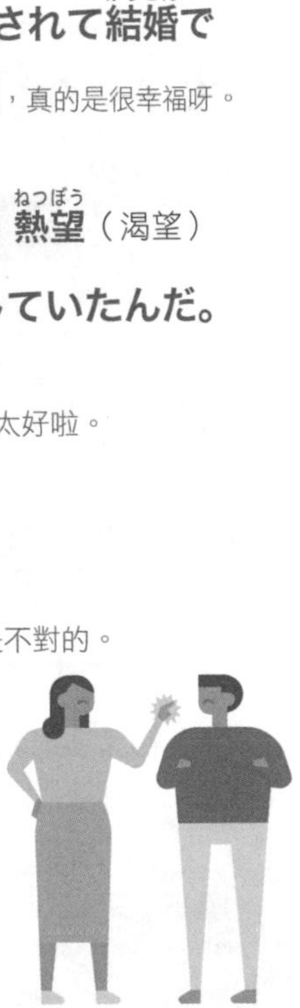

Track 1449

｜口語｜ **属する ぞくする** ：屬於｜同義字：所属（屬於）

A 俺の一番好きな魚は鯨だよ。 我最喜歡的魚類是鯨魚。
おれ いちばん す さかな くじら

B 鯨は魚ではなく哺乳類に属してるのよ。
くじら さかな ほ にゅうるい ぞく
鯨魚不是魚類，而是屬於哺乳類喔。

Track 1450

｜常體｜ **唆す そそのかす** ：慫恿

A 彼は自分の恋人を唆して会社からお金を盗ませたんだ。
かれ じぶん こいびと そそのか かいしゃ かね ぬす
他唆使自己的戀人從公司盜用金錢。

B 本当に最低ね。 真是太差勁了！

Track 1451

｜常體｜ **育てる そだてる** ：培育

A 彼は離婚して、男一人でふたりの子供を育てたんだ。 他
かれ りこん おとこひとり こども そだ
離婚後，一個人大男人養育兩個小孩。

B すごく大変だったんだろうね。 應該很辛苦吧。

Track 1452

｜敬體｜ **尊重 そんちょう** ：尊重｜反義字：蔑ろ（輕視）

A 同僚との関係がなんか上手く行かないみたいです。
どうりょう かんけい う ま
我跟同事似乎無法建立良好關係。

B 相手を尊重し、敬意をもって接することはすごく重要
あいて そんちょう けいい せっ じゅうよう
ですよ。 尊重對方，帶著敬意與他人相處是很重要的喔。

Track 1453

｜常體｜ **抱く だく** ：擁抱

A 彼女は両腕で彼を抱いている。 她雙手抱著他。
かのじょ りょううで かれ だ

B わ！あつあつだね。 哇～真是恩愛呢。

Track 1454

|常體| 助ける たすける：拯救、幫忙 | 同義字：手伝う(てつだう)（幫忙）

A 兄(あに)はいつも夏休(なつやす)みの宿題(しゅくだい)を手伝(てつだ)ってくれるんだ。
我哥哥總是會幫忙我做暑假作業。

B お兄(にい)さんは優(やさ)しいのね。うちの兄(あに)は全然助(ぜんぜんたす)けてくれないの。 你哥哥真溫柔，我哥哥完全都不幫我呢。

Track 1455

|口語| 黙る だまる：沉默

A この子(こ)はね、大人(おとな)の真似(まね)して友達(ともだち)に黙(だま)れって言(い)ったんだよ。 這小孩學大人的樣子叫朋友閉嘴。

B わ、可愛(かわい)くないね。友達(ともだち)と喧嘩(けんか)にならなくてよかったけどね。 哇，真不可愛。還好沒跟朋友吵架。

Track 1456

|常體| 頼る たよる：依賴、依靠

A 彼(かれ)ら二人(ふたり)は仕事(しごと)でお互(たが)いに頼(たよ)っているね。
他們兩人在工作上互相依靠。

B いいコンビね。 很好的搭擋呢。

Track 1457

|常體| 誓う ちかう：發誓

A 私(わたし)の秘密(ひみつ)をだれにも言(い)わないと誓(ちか)ってくれる？
你可以發誓不會將我的秘密告訴其他人嗎？

B えー面倒(めんどう)くさい。秘密(ひみつ)とか俺(おれ)に言(い)わないでくれよ。
真麻煩耶，不要跟我說什麼秘密啦。

Track 1458

|口語| 忠告 ちゅうこく：忠告

A ひとつ忠告(ちゅうこく)しとくよ。 給你一個忠告。

B ありがとう。これから注意(ちゅうい)します。
謝謝。以後會注意。

Track 1459

｜常體｜ 続く つづく ：繼續 ｜ 反義字：絶(た)える（斷掉）

A 来週(らいしゅう)の火曜日(かようび)まで晴天(せいてん)が続(つづ)くらしいよ。
到下週二為止，都會是晴天的樣子呢。

B やった！今週末(こんしゅうまつ)山登(やまのぼ)りにいくの！ 太好啦！我這週末要去爬山呢。

Track 1460

｜常體｜ 繋がる つながる ：連接

A 子供(こども)はね、手(て)を繋(つな)ぐことで心(こころ)も繋(つな)がるんだ。
小孩子透過牽手心也會聯繫在一起。

B 性別(せいべつ)とか関係(かんけい)なくね。 不會去區分性別呢。

Track 1461

｜常體｜ 連れる つれる ：帶人

A だれも連(つ)れずにひとりで旅(たび)に出(で)たいな。
真想不帶任何人，自己一個人去旅行呀。

B 私(わたし)はやだな。ひとり旅(たび)はなんか寂(さび)しそうだし。
我才不要呢，自己一個人旅行感覺好寂寞喔。

Track 1462

｜敬體｜ 手伝う てつだう ：幫忙

A ちょっと手伝(てつだ)ってもらえますか？ 可以幫忙嗎？

B はい。文書作成(ぶんしょさくせい)ですか？ 可以呀，要作文件嗎？

Track 1463

｜敬體｜ 止める とめる ：阻止

A そこで足(あし)を止(と)めてください。この先(さき)は事務室(じむしつ)なんです。
請停下腳步。前面是辦公室。

B あ、ごめんなさい。気(き)がつきませんでした。
啊，對不起。沒有注意到。

Track 1464

|常體| 仲直り なかなおり ：和好

A あのふたりを仲直(なかなお)りさせるのは難(むつか)しかったね。
讓那兩人和好真是困難呀。

B 本当(ほんとう)に大変(たいへん)だったね。 真的很辛苦。

Track 1465

|常體| 泣く なく ：哭泣

A どうしたの？元気(げんき)ないね。 怎麼了？很沒精神的樣子耶。

B 財布(さいふ)を落(お)として泣(な)きたくなった。最悪(さいあく)だな。
錢包掉了好想哭，真是糟糕呀。

Track 1466

|常體| 悩ます なやます ：使苦惱

A 最近(さいきん)いたずら電話(でんわ)にすごく悩(なや)まされているんだ。
最近為了惡作劇電話而感到很苦惱。

B 警察(けいさつ)に行(い)ったほうがいいと思(おも)うよ。 我覺得去報警一下比較好喔。

Track 1467

|常體| 憎む にくむ ：仇恨

A ほぼ毎日(まいにち)詐欺(さぎ)電話(でんわ)がかかってくるんだ。本当(ほんとう)にいやになるよ。 幾乎每天都會有詐騙電話。真的很討厭。

B 憎(にく)むべき行為(こうい)だね。 真是令人厭惡。

Track 1468

|常體| 似る にる ：類似、相似

A 君(きみ)のこの服(ふく)は 私(わたし) のとよく似(に)ているね。 你的這件衣服跟我的好像喔。

B そうなの。今度(こんど)一緒(いっしょ)に着(き)ようよ。 真的嗎？那下次一起穿出來吧。

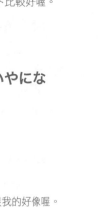

Track 1469

｜常體｜ **逸れる はぐれる** ：走散

A **きのう、家の近くで親に逸れた子猫ちゃんを3匹発見したんだ。** 昨天我在家附近發現3隻跟媽媽走散的小貓。

B **かわいそうだね。早くいい飼い主を見つけてあげてね。**
真可憐，趕快幫他們找到好主人吧。

Track 1470

｜敬體｜ **話し合う はなしあう** ：溝通、交流

A **この件について、ぜひあなたのご意見を聞かせてください。** 關於此件事，請務必提供您的意見。

B **はい。では、会議室で話し合いましょう。**
好呀，那我們去會議室討論吧。

Track 1471

｜常體｜ **反対 はんたい** ：反對 ｜ 反義字：**賛成**（贊成）

A **来月の海外旅行は親に反対された。本当がっかりした。**
我父母反對我下個月的國外旅行，真失望。

B **あんなに期待していたのに。残念……。**
你明明那麼期待呢，真可惜。

Track 1472

｜常體｜ **弁護 べんご** ：辯護

A **お母さんにしかられると彼女はいつも弟を弁護するんだ。**
被媽媽責罵時，她總是為弟弟辯護。

B **優しいお姉さんだね。** 真是溫柔的姊姊呀。

Track 1473

｜敬體｜ **保障 ほしょう** ：保證

A **今の仕事では未来が保障されないので、すごく不安なんです。** 現在的工作無法保障未來，讓我覺得非常不安。

B **それなら、安定した仕事に転職してみませんか？**
那麼，你要轉職去找安定的工作看看嗎？

🎧Track 1474

｜常體｜ 褒める ほめる ：稱讚、讚美 ｜ 反義字：叱る（責罵）

A この新進作家は評論家たちにすごく褒められているよ。
這個新進作家的得到評論家們很高的稱讚。

B 評論家の意見には同意できない。 我無法認同評論家的意見。

🎧Track 1475

｜常體｜ 任せる まかせる ：託付

A 大丈夫。部長の説得なら俺に任せて！
放心，説服部長就交給我吧！

B よろしく頼む！ 那就拜託你囉！

🎧Track 1476

｜常體｜ 負ける まける ：輸

A やっと勝った。 終於贏了。

B 私が負けるなんて信じられない。 不敢相信我會輸。

🎧Track 1477

｜敬體｜ 守る まもる ：保護

A 何があっても、お母さんは絶対子供を守るものです。
無論發生什麼事，媽媽都會保護孩子。

B お母さんは本当に強いですね。 媽媽真的很堅強呢。

🎧Track 1478

｜口語｜ 見詰める みつめる ：凝視

A そんなに見詰めないでよ。恥ずかしいから。
不要這樣凝視我，很害羞耶。

B いや、見てないし。ぼーっとしてるだけ、なんちゃって。
我沒有看你呀，只是在放空。開玩笑的啦。

Track 1479

|敬體| 申し込む もうしこむ ：申請

A この雑誌の定期購読を申し込みたいんです。
我想申請這本雜誌的定期購讀。

B では、この登録カードに必要事項を記入してください。
那麼請填寫這張登記卡的必要事項。

Track 1480

|口語| 許す ゆるす ：原諒

A イエスは、すべての罪をその身に負い、死をもって罪の代価を支払ってくださったんです。
耶穌背負了所有的罪名，以死來償還。

B 告解すれば、許されるってありえませんよ。
只要告解就可以被原諒，是不可能的。

Track 1481

|常體| 予約 よやく ：預約

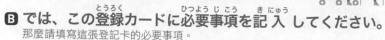

A そのレストランはすごく人気だから、早めに予約した方がいいよ。 那間餐廳很熱門，你早點預約比較好喔。

B そうなんだ。じゃ、今から電話してみる。 這樣呀，那我現在來打電話看看。

Track 1482

|敬語| 若者 わかもの ：年輕人 | 同義字：幼い（年幼的）

A 今の若者は言葉遣いがすごく生意気で、敬語もできないんです。 現在的年輕人不但說話傲慢，也不會使用敬語。

B それは教育の失敗と言えますね。
這可說是教育的失敗呀。

Track 1483

|常體| 別れる わかれる ：分手、分離 | 反義字：付き合う（交往、陪同）

A 彼女は今度こそ恋人と別れるつもりみたいだよ。
她這次似乎真的打算要跟戀人分手了。

B それは何度も聞いた話。今はもう信じない。
這話我聽過好幾次，現在已經不相信啦。

形容詞

Track 1484

|常體| **危ない あぶない** ：危險

A 手を引張るなよ。危ないよ。 不要拉手啦。很危險。

B あ、ごめんごめん。 啊，抱歉抱歉。

Track 1485

|常體| **穏やか おだやか** ：溫和

A 今日の天気はいいですね。弁当を持って花見に行きたいなあ！ 今天天氣真好，真想帶著便當去賞花呀！

B 穏やかな花見日和だね。 是個適合賞花的天氣呢。

Track 1486

|敬體| **寛大 かんだい** ：寬大 | 同義字：**度量**（度量）

A どうすれば、先生みたいにいつも寛大な心を持って生きることができますか？ 如何才能跟老師一樣，總是懷有寬大的心胸呢？

B ちょっと修行すれば、誰でも寛大な気持ちになれますよ。 只要稍微修行，無論是誰都可以擁有寬大的心胸。

Track 1487

|常體| **厳しい きびしい** ：嚴厲的

A 部長の資料チェックは厳しいよね。
部長資料確認得很嚴厲。

B ひとつでも間違ったら、すぐ怒られるよ。
只要有一個錯誤，就會馬上被罵。

Track 1488

|常體| **嫌い きらい** ：討厭

A 何その顔？そんなに嫌いなの？ 那什麼臉？有那麼討厭嗎？

B ピーマン大嫌い！ 超討厭青椒。

Track 1489

|口語| 親しい したしい：親密的 | 反義字：疎い（疏遠）

A 彼女はまた恋人のことを親しい友人と言い張ってるよ。
她又在堅稱戀人只是親密的友人而已了。

B そうなの？だれも気にしていないのに。 有這必要嗎？又沒人在意。

Track 1490

|敬體| 渋い しぶい：老成的 | 反義字：無邪気（天真無邪）

A 私は今盆栽に夢中ですよ。 我現在熱中於盆栽栽培。

B 若いのに、渋い趣味ですね。 明明很年輕，你的興趣還真老成。

Track 1491

|敬體| 重要 じゅうよう：重要

A 兄弟が仲よくするのは重要なことです。
兄弟姊妹感情好是很重要的。

B お互いに支え合わないとね。 必須互相扶持呢。

Track 1492

|常體| 親愛なる しんあいなる：親愛的

A 私の親愛なる友人よ。元気だったか！ 我親愛的友人呀，你好嗎！

B 何その言い方？ちょっと気持ち悪いな。 這什麼說法？有點噁心耶。

Track 1493

|常體| 忠実 ちゅうじつ：忠實

A 犬は人間の忠実な友達だとよく言われるね。
狗常被說是人類最忠實的好朋友。

B 犬はもちろんかわいいけど、やっぱり私は猫の方が好き。
狗當然也很可愛，但是我還是比較喜歡貓。

Track 1494

｜常體｜ 不変 ふへん ：不變的 ｜ 反義字：可変（かへん）（可變動）

A 恋愛中（れんあいちゅう）の人（ひと）はいつも自分（じぶん）の愛（あい）は不変（ふへん）な愛情（あいじょう）だと言（い）い張（は）るね。 戀愛中的人總是聲稱自己的愛是不變的愛情。

B それは嘘（うそ）ではないと思（おも）うわ。その時（とき）は確（たし）かにそう思（おも）っているんでしょ。 我認為那不是謊言喔。那時候應該確實是那麼想吧。

Track 1495

｜常體｜ 優しい やさしい ：溫柔的

A おじいちゃんとおばあちゃん、どっちが好（す）き？
爺爺跟奶奶，你喜歡誰呢？

B ふたりとも好（す）きだよ。でも、おばあちゃんはいつも優（やさ）しくしてくれるから、大好（だいす）きだ。

兩人都喜歡喔。但是奶奶總是對我很溫柔，我最喜歡奶奶了。

Track 1496

｜口語｜ 陽気 ようき ：快樂

A あれ？子供（こども）たちは？どこに行（い）ったの？ 孩子們呢？去哪裡了？

B 天気（てんき）がいいから、庭（にわ）で陽気（ようき）に遊（あそ）んでるよ。
因為天氣很好，所以他們正在庭院快樂的玩著呢。

Track 1497

｜常體｜ 若い わかい：年輕的 ｜ 同義字：幼い（おさない）（年幼的）

A 失敗（しっぱい）を恐（おそ）れずに、若（わか）いうちにいろいろなことを経験（けいけん）するべきですよ。 不要害怕失敗，應該趁著年輕，多嘗試各種經驗。

B 分（わ）かりました。ご忠告（ちゅうこく）をありがとうございます。 我了解了，謝謝您的忠告。

副詞

Track 1498

| 常體 | **大切 たいせつ**：重要、珍惜 | 同義字：**大事**（重要、珍惜）

A 素敵なプレゼントをありがとう。絶対大切にするから。
謝謝你的禮物，我絕對會珍惜的。

B いえいえ、喜んでもらってよかったです。
不會不會，你高興就好啦。

Track 1499

| 敬體 | **互い たがい**：互相

A 彼女たちはお互いに相性がよさそうですね。
她們好像互相很合得來。

B すでにいい友達になったみたいですね。 似乎已經變成好朋友了。

Track 1500

| 常體 | **ぺらぺら**：喋喋不休 | 反義字：**静か**（安靜）

A 彼女はよく他人の秘密をぺらぺらとしゃべってしまうんだ。 她常常將他人的秘密滔滔不絕地說出來。

B 本当なの？じゃ、彼女には秘密を言わない方がいいね。
真的嗎？那還是不要跟她說秘密比較好呢。

NOTES

NOTES

原來如此 系列 J046

生活必備日文單字：背單字、練聽力，一本就搞定（附隨掃隨聽QR code）

活用日文不詞窮，聽力同步大提升！

作　　者　櫻井咲良◎著
顧　　問　曾文旭
社　　長　王毓芳
編輯統籌　耿文國、黃璽宇
主　　編　吳靜宜、姜怡安
執行主編　李念茨
美術編輯　王桂芳、張嘉容
封面設計　阿作
法律顧問　北辰著作權事務所　蕭雄淋律師、幸秋妙律師

初　　版　2020年02月
出　　版　捷徑文化出版事業有限公司
電　　話　（02）2752-5618
傳　　真　（02）2752-5619

定　　價　新台幣350元／港幣 117 元
產品內容　1書

總 經 銷　采舍國際有限公司
地　　址　235 新北市中和區中山路二段366巷10號3樓
電　　話　（02）8245-8786
傳　　真　（02）8245-8718

港澳地區總經銷　　和平圖書有限公司
地　　址　香港柴灣嘉業街12號百樂門大廈17樓
電　　話　（852）2804-6687
傳　　真　（852）2804-6409

▶本書部分圖片由 Shutterstock、freepik 圖庫提供。

國家圖書館出版品預行編目資料

生活必備日文單字：背單字、練聽力，一本就搞定（附隨掃隨聽QR code）/ 櫻井咲良著. -- 初版. -- 臺北市：捷徑文化, 2020.02　面；　公分
ISBN 978-986-5507-08-4(平裝)

1.日語 2.詞彙

803.12　　108021090